U0063429

泰坦星的海妖
The Sirens of Titan

馮內果
【張佩傑　譯】

在荒誕的世界發現人生的意義

——試論馮內果的作品

陳長房

馮內果（Kurt Vonnegut, 1922-2007）科學的知識豐富，形塑了他獨樹一幟的風格：以科學幻想的意境諷喻現實，將荒誕不經的遐思與重大的社會政治寓言合而為一。從他五〇年代問世的《自動鋼琴》（Player Piano, 1952）以來，他完成了近二十部作品，其中大多是長篇小說，兼及短篇故事、舞台劇和評論集。

想像如鋼線撥入高空向宇宙深處遠航

他早期的作品主要採用傳統的藝術手法，科學幻想的成分比較突出，因此在五〇年代他被視為一般的科幻小說家。其中的內容，或上溯渺茫混沌，直觸時空的核心，想像如鋼線撥入高空向宇宙深處遠航，進入神祕不可捉摸的領域。馮內果有時運用星際空間宏闊開放的場域，以極盡誇張矯飾的描述，指出人類行為的毫無意義。在《自動鋼琴》裏，作者描繪一個

陰黯不明的未來視景，故事主要的衝突源自人類和機器之間所衍生的衝突。物據雕鞍人做馬，人為物役的局面是以一架自動演奏的鋼琴竟然被一部機器所複製、摹仿，演奏者本人則成了無用多餘的廢物。小說反映了現代人的困境和尷尬。人類生活在荒誕詭譎的世界裏，隨時隨地皆可能被異己的力量所吞噬和剝削毀滅。如何努力維護獨立自主的特性，掙脫別人所設置的陷阱和圈套，一直是身處於複雜的西方社會裏的當代人所面臨的一個重大課題。

第二部作品《泰坦星的海妖》（*The Sirens of Titan, 1959*）探討處於荒謬神祕的宇宙中，人類經常遭受到的愚弄和利用，在變動不居的事件中，人類常不由自主地變為祭品。作者慨嘆科學雖然發達可以遨遊無窮之域，但是人類卻未必能按個人的自由意志行事，人類也未必能主宰自己的命運。處處受外力的制約，為別人所利用，主角在火星上被剝奪了記憶和思維的能力，只有聽人差遣擺佈。主角在泰坦星上最後的日子裏，由一個自私無知、放蕩不羈的人頓然變成了謙恭有禮、奮發進取，終於明白愛的真諦，人類要尋求生活的意義，必須向內心探索，不假外求，不是到外部獵奇。一心想駕控制別人，最後還是不會明白愛，必然孤獨無依，在廣漠荒寒的宇宙中永遠漂泊了。

《夜母》（*Mother Night, 1962*）表面是描述一位充當希特勒英語廣播員的美國情報人員的故事。故事的場景，仍是一個缺乏真理的世界，人類陷入一個多種力量相互頡頏競爭的泥沼

中，扮演著自相矛盾的角色。在這部小說的序言，作者曾提出一段發人深省的話：「人類是自己虛偽建構出來的東西，因此，對於一切的巧飾偽裝，我們都輕忽不得。」人類之所以不能以真面目顯現在世人面前，按照個人的理想和自我的意志獨立生活，除了人性本身的缺陷外，外在無情殘酷的世界也是主因。故事的主人翁自己承認無法明辨是非，因此犯下背叛殘忍、違背良知的罪行。但是，他也暗示人類一切的愚昧罪行的根源或許是瘋狂而失去理性的世界所逼。個人的行為只不過是「無盡的黑暗」——「黑夜母親」的產物。作者援引了《浮士德》的名言做為作品的標題，寄意遙深。在這茫茫黯黯的黑夜中，善與惡、是與非、好與壞，一切都撲朔迷離、顛倒逆轉、混淆不清。

空間旅行與時間旅行是人類最後的撤退

《貓的搖籃》（*Cat's Cradle*, 1963）是一部「末日小說」，旨在說明一切都是謊言。人類一面追求和平，一面卻又竭力製造核武。科學家的「瘋狂」在於他們的「無知」。「原子彈之父」的發明在廣島毀滅數萬生靈之際，他本人卻在哄孩子玩「貓的搖籃」的遊戲。（這是一種用一圈繩子繞在雙手指上，翻出叫做「貓的搖籃」的花樣哄小孩玩的遊戲。）作者藉此象徵一切虛假偽善的東西。馮內果批判人類，為了要攀登科學的頂峰，欲窺探宇宙的奧祕，卻又不能把知識用於造福人類的目的，其結果將導致自我毀滅。此外，馮內果也以諧擬的口

吻，探討人類爲了祛除貧苦和疾病，僅憑社會改革是不足恃，《貓》書曾有人想藉著建立一種「渴望遞減的宗教」拯救生靈於塗炭，最後卻帶來苦難和死亡。

《金錢之河》（原譯名爲《上帝保佑你，羅斯瓦特先生》〔God Bless You Mr. Rosewater, 1965〕）描寫一個大資本家「還財於民」的故事。小說中對於人類瘋狂的驚逐金錢的習性，有著辛辣而犀利的剖析。主人翁家族的發達史就是一部巧取豪奪的歷史。人人交相利：好比一位好的飛行員一直應尋找一處降落地點，有心人理應尋找大筆金錢要轉手的時機，抓住一切機會中飽自己。故事的主人翁雖有博愛善行的義舉，反被視爲「異端」和「瘋狂」。畢竟，這個腐朽透頂的世界並不是一兩個慈善家良心發現就能改變的。主人翁做了許多好事，竟然還有人被收買到法院做僞證。看來在這個世界上，一切只能求「上帝保祐」了。人性的淪喪，莫此爲甚。

在馮內果的小說中，被動屈從、順服接受和壓抑克制是人類在面臨困境無計可施而想出來的辦法。《第五號屠宰場》（Slaughterhouse-Five, 1969）把科幻小說與現實境遇治於一爐，描述人類的生活與人類的感情脫節失序的窘況。一九四五年，德勒斯登遭到轟炸，馮內果和其他戰俘在地下貯存獸肉地窖裏過了一夜，逃避頭頂上的一場狂轟濫炸。這次空難的躲避有極深刻的象徵喻意，象徵人類不時掩埋自己以求生存的方式。

小說的主人翁畢勒‧皮爾格林除了在戰場上有過九死一生的經驗，他小時候學游泳也有

過失去知覺、差一點溺斃的經驗。馮內果描述許多面臨生死邊緣或受苦受難的人所採取的方式是冷靜超然根本就不去想它。把自己掩埋在池底下、地底下或是宇宙底層，人類可以無視時間與空間的存在，任憑自己的心靈自由飄蕩，八方馳騁。

馮內果運用科幻小說的技巧，安排主人翁一次飛往特拉法馬鐸的航行。這次的經歷讓他認識了四度空間，也學會了如何看待死亡，認為當人死去時，他只是貌似死去。對於死亡、戰爭和人類的冰原，馮內果的回答是飛向太空。在許多描述畢勒‧皮爾格林飛往特拉法馬鐸旅行中，馮內果暗示空間旅行或時間旅行是最終的撤退，是空虛之苦的終結。當你從特拉法馬鐸上，登高俯瞰芸芸眾生的一切，你頓然覺得人類的得失成敗是非對錯皆微不足道。特拉法馬鐸不僅提供了僅次於永恆事物的優越地位，而且提供了在星際中浩邈無涯冷寂空洞的背景以觀察人間世。（畢勒有通天下地穿越時間旅行的本領，能在過去、現在、未來的永恆時空裏隨意馳騁。因此，他睡覺時是個年邁的鰥夫，醒來卻是正當新婚燕爾；走出門是一九五五年，到了門外卻是一九六六年。他看到過自己無數次的生與死，他的一生不過是在碧落與黃泉、生與死之間對某些事件隨意做旅行探訪。）

這篇作品的副標題是「孩童的十字軍」（The Children's Crusade），借用了中世紀誘騙兒童送死的事，影射當代戰爭機器同樣將無數年幼無知的人送去當炮灰。馮內果借主人翁畢勒之口要住在特拉法馬鐸的人告訴他，星球上的人是如何和平相處，畢勒要把這個訊息帶回

地球，好讓人類得救。

馮內果在六〇年代陸續出版的三部長篇小說《貓的搖籃》、《金錢之河》與《第五號屠宰場》，是他創作的高峰，極受西方評論界推崇，在大學校園的青年學子中還出現了不少「馮內果迷」。評論家也不再視馮為一位恣肆於詭譎怪誕的世界或往來倏忽於太空科技的幻想而已；馮更關心的是二十世紀人類與社會的關係，只不過他的口吻略帶辛辣諷刺，擅於鎔鑄一些科技知識罷了。六〇年代美國文學所掀起的黑色幽默（Black Humor）風潮自然也帶給他不小的衝擊，在五〇年代到七〇年代的創作生涯中，可以《冠軍的早餐》（Breakfast of Champions, 1973）做為總結。

唯有撲朔迷離的幻想能帶給絕望的人類一絲時隱時現的朦朧光彩

馮內果對於人性的看法極為悲觀，認為人類常有自毀的傾向。而他有一種極為獨特而且古怪的念頭，相信人類創造毀滅自己的能力是無止境的。縈繞其心揮之不去的陰影，正好也是二十世紀全人類所面臨的一些問題，諸如：人口爆炸、環境污染、種族歧視、資本家的貪婪、機械至上、毒品泛濫、全球戰爭和種族滅絕等，不一而足。馮內果認為，人類為自己創造了許多機械化、化學合成或以消費導向的虛假文明（an ersatz civilization）；但是在創造的過程裏，人類也逐漸物化而喪失自我。因為科技的過度發展導致生態的失衡；經濟上財富

分配的不均催化了社會架構的崩潰。馮內果也不相信未來會有不同；只要人性不變，人類的未來恐怕仍然介乎好與壞的灰色地帶游移飄蕩。

《冠軍的早餐》是假托一位名叫費爾鮑‧史塔奇（Philboyd Studge）做為故事的敘述者，向讀者描述二位孤獨而瘦弱、有相當年紀的白人在一個即將殞滅的星球上相遇的故事。一個是科幻小說家吉爾戈‧圖勞特（Kilgore Trout），另一位是汽車商德韋恩‧胡佛（Dwayne Hoover）。圖勞特寫了一本書，其中描寫「宇宙造物主」創造了許多生物，其中有一個是試驗品，唯有他能憑自由意志，當家做主，其他的生物皆只是按照上蒼計畫行動的機器。胡佛讀了圖勞特的書後，認爲自己就是那個創造者的試驗品，周遭的人都只是爲了刺激他，來完成這個試驗的機器，因此，他相信他們無知無覺，不知痛苦。在一次宴席上他失神瘋狂，把許多人打成重傷。

反對把人變成機器是馮內果作品一貫出現的主題，幾乎可以說是二十年來貫穿在他全部創作活動的中心思想。在《冠軍的早餐》中，作者揭示的正是資本主義社會，科技發展的極至，難免會把人類當做機器了：「每個人似乎都在搶奪他們能夠攫取到手的一切東西，特別能搶的人就像神仙似的富足。」在整個宇宙大運動中，物質和機器取代人的主體性，宰制人類。馮內果在故事中，以各種譬喻來闡明這一個觀點，黑色幽默的意涵十分濃厚。因此，一對吵嘴的夫婦是「打架機器」，打架的原因是女的想讓男的成爲「造錢機器」，男的想讓女的

成為「家務機器」，男的一怒之下趕走女的，後者就成了「哭泣機器」，男的就跑去找他的朋友「喝酒機器」和「性愛機器」，後來男的悔悟成了「道歉機器」，女的受了感動成了「原諒機器」。作者以類似這種舖天蓋地、滑稽突梯的比喻，表現了小說的主題，揭示了作者對於人類喪失主體性和對於世界絕望的感慨。

馮內果在《冠》書結束的地方，借用敘述者史塔奇之口，對小說中一再出現的人物，科幻小說家圖勞特說：「圖先生，我快過五十歲生日了。在未來的不同歲月中，我要以托爾斯泰解放農奴的心情，使自己得到淨化和新生。托爾斯泰解放了他的農奴，托馬斯·傑佛遜解放了奴隸。我要使所有曾在我的寫作生活中忠實地為我服務的人物得到自由。」表面上，作者雖然明言將向陪伴他近半世紀的小說人物道別，但是他七〇年代後半期到八〇年代的作品，依稀呈現他慣有的筆觸，只是更加凝鍊濃縮而已。馮內果擅長用短小精悍的語句章節、虛實相間的場景來捕捉急促跳動的時代脈搏，這種形式本身也與機械化的社會節奏遙相吻合，彷彿電影中的蒙太奇，形塑了呼應、懸念、對比、暗示、聯想的效果。此外，科幻小說的模式也讓讀者有置身於神祕奇幻的世界中。一則強調人類不僅在地球上或宇宙間，不僅在眼前或未來，人生都顯得毫無意義，既荒誕又孤獨；一則表明現實的醜惡，只有在想像中才能得到抒解，唯有撲朔迷離的幻想能帶給絕望的人類一絲時隱時現的朦朧光影。這段時期的重要作品，包括了《鬧劇》（*Slapstick, or Lonesome No More, 1976*）、《囚犯》（*Jailbird, 1979*）

和《槍手狄克》（Deadeye Dick, 1982）。

一定要在一個本來沒有道理的世界講道理，當然令人疲憊

在《鬧劇》的前言裡，馮內果談到創作小說的方法，他相信「書中的文章相互之間不需要有什麼聯繫，但作者需要做精心的選擇，好讓整體讀者能產生一種綺麗的、驚詫的、深邃的生活形象。小說不需要有開端、中心、結尾、情節、道德、寓言、效果。」因此，他的後期小說一般都沒有主要故事線索；沒有結構和細節的描寫，寥寥數筆勾勒出人物和環境；大量的插曲交錯，增加小說明快跳躍的節奏；以誇張跡近荒謬的手法，彰顯紛亂的社會現象，和隱蔽詭異的人類心理。在故事的敘述中經常用黑色幽默的口吻插入作者本人或人物的議論，這些議論有時喧賓奪主，反而成為小說中的主要內容。而作者總是把這些議論濃縮成警策性的句子，俾能做到言簡語奇、含義深切而精警動人。不論是諷刺崇尚金錢拜物的「民主」與「司法」制度為主題的《囚犯》，或是誤觸中子彈爆炸的《槍手狄克》，這些照馮內果看來都是歷史的錯誤、人類的災難，是荒謬世界裡無法逃避的現實，因此只能以黑色幽默一笑置之。

即使到了九〇年代，馮內果對於複雜輾轕的現代世界仍然無法完全理解。他仍然用渲染潑墨的筆調和亂針刺繡的章法來襯托現代社會的荒謬和混亂，用玩世不恭的態度對現代世界

進行冷嘲熱諷，文筆犀利幽默，語言在精煉中表現出豐潤，能隨物賦形，依然極具功力。

只是，面對荒誕世界裡一切荒誕的事物，諸如戰爭、暴行、失望、痛苦等，作家仍然很難正正經經地找到答案。充其量只能像馮內果一樣讓讀者跟著他含著眼淚微笑。（馮內果在《冠軍的早餐》裡給自己畫了一幅漫畫：鼻孔冒煙，兩眼流淚，表示他既悲傷又憤怒，這幅自畫像表達了他的真實思想和感情。）人類對於令人絕望、異想天開、蠻橫殘暴的事物不斷冷眼旁觀，甚至無動於衷，就像馮內果的代表作《第五號屠宰場》的畢勒一樣，最後只能拋下一句：「事情就是這樣」（So it goes）這類嘲弄性的天問語氣。探索人性，卻有著更多的疑惑。套用《冠軍的早餐》裡科幻小說家圖勞特的話來說：「一定要在一個本來沒有道理的世界老講道理，當然是令人疲憊的。」在這個沒有道理的世界上，我們只有學習馮內果以謙卑的態度和幽默的雅量，包容人類的一切了。

陳長房，美國印第安那大學比較文學博士，曾任教於政大英語系及研究所。

導讀

救一個小孩的命

張定綺

馮內果曾夫子自道,《泰坦星的海妖》是他自己最喜愛的作品。

馮內果從一九四〇年代初期開始寫作,早年的作品以短篇小說為主,他的第一部長篇小說是《自動鋼琴》,第二部就是《泰坦星的海妖》。《泰坦星的海妖》出版於一九五九年,在第一個十年內賣掉了二十萬多冊,不但確立了他靠寫作維生的自信,也使他長期被歸類為科幻小說作家——雖然這個狹隘的頭銜不足以說明他多方面的創作才華。

一九七〇年《第五號屠宰場》出版於一九六九年),馮內果告訴《生活》雜誌說,《泰坦星的海妖》是他最喜愛的作品,也是他「唯一寫得愉快的書」。如果看過這本書,不難了解他為什麼這麼說。尤其拿這本書和其他馮內果的作品比較,更是很容易就可以看出,馮內果在書中嬉笑怒罵,狂放佻達,他為這本書揮灑的熱情,具有一種前無古人、後無來者的激盪澎湃。他是那麼急切地企圖活出生命所有的真摯和光熱,對所有軟弱而不願誠實面對人生的人,他的態度不是鄙夷,而是把他們當作一群亟須救治的人,一方面嘴裡雖忍不住責備,

一方面心裡卻願意盡一切努力去幫助他們，全書字行間滿是急公好義的熱忱。

千萬別誤會，馮內果的書從來不說教，他所有的作品都不含這種無聊的企圖。對於一口

咬定在《泰坦星的海妖》中看出深奧的哲學的人，他評論說：「這些人大概跟我從前一樣瘋

瘋癲癲，書裡當然有點什麼東西……但是我不會費心去研究，除非這麼做能救一個小孩的

命。」

跟馮內果的生活激情恰成對比，這本書的情節虛無到極點。一個來自距地球十五萬光年

的特拉法馬鐸星球、孤身旅行的外星人沙洛，奉命巡行至宇宙，尋找高等智慧生物（地球人

當然不夠格）。但旅程剛開始，太空船就拋錨在木星一顆衛星「泰坦」上。他向母星基地求

助，要求設法遞送替換的零件給他。為了在最短時間內（大約五萬到七萬光年）把零件送到

沙洛手上，特拉法馬鐸星人參與塑造了過去數千年的地球歷史。比方說，沙洛有精良的望遠

鏡，可以觀察到地球上一切現象，因此，這期間英國薩斯貝利（Salisbury）平原上出現的史

前石林（Stonehenge），是特拉法馬鐸母星告訴他：「正以最快速度運送替換零件。」中國

的萬里長城意味：「耐心等候，我們沒忘記你。」日內瓦的國際聯盟大廈代表：「收拾行

李，隨時準備上路。」凡此種種，人類的文明建設都不過是特拉法馬鐸人運用一種威力無

比、速度遠超過光速的「變動宇宙的意志」加以操縱的結果。對人類而言，更不幸的是，發

展文明的過程中各種重大建設如遇挫敗，大多也是「變動宇宙的意志」鞭長莫及、操控失當

的結果。

經過數萬年，時機成熟，特拉法馬鐸星人選中一個名叫馬拉吉‧坎斯坦特的地球人，因為他的名字源自拉丁文「忠實」（Constant）與「信差」（Malachi）之意，擔任遞送零件的重要媒介。

如果說特拉法馬鐸星人是人類的某種上帝，坎斯坦特脫穎而出，成為上帝的使者，似乎也是一種殊榮。他為貫徹這椿任務，身不由主地吃了許多苦頭，從生活糜爛、聲名狼藉的花花公子，變成受盡折磨的火星俘虜，在錯過一場攻打地球的星際大戰後，流亡水星，好容易回到地球，卻又被放逐到泰坦星，經過近半個世紀的顛沛流離，總算把沙洛需要的東西順利送達，送他再次上路。但這段服侍「神」的坎坷歷程，除了過程跟古代先知或殉教者一樣痛苦萬狀外，始終不予人神聖或心悅誠服的感覺，反而是神的存在被馮內果徹底推翻，神的形象被他擊為齎粉。

馮內果筆下的特拉法馬鐸歷史，是對於一班好高鶩遠的人尖銳的嘲弄：

很久以前，特拉法馬鐸星球上有很多跟地球人類似的生物，不能信賴、缺乏效率、不可預測、也不耐久。這些生物堅持所有的事物存在都一定要有目標，而目標有高下之分。這些生物一輩子都在尋找自己存在的目標，但每次發現一個可能的目標，他們就覺得

這種目標太卑賤，配不上他們。

於是他們自己不去完成這種目標，反而製造一種機器來完成那種卑賤的目標，以便自己有時間去貫徹更崇高的目標。可是不論找到什麼樣更崇高的目標，他們總覺得還不夠崇高。

於是又製造機器來完成較崇高的目標。

機器把所有的事都做得很完美，到頭來特拉法馬鐸的生物決定用機器找出他們生存的最高目標。

機器誠實地回報，這些生物實在沒什麼存在的目標。

特拉法馬鐸星的生物於是開始互相殺戮，因為他們最恨毫無目標而存在的東西。

然後他們又發現自己連殺戮這種事都做不好，所以他們把這份工作也交給機器。機器只用了還不夠把「特拉法馬鐸」這幾個字唸完的時間，就把工作做完了。

從此，特拉法馬鐸星上就只有機器統治，它們成立了一個長治久安的政府，不久前才舉行一億週年慶典。

從這個角度看，坎斯坦特的使命顯然是不崇高的。但統治特拉法馬鐸的機器也顯然認為這一點並不重要。世事本來就可以有許多不同的觀察角度，坎斯坦特後來釋懷了說：「不管

人類的生命是由誰操縱，人生一大目標就是愛你身邊的每一個人。」他還覺得，對別人有利用價值，比做一個完全沒有用的人好。

發人深省的警句或重複出現的口頭禪在書中俯拾即是，這是馮內果作品的一大特色。除了上面的例子，例如：「不要去傷害別人，尤其不要為行善而傷害別人」、「我想，天上的某個人喜歡我」、「我是一連串意外事件的受害者，其實，我們都是受害者」。這些句子或字眼鑲嵌在形成滑稽對照的上下文裡，又具有耐人尋味而特殊的意涵，因而能留給讀者深刻的印象。

據馮內果自稱，他養成這種寫作習慣跟他的哥哥貝納德和姊姊愛麗絲有關。愛麗絲死於癌症，她臨終時最後一句遺言是：「不痛。」貝納德的長子出生時，寫信回家說：「我正忙著清理每樣東西上的大便」馮內果說：「這兩句話後來成為我所有小說的主題。」但事實上他後來又添加了不少新東西，用各式各樣的變奏烘托類似的主題基調。

做不做得到姑且不論，道理是很簡單：生命是可貴的，每個人、每件物都值得愛，任意訂立各種抽象標準，把所有事物畫分高低美醜，甚至為了這些標準而自相殘殺，是一項嚴重的錯誤。想通這一點以後，即使在面對特拉法馬鐸那麼先進的文明與科技時，也不會覺得做一個人是一件卑微、可恥的事。這是馮內果用滿腔熱情要說的故事，他說得那麼精采而有力，使讀的人也信心十足。

馮內果不反對宗教，但他反對假宗教之名，自我蒙蔽，逃避現實責任。《泰坦星的海妖》裡的「漠然上帝教會」，可以拿來跟《貓的搖籃》裡「無害的反真理」（harmless untruth）對照，他對於那些無法面對現實，編織一套鏗鏘有力的說詞，藉著謊言生存的人，似乎想狠狠地搖撼他們，把他們拉拔出自欺欺人的泥淖，強迫他們腳踏實地生活。

人格扭曲的火星間諜寶哲，是馮內果這觀念最好的佐證。他在陰錯陽差的安排下，跟坎斯坦特一起流亡水星，從互相監視、勾心鬥角，變成相依為命。寶哲最愛說的一句話是：「你不用真相攻擊我，我也不用真相攻擊你。」（You don't truth me, and I don't truth you.）

生命中總有若干我們寧可避而不談的隱私，它們往往也是我們最不堪一擊的弱點。寶哲的問題在於他是個非常不可愛而且有自知之明的人，它們往往也是我們最不堪一擊的弱點。寶哲的問題在於他是個非常不可愛而且有自知之明的人，他不是不需要愛，但他無法證明自己值得愛——這是一件幾乎不可能做到的苦差事。最後他選擇去愛水星生物哈莫尼安，因為他有把握滿足這種生物的需要，而且如果他揚言哈莫尼安愛他，他們也沒有能力反駁。

哈莫尼安（harmonium）這名字原意為小風琴，跟語出同源的「和諧」（harmony）一字有密切關係。但這種外型為一英尺高的菱形薄片的水星生物，自己不能發出聲音，而是把聲音當作食糧。牠們生性和平，喜愛各種頻率的振動，包括人的脈搏，牠們發乎自然而單純地喜愛接近寶哲，貼近他的心臟與脈搏。而當寶哲打開音響時，哈莫尼安更是前仆後繼而

來，享受他提供的盛宴，甚至會因音量過強、興奮過死而死亡。

對大多數人而言，克服別人的成見，證明自己可愛、人緣好，是一場至死方已的奮鬥，跟哈莫尼安這樣的生物為伍，或許是滿足成為萬人迷之夢的捷徑。寶哲最後就寧可選擇哈莫尼安而放棄回地球。

寶哲的選擇似乎使他原先的可惡嘴臉變得柔和了許多，但這樣的結束與馮內果的理想又相去多遠呢？如果救得了一個小孩的命，你不妨繼續思索。

張定綺，台大外文研究所碩士、西雅圖華盛頓大學比較文學研究所研究。目前任教輔仁大學翻譯研究所。馮內果迷。

泰坦星的海妖

【第一章】介於羞怯和遙遠之間

我猜，天上有某個人喜歡我。

——馬拉吉·坎斯坦特

當今，每個人都知道如何從自我找到人生的意義。

可是人類並不總是如此幸運。大約不到一個世紀之前，不論男性或女性，都無法輕易探知他們自身的諸多謎團。

他們甚至無法說出通往心靈的五十三個門脈中任何一個門脈的名稱。

華麗而不實的宗教變成賺錢的大事業。

由於人類對於自己之內的真理一無所知，因此不得不向外追尋——一再逼使自己向更外面的地方追尋。人類之所以向外追尋，主要是想知道究竟誰才是天地萬物的真正主宰者，以及天地萬物的作用究竟是什麼。

人類一再不斷地將先遣人員往外推展。最後，將那些人推進太空，進入無色、無味、無重量且永無止境的太空海。

人類把他們像石子般狠狠拋進太空。

這些不快樂的先遣人員最後卻發覺，他們所發現的，在地球上早已處處可見──無止盡且毫無意義的夢魘。無垠外太空，蘊藏最豐富的東西，有以下三樣：內容貧乏的英雄詩、低級喜劇，以及毫無意義的死亡。

最後，外太空喪失了它原本令人產生幻想的吸引力。

只有內部世界仍然值得探索。

只有內部世界仍然是一塊**未開發的處女地**。

這是善良和智慧的開始。

從前心靈尚未被探索的人類是什麼樣子呢？

以下的真實故事是發生在夢魘年代，也就是大約介於第二次世界大戰和第三次經濟大蕭條之間的幾年內。

．
．
．

曾經有一群人。

那群人之所以聚集在一起，是因為即將出現靈魂顯形的現象。有一個人和他的狗和人一般地真形，將要從空氣中出現——先是稀疏地逐漸出現，最後，變得與活生生的狗和人一般地真實。

不過，那群人將見不到這場顯形，因為這次顯形是只發生在私人土地上的私人事務，因此，很顯然地，那群人絕對不會受到邀請而參與此一視覺饗宴。

這場顯形就像現代文明社會裡的絞刑一樣，發生在四周沒有窗戶的高大圍牆裡。而等在牆外的那群人，與圍牆外不得其門而入的群眾十分相像。

那群人都知道自己不可能看到任何東西，但卻覺得能夠靠近並看著圍牆，然後幻想裡面正在發生什麼事，是件極為有趣的事。顯形和絞刑的神祕之處都因為圍牆的阻隔而使其魅力大增。而且，由於病態的幻想，這些幻想製成了許多春宮畫式的幻燈片——被群眾映放在石牆上的春宮畫式的幻燈片。

那座城鎮名為新港，位於銀河太陽系地球美國境內的羅德島上。至於那些牆則屬於倫法德的地產。

在顯形發生前十分鐘的時候，警方的特勤人員散播謠言說：顯形已經提早在圍牆外面發生了，而且，可以在兩個街區外的地方清楚地看見那個人和他的狗。那些群眾因而飛快地跑

到十字路口想親眼目睹這個奇蹟。

那些群眾對於奇蹟的愛好已達到瘋狂的程度。

群眾隊伍的最後面有一個重達三百英磅的婦女。她罹患甲狀腺腫瘤，身上帶了一焦糖蘋果，而且還帶著一個臉色蒼白的六歲小女孩。被她用手抓住的那個小女孩，一會兒被往那邊猛拉，一會兒又被往這邊猛拉，簡直像極了一顆綁在橡皮筋末端的球。「萬達‧瓊，」她說，「假如妳再這麼無理取鬧，我下次絕對不會再帶妳去看顯形。」

‧
‧
‧

過去九年當中，每五十九天就出現一次顯形。世界上最有學問以及最值得信賴的人，都曾哀求能有觀看顯形的特權。可是，不論那些人的請求如何冠冕堂皇，還是被冷峻地拒絕。

每次拒絕的理由都一樣，而且也都是由倫法德夫人的祕書執筆：

温斯頓‧奈爾斯‧倫法德夫人請我通知您，她無法依您的請求邀請您來觀看顯形。她曾哀求能有觀看顯形的特權。可是她——您想觀看的顯形現象，其實是一樁非常悲慘的家庭事務，因此，不論動機多麼高尚，這實在不適合外界人士前來細查。

確信，您一定會諒解她的感受——您想觀看的顯形現象，其實是一樁非常悲慘的家庭事務，因此，不論動機多麼高尚，這實在不適合外界人士前來細查。

倫法德夫人和她的員工並沒有對寫信前來詢問有關隱形的幾萬個問題加以回答。倫法德夫人認為她並不欠這個世界任何資訊。外界要求她有義務在每次隱形發生後的二十四小時發佈一次報告。不過，她每次的報告都不超過一百字。每次都是由她的管家將報告張貼在通往那個地產的某個入口處，牆上的玻璃箱裡。

那一個通往地產入口的門很像愛麗絲夢遊仙境的門，位於西牆附近。門高四呎半。它是用鐵做成的，並用一個巨大的鎖緊緊地封閉起來。

至於地產的大門則被用磚塊圍堵起來。

出現在鐵門旁邊玻璃箱子裡的報告相當令人喪氣和埋怨。其中所隱含的訊息只不過使那些存有好奇心的人更悲傷而已。報告裡面說明了倫法德夫人的丈夫溫斯頓和他的狗卡薩可顯形了，還有他們消失的確實時間。溫斯頓和他的狗的健康狀態一向都被寫為**良好**。報告裡也暗示著倫法德夫人的丈夫能夠很清楚地看到過去和未來，不過，這些報告卻又故意不舉出他們看到什麼。

．．．

由於現在那些群眾已被誘離那個地產，一輛出租高級轎車得以駛抵位於西牆的小鐵門

前。一位身材瘦長，穿著愛德華時代服飾的時髦男子從那輛高級轎車裡走出來，拿出一張文件給看門的警察查看。他戴著墨鏡、貼著假鬍子來喬裝自己。

警察點了點頭，於是那個人就從口袋裡掏出一把鑰匙把鐵門打開。他很快地走進裡面，

砰一聲猛然將鐵門關上。

那輛高級轎車就開走了。

那扇小鐵門的上方有一個標示牌，上面寫著：「小心惡犬！」夏季落日的光芒在牆頂端的碎玻璃片上閃閃發光。

走進地產裡的那個人，是有史以來第一個被倫法德夫人邀請前往觀看顯形的人。他並不是什麼偉大的科學家，甚至沒有受過什麼良好的教育。大一新鮮人的日子才過一半的時候，他就已經被維吉尼亞大學開除了。他就是來自加州好萊塢的馬拉吉‧坎斯坦特。他是最有錢的美國人，也是一個惡名昭彰的浪蕩子。

「小心惡犬！」這是寫在小鐵門外的標示牌上面的警示語。可是，在牆裡面，卻只看見一隻狗的骨骸。牠被殘忍地用尖釘項圈套住，然後被串掛在牆上。這是一隻體型非常巨大的猛犬的骨骸，牠的長形齒互相齧合著。牠的頭顱和緊閉的上下顎形成一個典型撕裂肉品的機器。這裡曾經有一雙明亮的眼睛，那裡曾經有一對靈敏的耳朵和一對敏銳的鼻孔，那裡也曾經有食肉動物的腦。使牙齒得以長在肉裡的成串肌肉彷彿還隨處可見。

那具骨骸非常具有象徵意義——它是一種會話的小道具，是由一個幾乎不和任何人說話的婦人所擺設的。從來沒有狗死後像那樣掛在牆上。倫法德夫人從一名獸醫師那裡買到骨骸後，先將它們漂白及磨光，然後逐一地加以串連。那副狗骨骸是倫法德夫人在受盡時間和丈夫對她的多次惡作劇及耍弄之後，才做出的如此銳利諷刺及曖昧難懂的註解。擁有一千七百萬美元財產的溫斯頓‧奈爾斯‧倫法德夫人可以很輕易地在美國上流社會裡獲取最高社會地位。她不僅身體健康、風姿綽約，而且才華洋溢。

她的才華表現在寫詩上。她曾經以筆名出版了一本名為《介於羞怯和遙遠之間》的小詩集。那本小詩集出版之後還頗受好評。

她之所以將詩集如此命名，是因為在小字典裡介於**羞怯**（Timid）和**遙遠**（Timbuktu）之間的單字都和**時間**（time）有關。

不過，像倫法德夫人這麼富有的人，還是會做出一些把狗骨骸掛在牆上、把地產大門用磚塊堵住，以及讓以前曾以優美著稱的花園變成荒蕪的新英格蘭叢林等令人困擾的事。

此寓意是：擁有金錢、地位、健康、風姿綽約，以及才華洋溢等並不代表擁有一切。

馬拉吉‧坎斯坦特，那個最富有的美國人，將他身後那道愛麗絲夢遊仙境的門鎖上。他精神煥發地經過那隻狗骨骸，雙眼同時還看了一下將墨鏡和假鬍子掛在牆上的長春藤上。他手上的太陽能錶。七分鐘過後，一隻名為卡薩可的巨型猛犬將顯形，並且在地產上徘徊。

「卡薩可會咬人，因此請務必準時。」倫法德夫人在她的邀請函上面如此註明。

坎斯坦特看了之後不禁笑了笑──竟然警告他務必要準時。務必準時意味著必須以把自己當做某一點的方式存在，同時，也意謂著必須準時抵達某個地方。坎斯坦特確實以把自己當做某一點的方式存在──他實在無法想像若用其他任何方式存在的話，將會是什麼樣子。

而那也正是他想要找到答案的事情之一──若用其他方式存在的話，那將會是什麼樣子。倫法德夫人的丈夫就是以其他的方式存在。

溫斯頓・奈爾斯・倫法德兩天前才駕著他那艘私人的太空船離開火星，駛進星圖上從未記載的一個同向彎曲的漏斗狀地區。一直和他共同乘坐太空的只有他的那條狗。現在，溫斯頓・奈爾斯・倫法德和他的狗卡薩可是以波動的現象存在──很顯然地，此種在扭曲螺旋體內的脈衝，其起源來自太陽，盡頭則在獵戶座的參宿四星❶。

地球將在中途攔截那個螺旋體。

．．．

❶ 參宿四星（Betelgeuse）：獵戶座的亮星，但並不穩定，是光度會變化的「變星」，亦是距離地球一千光年以內最大的恆星。

將全文刊載出來：

它出現在一套名為《神奇的事物》的兒童百科全書第十四版的版本上。感謝出版商同意本人

擊。不過，不論可能會遭到什麼樣的攻擊，希瑞‧赫爾博士的簡短解釋可能是最好的一種。

幾乎每一種對於那個漏斗狀地區的簡短解釋，都必然會遭到此一領域裡的專家們的攻

同向彎曲的漏斗狀時間地區 ——

把你的父親想像成地球上有史以來最聰明的人。地球

上每一件被發現的事物他都相當熟悉，他對每一項事物的看法都非常正確，而且他還能證

實他對每一件事的看法都是正確的。現在，再想像居住在一百萬光年遠的某個美好世界裡

有一個小孩，而那個遙遠的美好世界有史以來最聰明的人。那個小孩

的父親和你的父親不僅一樣聰明，而且也和你的父親一樣，對每件事物的看法都是正確

的。那兩個父親都很聰明，也都有很正確的看法。

不過，假如有一天他們兩個人碰面的話，將會引發一場激烈的爭執，因為，他們對於

每項事物的看法都大異其趣。當然，你可以說你的父親是正確的，而那個小孩的父親是

錯誤的，可是，宇宙是一個極巨大的地方。它仍然有足夠的空間提供給每一個自認對所有

的看法都是正確的，但又不會和別人引起爭論的人。

至於那兩位看法正確的父親之所以還是會引發激烈的爭論，最主要的原因就在於對所

【第一章】介於羞怯和遙遠之間

謂「正確」有太多種不同的看法。雖然如此，宇宙裡仍然有些地方可以讓每一個父親能夠了解另一個父親所說的是什麼意思。在這些地方裡，所有不同種類的真理都像你父親手腕上所戴的太陽能錶裡的各種零件，適切且巧妙地結合在一起。我們就把這些地方叫做「同向彎曲的漏斗狀時間地區」。

太陽系裡面似乎充滿了許多這種同向彎曲的漏斗狀時間地區。其中有一個巨大的同向彎曲的漏斗狀時間地區是我們所確知存在的，它喜歡滯留在地球和火星之間。我們之所以對那個巨大的同向彎曲的漏斗狀時間地區有所知曉，是因為有一個地球人和他的地球狗曾經闖入裡面。

或許你會認為，進入一個同向彎曲的漏斗狀時間地區並看到各種不同的看法都是絕對正確的，那將是一件美好的事，可是，這樣做其實是非常危險的。那個可憐的人和他那條可憐的狗被驅散到很遠、很寬廣的地方，不僅超越空間，而且還超越了時間。

Chrono（kroh-no）意指時間。Synclastic（sin-classtick）是指所有的方向都朝同一面彎曲，像橘子的皮就是一個最佳例子。至於Infundibulum（in-fun-dib-u-lum）則是像凱撒大帝和尼羅皇帝等古代羅馬人所稱的漏斗。假如你不知什麼是漏斗，可以請你的媽咪拿一個給你看。

開啓愛麗絲夢遊仙境之門的鑰匙是連同邀請函一同寄上的。馬拉吉‧坎斯坦特將那把鑰匙放到他的毛料長褲口袋裡，然後就順著眼前一條小徑往前走。他走路的時候，影子拉得很長，不過，落日平射的光線使得樹頂充滿了落日餘暉。

坎斯坦特帶著那張邀請函慢慢地往前走，而且，在每一個轉彎的時候，都會特別留意，以防遭遇任何挑戰或刁難。邀請函上面的墨水是紫羅蘭色。雖然倫法德夫人才只有三十四歲，但她寫出來的字體卻像由一名性情古怪老婦人手中所寫出來的。在邀請函裡，她很明顯表達出對從未謀面的坎斯坦特的嫌惡。至少可以這麼說，整個邀請函是在心不甘情不願的狀況下寫的，就好像是寫在一條弄髒的手帕上。

在邀請函上她如此寫道：「在我丈夫前一次的顯形當中，他一再堅持下一次他顯形時你一定要在場。雖然我一再向他說明這將會帶來許多明顯的妨礙，但還是無法說服他。他還堅稱他非常了解你，曾經在泰坦星和你相遇。根據我個人粗淺的了解，泰坦星是土星的一個衛星。」

在邀請函的每一個句子裡，幾乎都可以看到堅稱這兩個字。倫法德夫人的丈夫一再堅持做一些她非常不表贊同的事，於是，她也就反過來堅持馬拉吉‧坎斯坦特的行為，必須表現到最好的狀態，像個他從來不曾做過的紳士一般。

馬拉吉‧坎斯坦特從來沒有到過泰坦星。據他目前所知，他從來沒有到過包圍著他的出

生星球——地球——的大氣層之外的世界。很顯然地，這是他將要學習的。

．．．

小徑的轉彎相當多，使得能見度的距離很短。坎斯坦特正走在一條寬度只有除草機的溼綠小徑上。事實上，那條小徑正是一台割草機除草後所遺留下來的行跡。小徑的兩旁，則長滿了如綠牆般的草叢，讓原本的花園彷彿成了叢林。

那條由割草機所造成的小徑繞行經過一座已乾枯的噴泉。那個操作割草機的人非常有創意地在此處使小徑自動分成岔路。坎斯坦特可以選擇自己喜歡的一邊繞過那座噴泉。坎斯坦特在岔路前停了下來，並抬頭往上看。噴泉本身就是一件非常有創意的傑作。它是由許多直徑漸次減少的石碗所堆砌而成。這些石碗是一座四十英尺高圓筒形柱體上的柱環。

一時衝動下，坎斯坦特並沒有選擇岔路中的任何一條路，反倒爬上了噴泉。他一碗接著一碗地踏著往上爬，希望當他爬上頂端的時候，能夠清楚地了解自己已經走到哪裡以及究竟該往哪裡走。

現在他已站在最頂端，雙腳踮在那座巴洛克式噴泉最小的石碗上，腳上還踏著被他踩壞的鳥巢。馬拉吉‧坎斯坦特瀏覽整個地產，也瀏覽了新港的絕大部分地區以及納拉甘西特

灣。他把手錶拿起來對準陽光，讓它好好痛飲一番。陽光對於太陽能錶來說就如同金錢對地球人一樣重要。

清新的海風吹亂了坎斯坦特的藍黑色頭髮。他外表長得相當不錯——微胖，膚色較深，有著詩人般的雙唇，一雙柔和的棕色眼睛深藏在像極了克羅馬儂人❷的眉樑裡。他三十一歲。

他擁有三十億元的資產，大多是繼承而來。

他的名字有**忠實信差**的意思。

他是一個投機商人，大多炒作公司股票。

每當坎斯坦特喝酒、吸食麻藥，或是和女人作樂之後，他只渴望一件事——接到尊貴且重要的訊息，值得讓他謙遜地帶著它在兩點之間傳送。

在坎斯坦特自己所設計的盾形紋徽上簡單地寫著這個座右銘：**信差在等候**。

根據推測，坎斯坦特心中所想的，是希望上帝能傳送訊息給另一個同樣卓越的人。

坎斯坦特再一次看了看他的太陽能手錶。在兩分鐘之內，他必須爬下噴泉並且抵達那棟房子——以避免在卡薩可顯形後找尋陌生人的追咬。坎斯坦特對著自己大聲笑著，他想，假

❷克羅馬儂人（Cro-Magnon）為舊石器時代後期居於歐洲大陸的長身頭原始人。

【第一章】介於羞怯和遙遠之間

如倫法德夫人看到來自好萊塢那個粗野及暴發戶式作風的坎斯坦特先生，將他所有的造訪時間都花在爬到噴泉上以便躲避一隻純種狗的時候，不知會多麼高興。倫法德夫人甚至可能會把噴泉的水打開。

很有可能她現在正注視著坎斯坦特。那棟巨大的房子距離噴泉只有一分鐘的路程——有一條比小徑寬三倍的、也是割草機遺留下來的行徑，將那棟房子和叢林隔開。

那棟倫法德大廈是由大理石建造而成，是仿造倫敦的懷特霍爾宮❸宴會廳而建成的。就像新港地區大多數大廈一般，倫法德大廈和全美國各地的郵局辦公大樓及聯邦法庭建築物都有某些相似之處。

倫法德大廈會使人情不自禁地對其所要表達的概念留下深刻的印象：資產雄厚的人。毫無疑問地，它當然是自從古夫大金字塔建造以來另一個對於比重的偉大嘗試。就某方面來說，它比古夫大金字塔更具有向耐久性挑戰的意味，因為當古夫大金字塔直指天際的時候，它的尖端卻逐漸變小最後變得什麼也沒有，而倫法德大廈則直指天際，什麼都沒有消失。若將它倒過來來看，情形還是一樣。

當然，該棟大廈的比重和耐久性和它以前的主人相對照之下，是相當不一致的。因為，

❸ 懷特霍爾宮（Whitehall Palace）：原英國王宮。

泰坦星的海妖

除了每五十九天會出現一小時之外，它的主人並不比月光更為真實和具體。

坎斯坦特從噴泉上爬下來，腳下所踏的石碗邊緣的尺寸愈來愈大。當他抵達最底端的時候，內心充滿了一股希望看到那座噴泉噴水的強烈慾望。他想到圍牆外面的群眾，他也想到，那些群眾應該也會很高興看到那座噴泉噴水。他們一定會相當著迷——看著最頂端的迷你小石碗因裝滿水而溢到下面接連著的小石碗……然後小石碗的水又因裝滿而溢到再下一層的石碗……如此一個石碗接著一個石碗地溢出水……接連不斷地，真像一部水溢狂想曲，每一個石碗都唱著它自己的水歌。至於在最底部，則有一個碗面朝上的超大型石碗……它的碗底還是乾燥的，但也是極為貪求無厭地……等待又等待，等待著第一滴甜蜜的水滴掉落下來。

坎斯坦特被迷得神魂顛倒，甚至開始產生噴泉正在跑步的幻想。那座噴泉很像是一種幻覺——而所有的幻覺，幾乎像吸食毒品後所產生的那般，令坎斯坦特產生了訝異和愉悅的感覺。

時間流逝得很快。坎斯坦特卻絲毫沒有移動的跡象。

在地產的某處有一隻巨犬在吠叫。它的吠叫聲聽起來很像大木槌敲打銅鑼的聲音。

坎斯坦特從他對噴泉的冥想中醒過來。那種吠叫聲只可能從太空之犬卡薩可的口中發出來。卡薩可已經顯形了。卡薩可聞到暴發戶的血。

坎斯坦特快速地從噴泉衝刺到那棟房子前。

一位穿著古代管家服飾及膝短褲的人將門打開，好讓來自好萊塢的馬拉吉・坎斯坦特得以進入那棟房子。那位管家喜極而泣地用手指著一個坎斯坦特看不見的房間。他正努力嘗試描述一樣使他感到快樂的事物。他無法說話。他的下顎中風，因此，他只能對坎斯坦特發出「噗、噗、噗」的聲音。

大廳的地板不僅是由馬賽克磚砌成，而且還形成了黃道帶和十二星座環繞著金黃色太陽的圖案。

一分鐘之前才顯形的溫斯頓・奈爾斯・倫法德走進大廳，站在那個金黃色太陽的上面，他比馬拉吉・坎斯坦特要來得魁梧多了──他也是第一個讓坎斯坦特覺得或許世界上真的有人比他優秀的人。溫斯頓・奈爾斯・倫法德伸出他柔軟的手，很親熱地向坎斯坦特打招呼。

他的招呼聲幾乎是從男高音的聲門發出的。

「坎斯坦特先生，」幸會，幸會，幸會，」倫法德說，「你能光臨真是太好了！」

「這是我的榮幸，」坎斯坦特說。

「聽說您很可能是有史以來最幸運的人。」

「這倒有點言過其實，」坎斯坦特說。

「您總該不會否認，若從財務狀況方面來說，您是極為幸運的。」倫法德說。

坎斯坦特搖搖頭。「這話倒是不容否認，」他說。

「那您認為您為什麼會那麼地幸運呢？」倫法德說。

坎斯坦特聳聳肩。「誰知道。」他說。「我想，可能是上面有某個人喜歡我吧！」他說。

倫法德抬頭看了看天花板。「多麼迷人的看法──上面有某個人喜歡你。」

在這些對話中一直和倫法德握手的坎斯坦特這時候想到自己的手，它突然顯得很小，而且很像動物的爪。

雖然倫法德的手掌長繭，可是，卻不像一生都只做一樣工作的人的手掌那麼硬如牛角。

他手上的繭分佈得非常平均，來自一個活躍的休閒族快樂地休閒上千次之後才出現的。

曾經有一陣子，坎斯坦特竟然忘記那個和他握手的人只不過是個形體而已，也就是說，只不過是從太陽一路延展到獵戶座參宿四星的光波現象中的一個環節而已。兩人的握手使坎斯坦特提醒了自己正在觸摸的是什麼──因為，他的手被一道雖不強勁但毫無疑問是電流所刺痛。

· · ·

坎斯坦特並沒有被倫法德夫人邀請他前來觀看顯形信函上的恫嚇語氣所迫，而感到差人

一等。坎斯坦特是一名男性，而倫法德夫人是一位女性，因此，坎斯坦特認為，假如有機會的話，他倒有方法可以大展他那無庸置疑的優越性。

溫斯頓‧奈爾斯‧倫法德確實不同凡響——他氣宇軒昂、舉止優雅，很容易讓人產生好感。他的微笑和握手有效地瓦解了坎斯坦特的自信，就像馬戲團裡雜耍的特技師能有效地拆解摩天輪，其道理是極為相似的。

曾經提出要以信差的身分來服務上帝的坎斯坦特，現在在溫和偉大的倫法德面前卻開始驚惶失措。坎斯坦特在腦中到處搜尋過去自己一些偉大事蹟的記憶。他搜尋自己的記憶時，就好像小偷在搜尋別人的皮夾子。坎斯坦特發現他的記憶裡存滿了自己曾經有過的女人的發黃照片，一些荒謬的證件證實他擁有很多荒謬的企業，還有一些花了三十億元買到的對他歌功頌德的感謝狀。甚至還有一塊配有紅色緞帶的銀質獎章——那是他在維吉尼亞大學校內田徑比賽三級跳項目裡榮獲第二名時所頒獲的。

倫法德不斷地微笑著。

現在就遵循小偷搜尋別人皮夾子的類比：坎斯坦特把記憶的接合處扯開，希望能找到一個裡面放置著某種有價值事物的祕密小室。可是卻沒有任何祕密小室——當然也就找不到任何有價值的東西。遺留在坎斯坦特腦中的，是一些無用的記憶——一些片斷和沒有活力的記憶。

那位穿著古代服飾的管家以很仰慕的神情看著倫法德，然後從一幅肖像油畫前離去，畫中是一個擺出聖母瑪莉亞姿勢的醜陋老婦。

「你知道嗎？我可以看穿你的心事，」倫法德說。

「眞的嗎？」坎斯坦特低聲下氣地說。

「這是世界上最容易的事，」倫法德說。他的雙眼明亮地閃爍著。「你知道嗎？你還是個不錯的人——」他說，「尤其當你忘了自己是誰的時候更是如此。」他輕輕地拍著坎斯坦特的手臂。那是一種政治人物的姿勢——是那些所謂的政治人物在私下場合和他身分地位相同的人所做的一種近而不狎的姿勢。

「假如在現階段我們的關係裡，你認爲在某些方面比我優越對你來說眞的很重要的話，」他非常和顏悅色地對坎斯坦特說，「那麼不妨這麼想：你具有生殖的能力，但我卻沒有。」

現在，他把那寬大的背影轉向坎斯坦特，然後帶領他穿越許多華麗的房間。

他在其中一個房間裡停了下來，堅持要坎斯坦特欣賞一幅上面畫有一個小女孩手握著一匹白色小馬上的韁繩的油畫。那個小女孩頭上戴著一頂白色的無邊軟帽，身上穿著一套白色洋裝，手上戴著白色的手套，雙腳則穿上白色的襪子和鞋子。

她是馬拉吉．坎斯坦特所見過的小女孩中最爲純潔但也最爲冰冷的女孩。她的臉上有一種非常奇特的表情，坎斯坦特想這是因爲她擔心會弄髒自己的緣故。

「這幅畫畫得很好，」坎斯坦特說。

「假如她掉進了滿是泥濘的水坑裡，那豈不是糟透了嗎？」倫法德說。

坎斯坦特若有似無地微笑著。

「我的妻子就像個小孩，」倫法德突然脫口而出，然後就把坎斯坦特帶離那個房間。

他一路把他帶到一個建在屋後的迴廊，走進一間比大型掃帚儲物室大不了多少的小房間。那個小房間只有六英尺寬、十英尺長，不過，它的天花板和這棟大廈裡其他的房間一樣，都有二十英尺高。那個房間很像是一座煙囱，裡面還有兩張安樂椅。

「這是建築上的一個意外——」倫法德說，然後就把門關上並且抬頭看著天花板。

「很抱歉，我沒聽清楚，」坎斯坦特說。

「這個房間，」倫法德說。雖然他的右手顯得無力，但還是能夠做出螺旋狀樓梯的手勢。「當我還是個小男孩的時候，這個小房間曾經是我覺得一生當中少數幾項真心想要的事物之一。」

他點頭指向那些比窗戶還高出六英尺長的架子。那些架子都是專門製作的，而且外觀非常漂亮。在架子上面有一塊厚木皮，上面用藍色油漆寫著：史基普博物館。

史基普博物館是一座藏有許多屍體遺骸的博物館——包括有內骨骼及外骨骼（甲殼）的動物，也有貝殼、珊瑚、骨骼、軟骨、古希臘貝殼等，還有很久以前死去生物的煙絲、殘

屑、以及渣滓等的遺跡。大多數的標本應該是取材自一位小男孩——假設他名為史基普——

而且，都是些他很容易在新港的海灘及防風林裡發現的東西。對於一個對生物科學有極大興

趣的小孩來說，其中有些標本顯然像是貴重的禮物。

在這些禮物中，有一個完整的成年男子的骨骸。

同時，還有一隻犰狳的外殼標本、古代巨鳥的標本，以及獨角鯨的長牙——上面還被頑

皮的史基普標上**獨角獸之角**的標籤。

「史基普是誰？」坎斯坦特說。

「我就是史基普，」倫法德說，「曾經是。」

「這點我倒是從來不知道，」坎斯坦特說。

「當然啦，只有我的家人才這樣叫我，」倫法德說。

「喔，」坎斯坦特說。

倫法德坐在其中一張安樂椅上面，並示意坎斯坦特坐到另一張安樂椅上。

「你知道的，天使也不能，」倫法德說。

「不能怎樣？」坎斯坦特說。

「不能生殖，」倫法德說。他遞了一根香菸給坎斯坦特，自己也拿了一根，並且把它放

在由一根長形骨頭所做成的菸嘴上。「很抱歉我太太不想下樓來——和你見面。」他說。

「其實，她所要逃避的並不是你——而是我。」

「你？」坎斯坦特說。

「沒錯。」倫法德說。「自從我第一次顯形之後，她就沒看過我。」他面帶愁容地苦笑著。

「一次就已足夠了。」

「我——我感到抱歉，」坎斯坦特說，「可是我不懂。」

「她不喜歡我算的命。」倫法德說。「她覺得非常不悅，因為我對於她的未來提到得並不多。她自此以後也就不想再聽了。」他又坐回他的安樂椅，深深地吸口菸。「坎斯坦特先生，不瞞您說，」他親切地說，「告訴人們他們居住在很令人難以忍受的宇宙是件吃力不討好的工作。」

「她說你告訴她必須邀請我，」坎斯坦特說。

「她是從管家那裡獲得這個訊息的，」倫法德說。「要不是我激怒她邀請你，她是絕對不可能這麼做的。或許你應將這個記在心裡：使她做事的唯一方法就是告訴她，她沒有勇氣這麼做。當然，這也不是萬無一失的技巧。像現在，我可能可以傳送訊息給她，說她沒有面對未來的勇氣，然後，她可能也會回傳訊息給我說，我所說的沒有錯。」

「你——你真的能夠預知未來？」坎斯坦特說。他臉上的皮膚緊繃，感到燥熱。他的手掌也正流著汗。

「就某種方式來說——沒錯，」倫法德說。「當我駕駛著太空船進入漏斗狀時間地區時，我突然領悟，任何已經存在的事物將會一直存在，而任何將會存在的事物事實上早已一直存在著。」他又再度暗自輕笑。「我也知道，以最簡單、最淺顯的方式將未來說出，會將預知未來的美感完全打破。」

「你把每一件將發生在你太太身上的事情都告訴她了嗎？」坎斯坦特說。這是一個離題的問題。坎斯坦特對於即將發生在倫法德太太身上的事其實是一點也不感興趣的。他渴望知道的是有關於自己的消息。也正因為如此，當他問到有關倫法德太太的消息時，顯得有些覷觀。

「怎麼說呢？其實也並非每一件事都能預知。」倫法德說。「她不讓我把每件事都告訴她。每當我想把更多事情預告給她的時候，總會再次使她更不想知道更多事情。」

「我——我想我大概可以體會，」坎斯坦特說。其實他一點也沒有體會到。

「沒錯，」倫法德親切地說，「我曾經告訴她，你和她將會在火星上結婚。」他聳聳肩。「事實上，也並非真的結婚——」他說，「而是由火星人所飼養——就像農莊動物般地被飼養著。」

. . .

溫斯頓‧奈爾斯‧倫法德是美國歷史上最著名階級的成員之一。那個階級之所以如此著名，主要是因為它的界限至少可以延伸長達兩世紀以上——而對於定義有興趣的人來說，兩世紀是一個非常清楚的界定。雖然倫法德所屬的那個階級規模很小，可是卻有一位美國第十任總統，有四分之一的畢業生是探險家，有三分之一是東部沿岸各州的州長，有二分之一是全職的鳥類學家，有四分之三是偉大的遊艇家，而且，幾乎所有的畢業生對於大型歌劇都頗有興趣。除了造就幾位政治騙子之外，那一個階級的學生在其他領域都是非常腳踏實地工作著。所謂政治騙術其實就是擔任公職之道，不過，此種方法在私生活裡卻沒施行過。屬於那階級的成員一旦擔任了公職，幾乎毫無例外地都會擔負重責大任。

假如倫法德告訴火星人把人類當作農場裡的動物般來飼養的話，他對火星人的這個指控也可以適用於他那一社會階級上。就某種層面來說，他那個社會階級的優勢在於良好的財務管理，不過，更大層面則是在於婚姻上——而很諷刺地，這些婚姻卻又根基於很可能被生育的子女身上。

健康、迷人，以及聰敏的小孩因而成為急迫被需求的東西。

假如嚴肅地對倫法德那一班的成員做廣泛分析的話，毫無疑問會得出如同瓦爾桑‧吉特律幾在《美國哲學家之王》寫的結論。根據吉特律幾的分析，他證實那一個階級的成員其實是同一家族的人，他們的血緣關係可以推溯到最早期的堂兄弟姐妹及表兄弟姐妹的相互通

婚。例如，倫法德和他的太太就是第三代表兄妹的關係。他們都互相厭惡著對方。

當吉特律幾將倫法德那個階級的成員關係製成圖表之後，發現那個圖表和大家所知曉的硬式、球狀的繩結──**猴拳結**有些許相似之處。

瓦爾桑‧吉特律幾在他那本名為《美國哲學家之王》的書裡，每當試圖將倫法德那一階級的氛圍用文字描述的時候，總會遭到挫敗。像吉特律幾那樣的大學教授，當然只會不常使用，而且很學術味道的字詞，在找不到適切的字詞時，他還造出了許多難以翻譯的新字詞。

在吉特律幾所創造的新字詞中，只有一個字詞曾在會話中被使用過。那個字詞是**非神經性的勇氣。**

當然，也正是因為那種勇氣，才會使溫斯頓‧奈爾斯‧倫法德進入太空。那是一種非常單純的勇氣，不僅不摻雜對名利的慾求，也沒有古怪或不適切的傾向。

附帶一提，在吉特律幾所有的新字詞當中，其實有兩個強烈和頗為普遍的字詞似乎可被巧妙且靈活地使用，分別是**風格**和**英勇。**

當倫法德從自己的口袋裡掏出五千八百萬元支付建造費用，而成為第一位擁有私人太空船的人的時候，那就是風格。

當地球上許多政府因為漏斗狀時間地區而暫時中止所有太空探險的時候，倫法德卻宣佈

了他要前往火星的消息，那就是風格。

當倫法德宣佈將帶著一條巨大的狗前往，好像把太空船當做一輛功能複雜的跑車，把火星之旅當成到康乃狄克州旅遊，那就是風格。

當倫法德對太空船駛入其中一個漏斗狀時間地區將會發生什麼後果完全一無所知，卻還是駕駛著太空船前往，那就真的只有英勇可以形容了。

· · ·

若將好萊塢的馬拉吉‧坎斯坦特和屬於新港及永恒的溫斯頓‧奈爾斯‧倫法德加以比較的話，將會有以下的結果：

倫法德所做的每一件事都**具有風格**，使全人類看起來非常美好。

坎斯坦特所做的每一件事都**朝向風格**——侵略性地、急躁地、孩子氣地，以及揮霍無度——使他和全人類看起來都非常邪惡。

坎斯坦特全身充滿了勇氣，但這種勇氣卻完全和「非神經性」扯不上任何關係。他所做的每一件神勇的事，都受到孩提時代害怕自己弱小而形成的壞心眼及刺激心理所驅使。

當坎斯坦特從倫法德那裡聽到他將和倫法德的太太在火星結婚的消息之後，他把眼光從倫法德的身上移到那座博物館的一面牆上。坎斯坦特緊握著雙手，兩隻手都可相互感覺到彼此的脈搏在跳動著。

坎斯坦特清了清喉嚨好幾次。然後他捲起舌頭輕輕地吹著口哨。換句話說，他的樣子和正在等待痛苦趕快過去的人並無多大的不同。他緊閉著雙眼，然後從牙縫把空氣吸進口中。

「倫法德先生，」他輕聲細語地說，接著又把雙眼睜開，「是火星嗎？」他問道。

「是火星沒錯，」倫法德說，「當然啦，那並不是你最終的目的地，甚至水星也不是。」

「水星？」坎斯坦特說。他發出與水星兩個字發音不太相稱的嘎嘎叫聲。

「你的最終目的地是泰坦星，」倫法德說，「但你會先造訪火星、水星，然後在你到達泰坦星前，先回到地球一趟。」

· · ·

· · ·

了解馬拉吉·坎斯坦特接收到他可能前往火星、水星、地球以及泰坦星造訪，在太空探

險史上處於何種情勢是件非常重要的事情。地球上的人類在從事太空探險時的心態和哥倫布出發前往大西洋探險前歐洲人的心態是非常相似的。

不過，還是有一些很大的不同之處：介於太空探險者所居住的地球和他們所要探險的目的地之間的怪物並非虛幻的，他們不僅數量、種類繁多而且都非常可怕嚇人；即使是最最小型的太空探險都足以把大多數的國家毀掉；而且，可以確定的是，太空探險的贊助人絕對不可能從中增加財富。

簡而言之，若從粗淺實用的知識和最佳科學知識來看的話，從事太空探險其實並沒有什麼好處可言。

耗費國家大量經費將巨大物體發射進入太空以顯得比其他國家更為輝煌的事蹟，早已成為歷史。事實上，由馬拉吉‧坎斯坦特所掌控的加拉克狄克太空船公司接到最後一個訂單就是建造一艘三百英尺長，直徑三十六英尺的火箭。雖然它已建造完成，可是卻一直沒有發射過。

那艘太空船被簡單地命名為**鯨魚**，可以容納五名乘客。

太空探險計畫之所以突然中止完全是因為漏斗狀時間區域被發現的緣故。這些區域是藉由先前所發射出去的無人駕駛太空船異常的飛行紀錄，然後再運用數學理論推理而來的。

漏斗狀時間區域的發現對於人類似乎意味著：**「憑什麼你認為自己有所進展？」**

這種情況使得美國一些基本教義派的傳教人士站出來說話了。他們比哲學家或歷史學家或任何人更搶先地對於被截斷的太空紀元說出一番大道理。就在鯨魚號太空船發射的計畫被無限期取消後的兩個小時，住在西維吉尼亞州的鮑比・丹頓牧師對著他那群狂熱的教徒說：

「上帝從天國下來探視人類後代所建造的都市和城堡。然後上帝說：『看哪，人類屬於同一個種族，擁有相同的話言；人類開始共同生活在一起；現在**人類可以做任何一件他們想要做的事**。來吧，讓我們一起走吧，將他們的語言加以混淆，使他們無法了解對方的語言。』於是，上帝將他們散居在地球表面各處：他們建造了一座城市，這也正是巴別塔名字的由來；由於上帝眞的將地球上人類的語言加以混淆，也因此，就是從那個時候開始，上帝將他們散居到地球各處。」

鮑比・丹頓以關愛和明亮的眼神看著他的聽眾，然後又對漏斗狀時間區域此種奇特現象加以嘲諷。「難道這些不是聖經裡所描述的嗎？」他說。「難道我們不是用自傲和鋼鐵建造了一座比巴別塔還要高聳、令人厭惡的東西嗎？難道我們的意圖不正和古代那些建造者一樣，想藉著自己所建造的、高聳入雲的物體直達天國嗎？難道我們沒有聽說過科學家的語言是沒有國界的嗎？他們都使用相同的拉丁或希臘文字來描述事物，而且大多用數字來做爲他們談話的語言。」對於鮑比・丹頓來說，這似乎是個非常獨特的印證，而聽他演說的狂熱信徒雖然並不完全理解他講的話，但卻也都大表贊同。

「因此，當上帝對著那些建造巴別塔的人說話的時候，為什麼我們會如喪考妣似地大叫呢？祂只不過說：『不！走開！藉著那個東西你們無法抵達天國或任何地方！散開，你們聽到沒有？不要再用科學的言語互相交談！假如你們還繼續以科學的語言互相交談，沒有任何事物可以阻止你們做任何的幻想，可是我很不喜歡看到這樣的情形發生！你們的天父，希望你們能有所節制，這樣你們才會停止那個建造高塔及火箭以便到達天國的瘋狂想法，而且，還會開始思考如何成為一個更好的鄰居、更好的丈夫、更好的妻子、更好的女兒，或是更好的兒子！千萬不要向火箭企求救贖，而應該從你們的家庭和教堂尋求救贖！』」

鮑比‧丹頓的聲音變得嘶啞且微弱。「你們想飛行穿越太空嗎？上帝早就已經創造了一艘世界上最完美的太空船！沒錯，正是如此！你們想要速度？上帝賜予你們的太空船時速可以高達六萬英里，而且，假如上帝有意的話，可以永遠以那樣的高速一直不斷地行駛。你們是否希望自己所搭乘的太空船會使乘坐在裡面的人感到舒適？那當然沒問題！上帝所賜予的太空船並不會只搭載一個有錢人和他的狗，或是只搭載五個乘客或十個乘客。絕非如此！上帝又不是小氣鬼！祂賜予你的太空船能搭載以億數的男女老幼！一點也沒錯！而且，那些乘客們一點也用不著坐在綁好安全帶的座椅上或在頭上戴著可笑的碗狀頭盔。絕對不是！在上帝的太空船上絕對不是這樣。在上帝所賜予的太空船上，乘客可以自在地游泳，在陽光下散步，或是打壘球，也可以溜冰，或者是，在星期假日時做完禮拜之後開著家庭房車和家人一

同出遊，並且在晚上共進火雞大餐！」

鮑比・丹頓不斷點頭地說：「沒錯！」他說。「假如有任何人認為他的神故意在太空置放了一些東西來阻止他飛向太空是件非常卑劣的手法，那他應該記得，其實上帝早已賜予我們人類一艘太空船了。其實，我們用不著購買那艘太空船的燃料，也用不著擔心應該使用哪種燃料，因為，上帝早就都安排妥當了。

「上帝也曾告訴我們，當**我們**搭乘祂所賜予的太空船時該注意哪些事項。祂把法則寫下來以便每個人都能理解。絕對不是這樣！而且，上帝也沒有訂出很多法規。據我所知，假如要發射『鯨魚號』太空船，在發動之前，必須經過一萬一千種不同的檢查，才能確保發射後不會發生任何故障；這個汽門打開了嗎？那個汽門關閉了嗎？可是，在上帝賜予的太空船上面，祂只要求我們檢查十個項目——而且，檢查的目的也不是為了到太空裡某些巨大、有毒的巨石上的那種短程旅途，而是從地球到天國的長程旅途！好好想一想！明天你寧願在哪裡——在火星或是在天國呢？

「你們想知道在上帝所賜予的那艘圓形綠色太空船上必須檢查的是哪些項目嗎？我必須告訴你們嗎？你們是否想聽一聽上帝的倒數聲呢？」

台下那群像十字軍般狂熱的教徒大聲回答說他們想聽上帝的倒數聲。

「十!」鮑比‧丹頓說,「你是否垂涎你鄰居的房子?或是他的男僕?或是他的女僕?或他的牛群?他的驢子?或是任何屬於你鄰居的東西?」

「不!」台下狂熱的教徒大聲叫喊。

「九!」鮑比‧丹頓說,「你是否曾做偽證陷害你的鄰居?」

「沒有!」那些狂熱的信徒大叫。

「八!」鮑比‧丹頓說,「你是否會偷竊?」

「不!」狂熱的信徒們大叫。

「七!」鮑比‧丹頓說,「你是否犯下通姦的過錯?」

「沒有!」狂熱的信徒大喊。

「六!」鮑比‧丹頓說,「你殺過人嗎?」

「沒有!」狂熱的信徒大叫。

「五!」鮑比‧丹頓說,「你是否尊敬你的父親和母親?」

「是!」狂熱的信徒大叫。

「四!」鮑比‧丹頓說,「你是否記得每星期日為安息日,並且上教堂做禮拜呢?」

「是!」狂熱的信徒們大叫。

「三！」鮑比‧丹頓，「你是否濫用上帝的聖名呢？」

「不！」狂熱的教徒大叫。

「二！」鮑比‧丹頓說，「你是否塑立任何的雕像或偶像？」

「沒有！」狂熱的教徒們大喊。

「一！」鮑比‧丹頓地說，「你是否把其他的神祇擺在你的真神上帝的前面呢？」

「沒有！」狂熱的信徒們大聲說。

「發射吧！」鮑比‧丹頓高興地大叫著，「天國，我們來了！發射，我的子民，阿門！」

「這……」馬拉吉‧坎斯坦特在新港的一間樓梯底下的房間裡喃喃地自言自語，「看樣子好像信差終於要被派上用場了。」

「那是什麼？」倫法德說。

「我的名字，它的意思是**忠實的信差**。」坎斯坦特說。「可是訊息是什麼呢？」

坎斯坦特把他的手掌轉朝上方。「我是說，為什麼要我耗費大把勁到泰拉坦星去呢？」

「是泰坦星，」倫法德糾正他的拼音。

「泰坦，泰拉坦，」坎斯坦特說。「是什麼強烈爆破性的理由要我到那裡去？」「爆破」這兩個字對於坎斯坦特將來說是生澀的，而他也花了一些時間才終於了解到他為何使用這個詞。爆破的意思，宛如電視上的太空人員說星球表面被剝開，或是當領航員搖身一變成為來

自某個星球的太空海盜。他站在那兒一動也不動。「一定要我到那裡的用意何在呢？」

「你是非去不可——我敢這麼向你保證，」倫法德說。

坎斯坦特走到窗戶旁邊，他一些百大的氣勢又開始高漲。「我現在就可以立刻告訴你，」

他說，「我絕對不會去。」

「聽你這麼說我覺得很遺憾，」倫法德說。

「你是不是要我到那裡幫你做一些什麼事情呢？」坎斯坦特說。

「不是的，」倫法德說。

「那麼，你為什麼說你很遺憾呢？」坎斯坦特說。「你有什麼好遺憾的呢？」

「沒有，」倫法德說。「我只不過是替你感到遺憾。你真的會錯過一些東西。」

「比方說什麼呢？」坎斯坦特說。

「這個嘛——比方說，你將錯過絕對令你意想不到的怡人氣候，」倫法德說。

「氣候！」坎斯坦特非常輕蔑地說：「對於在好萊塢、喀什米爾山谷、阿卡波哥、曼尼托巴湖、大溪地、巴黎、百慕達、羅馬、紐約，以及開普敦等世界各地擁有房產的我來說，難道我還有必要離開地球去別的地方找尋更怡人的氣候嗎？」

「除了氣候之外，泰坦星上面還有許多令你意想不到的東西，」倫法德說。「例如，泰坦星的女人是太陽系和參宿四星之間的所有生物中最漂亮的。」

坎斯坦特捧腹大笑。「女人!」他說。「你認為我無法將漂亮的女人弄到手嗎?你想,我會因為那麼好色,以至於認為自己唯一能夠和絕世美女親近的方法就是爬上一艘太空船而開往土星的任何一個衛星嗎?你該不會是在開玩笑吧?我所擁有的女人是那麼地漂亮,我想,在太陽系和參宿四星之間的任何人只要一聽到她們的『哈囉』問候聲,一定會忍不住坐下來發出讚嘆的聲音。」

他把他的皮夾子拿出來,並且從中拿出一張最近獵物的照片。毫無疑問地,照片中的女孩極為美艷動人。她是凱娜·蓉安小姐,曾經在環球小姐選美大會裡榮獲亞軍,而且,事實上,她比贏得后冠的那位小姐要漂亮得多了。她的美麗曾經使所有評審嘆為觀止,幾乎無法相信世界上會有如此漂亮的女孩。

坎斯坦特把那張照片交給倫法德。「泰坦星上面有沒有像這樣漂亮的女人?」他說。

倫法德很恭敬地對著那張照片看了又看,然後又把它交還給坎斯坦特。「沒有,」他說,「泰坦星上面沒有像她那麼漂亮的女人。」

「這就對了,」坎斯坦特說,心裡又再度感覺到自己還是能掌握住自己的命運,「氣候、美女——除了這兩項之外,還有沒有其他令人難以想像的東西?」

「沒有了,」倫法德語氣很溫和地說。他聳聳肩。「喔——對了,一些藝術品,假如你對藝術感興趣的話。」

「我收藏著世界上最大件的私人藝術品，」坎斯坦特說。

坎斯坦特是藉繼承的方式而獲得這件舉世聞名的藝術品。這藝術品原本由他的父親所收藏——或者，更明確地說，是由他父親的經紀人所收藏。那件收藏品被散置在世界各地的博物館裡，每一小件上面都顯著地寫著是坎斯坦特家族的收藏。那件巨大的藝術收藏品之所以被用這種方式擺放在世界各地的博物館，完全是出自於大藝術家公司公關主任的構想和建議。這家公司成立的唯一目的就是管理坎斯坦特家族的藝術收藏品。

收藏此一巨大藝術品的目的就在於證實，即使是億萬富翁，也是非常慷慨、有心回饋社會，以及對藝術品有獨特眼光和品味的。當然，那件藝術品最後也成為一項獲利頗大的投資。

「看來，藝術這個項目也只好到此為止了。」倫法德說。

正當坎斯坦特準備要把凱娜·蓉安小姐的照片放回皮夾子的時候，他發覺到，皮夾子裡另有一張照片。那張照片原本就放在凱娜·蓉安小姐的照片的後面。他原先以為那是他前任女友的照片，因此，他認為他也應該把那張照片拿給倫法德看，好讓倫法德知道他並非泛泛之輩。

「這裡——你看，這裡還有另外一張照片，」坎斯坦特一邊說一邊把手上的照片交給倫法德。

倫法德並沒有做出伸手拿那張照片的舉動。他甚至不想看那張照片，相反地，他不僅看著坎斯坦特的雙眼，而且略帶淘氣地對他露齒而笑。

坎斯坦特低頭看著那張被人冷落的照片。他發覺，那並不是前任女友的照片。那是一張倫法德先前偷塞的照片。雖然它和一般照片一樣，具有光滑的表面和白色的周邊，卻不是一張普通的照片。

在白色的周邊所圍成的框裡，最深層處正閃閃發光。這樣的效果很像一片在清澈且不很深的珊瑚海灣表面上放置的長方形玻璃。在那個看起來似乎是珊瑚海灣的底部，站著三個女人——一個長著灰白頭髮，另一個是金色頭髮，而另外一個則長著棕色頭髮。她們抬頭看著坎斯坦特，哀求他來到她們的身邊，使她們因為愛而成為完整的人。

她們之於凱娜‧蓉安的美麗，就像陽光之於螢火蟲一般。

坎斯坦特再度坐下來。他不能看到照片裡那些美麗的女郎，否則他一定會忍不住掉下淚來。

「假如你喜歡的話，可以將那張照片留下來，」倫法德說。「它的大小和你的皮夾子正好相當。」

坎斯坦特不知道該說些什麼才好。

「當你抵達泰坦星的時候，我的太太還是會在一旁的，」倫法德說，「不過，如果你想

【第一章】介於羞怯和遙遠之間

要和這三位女士作樂的話，她絕不會去干涉你。你的兒子也會跟你在一起，不過，他會像碧翠絲那般開通。」

「兒子？」坎斯坦特說，他並沒有兒子。

「沒錯，一個名叫克諾洛的好男孩，」倫法德說。

「克諾洛？」坎斯坦特說。

「那是屬於火星人的名字，」倫法德說，「他出生在火星──是由你和碧翠絲所生的。」

「碧翠絲？」坎斯坦特說。

「她是我的妻子，」倫法德說。他已經變得相當透明了。他的聲音也變得相當微弱，好像從便宜收音機裡播放出來的聲音。「我的好男孩，很多事物一下子飛往這裡，但一下子又飛往那裡，」他說，「有時有訊息，有時候卻又不帶著任何訊息。由於宇宙才剛誕生，因此，雖然有些混亂，但並沒有任何錯誤。一切都是因為轉化的緣故，造成了光和熱和天體的運行，而且，也使得你到處受到阻礙。」

「預言，預言，預言，」倫法德若有所思地說，「是不是還有其他事情需要我告訴你？

喔，對了，對了。你的小孩，那個名叫克諾洛的男孩──」

「他會在火星上撿到一小片金屬──」倫法德說，「而且，他會稱之為幸運符。坎斯坦特先生，請您務必留意那個幸運符。它是非常重要的。」

溫斯頓・奈爾斯・倫法德緩慢地消失——先是從他手指的末端開始，最後他的笑聲也不見了。

「我們在泰坦星再見了，」倫法德笑著說，然後，他的形體就完全消失了。

‧‧‧

「蒙克里夫，一切都結束了嗎？」溫斯頓・奈爾斯・倫法德太太從螺旋狀樓梯的頂端向下對著那個管家說。

「是的，夫人，他已經離開了，」那個管家說，「那條狗也跟著他走了。」

「那個坎斯斯坦特先生呢？」倫法德夫人——也就是碧翠絲說。她的行動倒真像個身體虛弱的人——走路搖搖晃晃地，雙眼很困難地眨動，而她的聲音則像是樹枝頂端因風吹動而產生的搖曳聲。她穿著一件白色的長晨衣，它的褶層形成一個逆時鐘方向的螺旋狀，正好和白色的螺旋狀樓梯形成和諧的一致性。那件晨衣的長裙正好覆蓋在樓梯的豎板上，使得碧翠絲看起來像是和整棟大樓的建築連成一體的樣子。

在整個展現當中，最為重要的當然是她那高挑且直立的身材。她臉部上的各項「細節」不是非常醒目。即使是用一顆加農砲來取代她的頭顱，也可以組合得很好。

不過，碧翠絲眞的擁有一張與眾不同的臉——而且是一張極為有趣的臉。或許我們可以這麼說。她的臉有點像長有獠牙的印第安戰士。可是，任何說出那種看法的人將必須很快地再加上「不過她看起來簡直不同凡響」這句話。她的臉和馬拉吉‧坎斯坦特的臉一樣，都是獨一無二的。她那令人驚訝有所變化的臉總會使人想起某些熟悉的面孔，而每當有人看到她的臉之後，總會想，沒錯，那樣不同的臉其實令人看起來感覺也滿不錯的。事實上，碧翠絲對她的臉所做的改變也是每一個面貌平凡的女孩會做的。不過，她總會以自負、智力和語帶辛辣味的方式來加以克服和掩飾。

「沒錯，」坎斯坦特在樓下說：「那個坎斯坦特先生還在這裡。」他的眼睛平視著，身子斜靠在通往大廳拱門的一根圓柱上。不過，從整個組合來看，他的身形顯得很渺小，好像被整個建築物所淹沒而幾乎無法被人看見。

「喔！」碧翠絲說，「你還好嗎？」這實在是一個非常無趣的問候。

「妳好嗎？」坎斯坦特說。

「我只能祈求看看你能否以你的紳士本能，要求你不要把曾經和我丈夫會面的事情向外界宣揚。我完全可以體會到向外界宣揚的那股誘惑力是相當大的。」碧翠絲說。

「妳說得一點也沒錯，」坎斯坦特說，「我若將整個事情的經過情形向外界出售的話，可以賣得很多錢。這麼一來，不僅可以償還田產的抵押金，而且我還可以成為國際間知名的

人物。我可以輕易地和大人物或是快成為大人物的人打交道，而且也可以在歐洲許多國家的皇室面前表演。」

「坎斯坦特先生，」碧翠絲說，「假如我無法賞識你的嘲諷和無疑是極佳的機智話語，請你務必得原諒我。我的丈夫多次的造訪使得我的身體變得非常虛弱。」

「妳從此不再見他了，是不是？」坎斯坦特說。

「當他第一次顯形的時候我曾經和他見過面，」碧翠絲說，「而就只見過那次面就足夠使我有生之年變得體弱多病。」

「我很喜歡他，」坎斯坦特說。

「我不得不承認，有時候，發瘋的人也有他們的魅力，」碧翠絲說。

「發瘋？」坎斯坦特說。

「坎斯坦特先生，就身為活在世界上的一個人來說，」碧翠絲說，「難道你不認為任何一個說出既複雜且又非常不可能的預言的人是瘋子嗎？」

「這個嘛──」坎斯坦特說，「妳認為告訴一個有機會接近有史以來最大太空船的人，說他將要進入太空，真的是件非常瘋狂的事嗎？」

這一則有關於坎斯坦特有機會接近太空船的消息，確實對碧翠絲產生了不小的衝擊和驚訝。她是如此驚訝，以至於從那個螺旋狀樓梯頂端往後退了一步，這使得她自己和那個樓梯

分開了。雖然只是往後退了一小步，卻使她轉化成為她真實的自我——住在一間巨大房子裡的一個極度害怕且寂寞的女人。

「你有一艘太空船，是不是？」她說。

「我所掌控的一家公司負責管理一艘太空船，」坎斯坦特說。「妳有沒有聽說過『鯨魚號』？」

「聽說過，」碧翠絲說。

「我的公司把它賣給政府，」坎斯坦特說，「我想，假如有人以五分錢的現金想買回那艘太空船，政府一定會高興得不得了。」

「祝你探險之旅好運！」碧翠絲說。

坎斯坦特向她鞠躬。「我也祝**妳的探險之旅**好運。」他說。

他靜靜地離去，沒有再說一句話。正當要跨過大廳地板上的黃道十二宮圖時，他突然意識到那個螺旋狀樓梯的螺旋方向已成為向下而非原先的往上，這也使得坎斯坦特頓時成為整個命運漩渦裡最底層的一點。當他走出大門的時候，心情相當愉快，而且，也記得將倫法德大樓大門的門把帶上。

既然早已命中注定他和碧翠絲會再度相遇而且會生出一個名叫克諾洛的小孩，因此，即使坎斯坦特沒有找尋她，向她求愛，以及寄請安卡片給她，他都不會覺得良心不安。他想，

他大可著手做自己的事，而最後，高傲的碧翠絲必得前來找他——就像其他行為浪蕩的女人一樣。

當他戴上墨鏡，黏上假鬍子，走出牆上那一道小鐵門時，忍不住笑了起來。

那輛黑色大轎車早已在外等候，那些群眾也是。

警方在那輛黑色大轎車的車門前開了一條小路。坎斯坦特匆匆忙忙地走在那條小徑上，然後抵達那輛黑色大轎車。小徑很快地被人潮所淹沒，就像當初以色列人身後的小徑被紅海所淹沒一樣。群眾們的叫喊聲好像一種集體式的憤怒和痛苦。由於那些群眾曾被承諾可以看到些什麼，可是到頭來卻什麼也沒看到，他們覺得受騙了。

男人和小男孩開始用石頭丟坎斯坦特的黑色大轎車。

司機把黑色大轎車排到一檔，讓它緩慢地爬行在由憤怒的群眾所組成的肉海裡。

有一個禿頭的男子企圖用一個熱狗麵包將坎斯坦特殺死。他拿著那個麵包猛力刺向車窗，圓形麵包散開了，而裡面的香腸也折斷了——留下了因陽光照射而令人作嘔的芥末和佐料的臭氣。

「好啊，好啊，好啊！」一個很年輕的女子大叫著，然後展現了她可能從來沒有對其他男人展現的東西。她展現給坎斯坦特的是前排上方的兩顆假牙。她讓那兩顆前排假牙顯露出來，她的尖叫聲音像極了巫婆的。

有一個男孩爬上了黑色大轎車的引擎蓋，因而擋住了司機的視線。他把擋風玻璃上面的雨刷扯掉並且丟向群眾。那輛黑色大轎車總共花費了四分之三小時才逐漸駛到那些群眾的外緣地區。在外緣地區的群眾不像裡面的群眾那麼瘋狂，相形之下，他們顯得比較理智些。

只有在抵達外緣地區的時候，叫喊聲才顯得較為一致。

「快告訴我們！」一名男子大叫地說，他只不過是覺得厭煩，但卻不是勃然大怒。

「我們有權知道！」一名女子大叫著。她把她的兩名子女遞往前給坎斯坦特看。

另外一名女子則告訴坎斯坦特為什麼那些群眾覺得有權知道事情的經過。「我們有權知道一切經過！」她大叫著。

那個時候，那些暴動行為所顯現的，正可以藉由科學和神學加以分析——那是一種對於生命的本質究竟是什麼的探尋。

車上的司機看到眼前終於呈現出一條毫無阻礙的道路，於是他把油門踩到盡頭。那輛黑色大轎車就逐漸愈行愈遠，終至看不到形影。

有一巨幅廣告看板在車窗外快速閃過。上面寫著：星期日帶一位朋友上教堂。

【第二章】 為證券公司喝彩

有時候，我認為具有思考和感覺的能力是一個大錯誤。這確實值得抱怨。不過，根據同樣的理由，我卻又認為圓石、高山和月光又顯得太冷淡了。

——溫斯頓‧奈爾斯‧倫法德

那輛黑色大轎車往新港北邊的方向駛去，轉彎駛進一條石子路，然後才停了下來，旁邊的草叢裡早已有一架直昇機在那裡等待著。

馬拉吉‧坎斯坦特之所以捨棄黑色大轎車而改搭直昇機，主要是為了防範有人在後頭跟蹤，發現那位留著鬍子以及戴著墨鏡到倫法德家造訪的男子來自何處。

沒有人知道坎斯坦特是從哪裡來的。

即使是司機和直昇機的駕駛員也都不知道他們所搭載的乘客的來歷。對他們來說，坎斯坦特是約拿‧羅利先生❶。

「羅利先生，」正當坎斯坦特要走出那輛黑色大轎車的時候，那個司機對他說。

「什麼事？」坎斯坦特說。

「剛才你害怕嗎？」那個司機說。

「害怕？」坎斯坦特說，對於這個問題他覺得有些疑惑。「害怕什麼？」

「害怕什麼？」那個司機難以置信地叫了起來。「那麼多瘋狂的群眾想要加害我們，難道你一點也不害怕嗎？」

坎斯坦特微笑著搖搖頭。在剛剛置身暴力過程當中他從來就不曾想過會受到傷害。「即使是恐慌也沒有多大幫助，難道你不這麼認為嗎？」他說。坎斯坦特現在發現自己的用字遣詞有點倫法德的調調——即使只有一點高雅的語氣。

「老兄，一定是你身上某位守護神在守護著，才使你不論處在任何狀況下，都能臨危不亂，」那個司機羨慕地說。

司機那一番話倒使坎斯坦特感興趣了起來，因為，那正說中了當他處於那些暴民當中時的心態。起先他把司機那一番話當成一種類比——當成一種接近詩的語言來描述他的心境。

一位擁有守護神的人當然會擁有像坎斯坦特那樣的感覺。

❶ 約拿（Jonah）是希伯來的預言家。

泰坦星的海妖

「是的，先生，」那個司機說：「一定是有某種東西在守護著你！」

然後，坎斯坦特忽然頓悟：**確實是如此。**

直到事實真相出現的這一刻之前，坎斯坦特把這一趟新港之旅當成另一個吸食迷幻藥之旅，只不過可能會更生動有趣，且更具娛樂性，而且他根本沒有料到會有任何重大的結果產生。

那扇小門好像是一道通往夢幻國度的門⋯⋯乾涸的噴泉⋯⋯牆上那幅畫有純真小女孩及純白色小馬的油畫⋯⋯螺旋樓梯底下那間精緻小房間⋯⋯那張有三個泰坦星女妖的照片⋯⋯以及站在螺旋樓梯頂端心情沮喪的碧翠絲·倫法德⋯⋯。

馬拉吉·坎斯坦特突然冒出一身冷汗。他那雙膝蓋似乎要彎下來，而他那雙眼皮則開始做不規則的跳動。他終於了解，這一切都是真實的！他之所以對於暴民那些粗暴的行動完全不感到懼怕，就是因為他知道他不會在地球上死亡。

是某種事物在守護著他，沒錯。

不論守護他的東西是什麼，至少，它使他得以安然逃脫。

當坎斯坦特伸出手指計算著倫法德所說他將在太空裡所要歷經的行程地點時，不禁顫抖起來。

火星。

然後是水星。

然後再回到地球。

然後是泰坦星。

由於整個行程的終點站是泰坦星，因此，照這樣的推測，那很可能是馬拉吉‧坎斯坦特死亡的地方。他將要在那個地方**死去**！

倫法德為什麼這麼高興呢？

……

坎斯坦特拖著沉重的步伐走向那架直昇機。當他爬進裡面的時候，還使得那隻大型的飛鳥搖晃了好一陣子。

「你是約拿嗎？」那個直昇機駕駛員說。

「沒錯，」坎斯坦特說。

「羅利先生，你的名字非常特別，」駕駛員說。

「我沒聽清楚，請你再說一遍，」坎斯坦特心情不悅地說。他正抬起頭看著由塑膠物質所形成的圓頂駕駛艙——想一眼看穿這黃昏的天空。他一直在想，假如太空裡有眼睛，而那

此……眼睛又能看見他所做的每一件事。假如太空裡有眼睛，而且要他做某些事情，到某些地方

……它們要如何讓他做那些事呢？

喔——上帝呀！可是，上面看起來不僅空氣稀薄，而且也非常寒冷！

「我是說，你的名字非常奇特罕見，」駕駛員說。

「那個名字是什麼？」坎斯坦特說。他早已將那個被他用來掩飾自己身分的可笑姓名忘掉了。

「是約拿，」那個駕駛員說。

．．．

五十九天之後，溫斯頓・奈爾斯・倫法德和他那條忠狗卡薩可又再度顯形。自從他們上次的顯形到現在，期間發生了很多事情。

比方說，馬拉吉・坎斯坦特把他在加拉克狄克太空船公司的股份全部出售，而那家太空船公司正是擁有那艘史上最巨大的太空船「鯨魚號」管理權的公司。他之所以這麼做，是為了要切斷他自己和眾所皆知唯一能抵達火星的交通工具之間的關係。他把銷售股份的金額全都投入慕尼斯特香菸公司。

又比方說，碧翠絲・倫法德也將她在各個投資管道的有價證券加以清算，然後將所銷售的金額全數投資到加拉克狄克太空船公司，這麼一來，她對那艘「鯨魚號」太空船才能具有決定性的發言權。

又比方說，馬拉吉・坎斯坦特開始寫極具冒犯意味的信件給碧翠絲・倫法德以便和她保持距離，也就是說，讓她覺得他完全不能忍受。只要看了其中一封信，就可以知道其他的信件內容是如何了。最近的一封信大致如下，它是寫在印有「大藝術家公司」的信紙上：

太空寶貝，我在陽光普照的加州向妳問好！天哪，我真的很期待能在火星雙衛星的守護之下，和一位像妳這麼高貴的婦女一同跳爵士舞。我以前從來沒遇見過像妳這樣獨特的婦女，而且，我敢說，妳是最高貴了。愛慕妳的馬拉吉在此向妳獻上飛吻。

又比方說，碧翠絲買了一顆比埃及豔后的毒蛇更為致命的氰化物膠囊。碧翠絲之所以這麼做，主要是考慮到，一旦她必須和馬拉吉・坎斯坦特共同生活時，她可以馬上將那顆氰化物膠囊吞下去。

又比方說，股票市場加權指數一直滑落，使得包括碧翠絲・倫法德在內的許多人因而宣告破產。她曾經在加拉克狄克太空船公司的股價介於一五一・五及一六九元之間時大量地購

買，可是，在十個交易期之間，竟滑落到六元。現在一直維持在那個不足買賣單位的股價上。由於碧翠絲是用保證金和現金在股票市場做交易，因此，她把連同她位於新港的家產在內的所有財產都賠光了。除了她的衣服，她的貴族名號，以及她所受的教育之外，她眞的已經一無所有。

又比方說，在馬拉吉‧坎斯坦特回到好萊塢的兩天之後，他立即舉行一場宴會，而在五十六天後的現在，那個宴會才結束。

．．．

再比方說，有一位眞正留著鬍子，名叫馬丁‧科拉杜編的年輕人曾經自稱是被邀請到倫法德家產裡去觀看顯形的那個留鬍子的陌生男子。他原本是住在波士頓的一個太陽能手錶修理師傅，當然，也是一個頗為迷人的大說謊家。

有一家雜誌社以三千美元的代價將他在倫法德家產內觀看顯形經過的文章買了下來。

溫斯頓‧奈爾斯‧倫法德坐在螺旋樓梯底下那間史基普博物館的一張椅子上，以愉悅和讚嘆的心情從雜誌上閱讀著科拉杜編所編撰的故事。在科拉杜編的故事裡，他宣稱倫法德曾告訴他有關於公元一千萬年的事情。

根據科拉杜編的說法，在公元一千萬年的時候，將會發生一場大規模的清屋活動，也就是說，介於耶穌基督去世那年和公元一千萬年之間所有的資料和紀錄都必須被搬運到垃圾場並且加以焚毀。根據科拉杜編的說法，之所以會這麼做，完全是因為存放資料和紀錄的博物館、檔案室，甚至民宅都因為不斷地擴充而讓人類的居住生存權受到排擠。

根據科拉杜編的說法，這一百萬年之間將被焚毀的所有資料和紀錄，在歷史課本上只用一句話就可加以清楚地描述：**在耶穌基督死亡之後，有一段持續了大約一百萬年的重新調整期**。

溫斯頓・奈爾斯・倫法德看到這裡終於忍不住大笑起來。他把科拉杜編的文章擺到一邊。倫法德對於科拉杜編能夠編出一套天大的謊言感到讚嘆不已。「公元一千萬年──」他大叫地說，「是一個充滿了煙火、遊行，以及世界博覽會的一年。也是打開社會基石及挖出時代之囊❷的歡樂年代。」

倫法德並非對著自己自言自語。在史基普博物館裡還有另外一個人在陪伴著他。

那個「另外一個人」就是他的妻子碧翠絲。

碧翠絲坐在一張面對著丈夫的安樂椅上面。她到樓下來是為了要求丈夫在她極需幫助的

❷ 時代之囊（time capsule）：盛放某一時代文明產物之容器，常埋藏起來供後代研究。

時候助她一臂之力。

倫法德很溫和地改變話題。

原來已穿著像鬼一般的白色睡衣的碧翠絲，這個時候整個人變成鐵青色。

「人類是一種多麼樂觀的動物呀！」倫法德語氣快活地說。「想想看，人類如果能持續地生存到公元一千萬年──好像人類真的和烏龜般曾受過良好的設計！」他聳聳肩。「其實，誰知道呢，或許人類真的可以持續地生存達千萬年之久，假如人類夠倔強的話。你有什麼看法？」

「你說什麼？」碧翠絲說。

「我是說，妳認為人類將會持續生存多久？」倫法德說。

從碧翠絲咬牙切齒的口中發出了尖銳且持久的聲音，其語調之高，幾乎快超出了人類耳朵的聽覺範圍。那種聲音和炸彈在海中爆炸的恐怖聲音極為相似。

接著，真正的爆炸終於來臨了。碧翠絲把她坐的椅子翻倒，對動物的骨骸加以攻擊，並把整付骨骸丟到牆角。她把史基普博物館書架上的東西摔到地上，並將標本往牆上用力丟，然後在地板上使勁地踐踏著。

「我的天哪──」他大叫著，「是什麼原因讓妳做出這種事？」

倫法德看得目瞪口呆。

「難道你一無所知嗎？」碧翠絲歇斯底里地叫著，「難道一定要有人來把每一件事都告

訴你嗎？只要讀讀我的思想！」

倫法德把手掌放在她的額頭上，他的雙眼睜得很大。「靜電——我所得到的**只是靜電，**」他說。

「除了靜電之外，還有什麼其他的東西嗎？」碧翠絲說，「我都快要被從房子裡丟到街上，甚至連吃飯的錢也沒有，而我的丈夫卻還笑著要我和他玩猜謎遊戲！」

「這並不是**一般的**猜謎遊戲，」倫法德說，「這是有關於人類將可持續生存多久的問題。我認為，這或許可以使妳在解決妳的問題的時候，提供一個不同的視野。」

「去他的人類！」碧翠絲說。

「妳可要知道，妳也是人類的一分子！」倫法德說。

「要是這樣的話，那我倒很願意變成一隻黑猩猩！」碧翠絲說。「當黑猩猩丈夫失去了手中的椰子時，牠的黑猩猩丈夫絕不會站在一旁袖手旁觀。黑猩猩丈夫也不會企圖讓他的黑猩猩太太跑到太空裡而且還變成來自加州好萊塢的馬拉吉・坎斯坦特的專屬妓女！」

在說出那麼恐怖的話語之後，碧翠絲終於不再那麼激動了。她有些倦怠地搖著頭。「先生，那我倒要請問你，人類究竟將**會**持續生存多久？」

「我不知道，」倫法德說。

「我以為你什麼事情都知道，」碧翠絲說，「其實，你也只不過是稍微預知未來而已」。

「我當然可以預知未來，」倫法德說，「而且，我還發覺，當人類滅亡的時候，我將不會在太陽系裡。也正因為如此，人類究竟什麼時候滅亡，對你和對我來說都是個謎。」

．．．

在加州的好萊塢，馬拉吉·坎斯坦特的游泳池旁那座以藍色水晶製造而成的電話亭裡的藍色電話響起來了。

每當人類陷入不比動物好到哪裡的情況時，總是一件非常可憐的事。而對於曾經享有各種榮華富貴的人來說，一旦陷入那種狀況，就更為可憐了！

馬拉吉·坎斯坦特躺在他那座腎臟形狀游泳池的寬大溝槽裡，因為喝酒喝得酩酊大醉而正在沉睡中。那個水槽裡有大約四分之一英寸深的水是溫熱的。坎斯坦特還是一身盛裝——穿著青綠色晚禮服長褲還有一件由金黃色錦緞所縫製而成的晚宴上衣。他的衣服都浸溼了。

他是獨自一個人的。

那座游泳池曾經被許多梔子花所覆蓋。可是，持續不斷吹著的風把花朵吹往游泳池的另一端，就好像是把毛毯捲到床尾一般。經風一吹，在梔子花下鋪滿游泳池底的碎玻璃、櫻桃、扭曲的檸檬皮、仙人掌根、橘子皮、橄欖核、洋蔥、電視機機座、注射針筒，以及一台

廢棄的白色大型鋼琴一覽無遺。除此之外，池面還有一些被棄置的雪茄蒂、菸蒂和大麻。

那座游泳池看起來不像是個運動設施，反倒像地獄裡的大碗。

坎斯坦特的一隻手臂垂懸在游泳池裡。從手腕浸在水裡的太陽能手錶發出了一道閃光。

那隻手錶已經無法走動計時了。

那個電話的鈴聲持續不斷地響著。

坎斯坦特口中喃喃自語，可是身體卻沒有移動。

電話鈴聲終於不再響了。可是，二十秒鐘之後，鈴聲又再度響起來。

坎斯坦特無力地呻吟著，坐了起來，然後又無力地呻吟著。

從房子裡面傳來一陣輕快且有效率的聲音，那是高跟鞋踩在磁磚地板上面的聲音。一個長相美豔得令人銷魂蝕骨的金髮美女從房子裡走到那座電話亭的時候，還對坎斯坦特擺出一副高傲不屑的臉孔。

她的口中嚼著口香糖。

「喂？」她對著聽筒說：「喔，怎麼又是你。沒錯，他已經醒來了。嘿！」她對著坎斯坦特大叫著說。她的聲音有點像白頭翁喊叫的聲音。「嘿，太空實習生！」她大叫著。

「嗯？」坎斯坦特說。

「你所擁有的那家公司的總裁想和你講話。」

「哪一家公司？」坎斯坦特說。

「**你是哪一家公司的總裁？**」那個金髮美女對著電話的聽筒說。她得到答案。「大藝術

家公司，」她說，「是大藝術家公司的藍森·佛安先生。」她說。

「告訴他——告訴他我會回電給他，」坎斯坦特說。那個金髮女郎轉告給佛安之後，又

從佛安那裡轉告另一個訊息給坎斯坦特。「他說他想辭職。」

坎斯坦特身體不穩地站起來，用手擦拭一下自己的臉。「辭職？」他語帶遲鈍地說，

「妳是說藍森·佛安那個資深主管要辭職？」

「沒錯，」那個金髮美女悻然地說，「他說，你再也付不起他的薪水了。他還說，在

他辭職回家之前，你最好和他談一談。」她大笑著。「他說，你已經破產了。」

　　.
　.
.

至於在新港，碧翠絲·倫法德憤怒的吵鬧聲使得管家蒙克里夫趕緊跑到史基普博物館。

「夫人，您在叫我嗎？」他說。

「蒙克里夫，我不只是在大叫而已，」碧翠絲說。

「謝謝你，她並不需要任何東西，」倫法德說，「我們只不過是興致勃勃地在談論事

情。」

「你竟然**敢**替我回答我是不是需要任何東西？」碧翠絲憤怒地對倫法德說，「我現在也漸漸了解，原來，你並不像你所說那般無所不知。可是，我就是突然很想要某種東西。我很想要**一大堆**東西。」

「什麼？」管家說。

「請你放那條狗進來，」碧翠絲說，「在牠走之前，我很想撫摸牠。我很想知道，漏斗狀時間區域除了把人類的愛扼殺之外，是否也會把狗的愛扼殺掉。」

那個管家鞠躬之後就離開了。

「妳剛才在僕人面前的表現很好，」倫法德說。

「大體上來說，」碧翠絲說，「我對於家族尊嚴的貢獻比你對家族尊嚴的貢獻要大得多了。」

倫法德有點不好意思地低下頭。「我是不是在某些方面辜負了妳的期望？妳的意思是不是這樣？」

「在**某些**方面而已嗎？」碧翠絲說，「我看應該是在**每一**方面吧！」

「那妳要我怎麼做呢？」倫法德說。

「你早該告訴我，股票市場即將崩盤！」碧翠絲說。「你若是早告訴我，那我也不會遭

受今天這麼悲慘的結局。」

倫法德的雙手在空中晃動著，他有點不高興地努力嘗試著想要說出一些辯解的話。

「怎麼樣？」碧翠絲說。

「我只是希望我們能一起到漏斗狀的時間區域，」倫法德說，「這麼一來，妳就能夠了解我所說的話了。我只能說，我無法事先將股市要朋盤的消息告訴妳，其實就像哈雷彗星一樣，是大自然法則的一部分——因此妳對於這兩件事應該同樣生氣才對。」

「你的意思是說，你根本不認為應該對我負責？」碧翠絲說，「很抱歉說這些，但我說的都是事實。」

倫法德將他的頭前後晃動著。「是事實沒錯，可是天哪，這個事實來得倒真是時候。」他說。

倫法德退回他的安樂椅上，然後又重新閱讀那份雜誌。把那份雜誌打開，很自然地就會翻到橫跨兩頁的廣告。那是一則有關慕尼斯特香菸的彩色廣告。馬拉吉‧坎斯坦特最近才將慕尼斯特香菸有限公司的股份買下來。

那則廣告的大標題寫著「無限的喜悅！」而和它搭配的圖畫則是泰坦星三名女妖的照片。她們分別是那個灰白頭髮女郎、金色頭髮女郎，以及棕色頭髮女郎。

那位金髮女郎的手指不經意地放在她的左胸上面。這讓有位藝術家在其中兩根手指之間

畫上了一根慕尼斯特牌香菸。那位金髮女郎手指間的香菸所散發出來的白色煙霧飄過那位棕髮女郎和灰白髮女郎的鼻子，而她們在太空中被消滅掉的色慾似乎被那具有薄荷的菸味所撩起來了。

倫法德早就料到坎斯坦特一定會試圖將那一張照片用在商業上，以貶低它的價值。坎斯坦特的父親也曾做出類似的舉動：當他知道自己即使再花多少錢也無法買到達文西的〈蒙娜麗莎〉時，他就以將蒙娜麗莎的畫像拿來做栓劑廣告來懲罰她。自由企業這種處理美感的方式似乎已漸漸占上風。

倫法德的雙唇發出細微的聲音。每當他發出這種聲音，也就是他即將要發揮同情心的時候。這次，他的同情心是針對馬拉吉‧坎斯坦特而來的，因為，他認為坎斯坦特所面臨的困境比碧翠絲所面臨的困境還要悲慘。

「你的所有辯護都講完了嗎？」碧翠絲說這句話的同時，也正走到倫法德所坐的椅子的後面。她抱著自己的雙臂。這時候的倫法德早已看穿她的心意，知道她想用她那隻尖銳突出的手肘來當做鬥牛士所揮舞的劍。

「我沒聽清楚，請妳再說一遍好嗎？」倫法德說。

「這個沉默──把自己藏在雜誌裡，難道這就是你的反駁嗎？」碧翠絲說。

「反駁？假如有反駁的話，那兩個字用得倒正是時候。」倫法德說。「我說這個，然後

妳反駁我，然後我又反駁妳，然後，有其他的人走進並且反駁我們兩人。」他戰慄地說。

「每個人都排隊等待去反駁對方，這真是一場惡夢呀！」

「這個節骨眼上，能不能請你提供一些有關於股票市場的行情預測，好讓我把失掉的錢賺回來甚至賺得更多？」碧翠絲說。「假如你還關心我的話，難道你就不能告訴我到底馬拉吉‧坎斯坦特會用什麼方式把我騙到火星？這麼一來，我才能夠智取他。」

「我告訴妳，」倫法德說，「對於守時的人來說，人生就像是雲霄飛車。」他接著轉過身來把他那雙發抖的手放到她的面前。「各種事情都將發生在妳身上！」他說。「沒錯，我可以看見妳所搭乘的雲霄飛車。當然啦，我可以給妳一張紙，把每一個俯角和轉彎的地方告訴妳；我也可以事先警告妳，當妳在隧道的時候，何時會有小魔鬼突然出現來嚇唬妳。可是，我覺得這對妳不會有任何幫助。」

「我看不出來為什麼不會對我有所幫助，」碧翠絲說。

「因為妳還是得搭乘雲霄飛車，」倫法德說，「雲霄飛車不是我設計的，我也不是它的主人，而且，我也無法決定到底誰應搭乘。我只知道它長得什麼樣子而已。」

「那麼，馬拉吉‧坎斯坦特也是這個雲霄飛車的一部分囉？」碧翠絲說。

「沒錯，」倫法德說。

「沒辦法避開他嗎？」碧翠絲說。

「沒有。」倫法德說。

「那麼，你就把他騙我的步驟告訴我，也就是說，是哪些步驟使我和他會在一起。」碧翠絲說。「那也好讓我至少做一些我能做的因應之道。」

倫法德聳聳肩。「好吧！假如這是妳一直想要的，」他說，「假如這麼做會讓妳覺得好些的話——」

「就在這個時刻，」他說，「美國總統正在預測，一個新的太空紀元即將來臨，而且有助於減低失業率。於是，為了創造更多的工作機會，數十億美元將被用來做為研發和製造無人駕駛太空船的相關費用。此一新的太空紀元將由下星期二『鯨魚號』的發射而展開。那艘『鯨魚號』將被重新命名為『倫法德號』，以表示對我的敬意，而且，還會滿載著彈奏著手風琴的猴子，朝著火星所在的方向發射。妳和坎斯坦特兩人都會參加那個典禮。妳將會登上那艘太空船做一儀式性的巡禮，而稍後錯誤地按下一個開關把妳和那些猴子送上路。」

上述那段話在這個時候有必要停下來，並且有所說明：雖然溫斯頓‧奈爾斯‧倫法德很少說謊，但是，他對碧翠絲所講的這個極為荒唐的故事卻是他一手編出來的謊言。

不過，倫法德所說的故事中，也有部分是真實的：那艘「鯨魚號」將被重新命名並且準備在星期二發射，而且，美國總統真的即將預測一個新的太空紀元的來臨。

這個時候，美國總統所講的一些話確實值得再三深思和玩味；例如，他把「進步」這兩

個字以獨特的發音方式說成「進展」，他也把「椅子」（chair）和「倉庫」（warehouse）故

意地分別發音成為「喝彩」（cheer）和「證券公司」（wirehouse）。

「或許，現在有些人會到處說，美國的經濟已殘破不堪，」那位美國總統說，「而說實

在話，我完全無法理解為何他們會說出這樣的話來，因為，現在比人類歷史上任何時候都擁

有更多在各領域得以進展的機會。」

「而且在其中有一個領域裡我們更能獲致獨特的進展，我所指的就是太空這個寬廣的領

域。我們曾經在太空中絆了一跤，但是，當仍然有進展機會的時候，我們美國人是絕對不會

輕易退縮的。」

「現在，每天都有許多膽怯的人來到白宮，」那個美國總統說，「他們哭哭啼啼地說：

『天哪，總統先生，證券公司裡儲藏了許多汽車、飛機、廚房用品，以及其他各式各樣的產

品。』他們又說：『天哪，總統先生，沒有人希望工廠再度展開生產，因為，每樣東西每個

人都至少擁有兩件、三件或四件。』」

「其中有一個人我記得非常清楚，他是一個喝彩的製造商。由於生產過剩的關係，使得

他滿腦子都是想著他那證券公司裡的一大堆喝彩。然後我曾對他說：『再過二十年，世界的

人口將增長一倍，而那些數十億的新增人類都將需要可以讓他們坐下來的東西，因此，你實

在用不著太過於擔心你那些喝彩。而在這當中，你何不把證券公司裡所儲存的喝彩忘得一乾

二淨，然後思考著太空的進展呢？』

「我對他，也對你們，也對每一個人都要這麼說：『太空能夠吸收一兆個像地球這樣大小的行星的生產力。我們可以永遠無止境地生產和發射火箭，而且永遠不會填滿整個太空，更不可能知曉全部有關於太空的事物。』

「然後，那些哭哭啼啼的人又說話了……『天哪，總統先生，那麼，漏斗狀時間區域又做何解釋？這個又怎麼解釋？那個又怎麼解釋呢？』於是，我又這麼地對他們說：『假如人們像你們那麼地容易受人聳動，那世界根本就不可能發生任何進展。世界上根本不可能出現電話或任何其他的事物。更何況，我對於他們，對於你們，以及對於每一個人都要這麼說，我們用不著把人們放進太空船裡，我們只會把較低等的動物放進去』。」

當然，那位美國總統全部的演說並不是只有上述這些而已。

‧‧‧

住在加州好萊塢的馬拉吉‧坎斯坦特總算很清醒地從那座藍水晶電話亭走出來。不過他感覺雙眼像是燒焦的木塊，嘴則嚐起來像是煮爛的濃湯。

他非常確定，他從來沒有看過這麼漂亮的金髮女郎。

他問她一個很普通的問題，但卻換來粗暴的回答。「大家都到哪裡去了？」他說。

「你把他們都甩出去了，」那個金髮美女說。

「我真的有這樣做嗎？」坎斯坦特說。

「一點也沒錯，」那個金髮女郎說，「難道你一點都不記得了嗎？」

坎斯坦特微微地點著頭，在那一場為期長達五十六天的宴會期間，他曾經達到完全忘卻一切事物的瘋狂地步。他的目的就在於使自己顯得無能從事任何任務，也就是說，病得相當嚴重，以至於不能從事旅行的活動。令人驚訝的是，他做得相當成功。

「喔，那真是一場相當精彩的表演，」那個金髮女郎說，「你和每個來賓都玩得相當盡興，而且，還幫忙把鋼琴推到游泳池裡。然後，當鋼琴最後終於沉沒到游泳池裡的時候，你就醉得自言自語。」

「醉得自言自語。」坎斯坦特重複地說。這倒是一件新鮮事。

「沒錯，」那個金髮美女說，「你說你有一段非常不快樂的童年，這使得每個來賓都想聽聽到底有多麼不快樂。你的父親從來就沒有和你玩球類運動──任何球類運動。有一半的時間沒有人能了解你，而每次當有人能了解你的時候，卻又找不到球。」

「接著，你又繼續談論你的母親，」那個金髮美女說，「你說，假如她是一個妓女的話，而妓女又都像那樣的話，那你覺得身為妓女的兒子是件相當值得引以為傲的事。然後你

又說，任何一個在場的女人，假如她能夠走上前來向你握手，然後大聲地對著每個來賓說：『我就是一個妓女，就像你的母親一樣，』那麼，你將會贈送一座油井給她。」

「後來呢？」坎斯坦特說。

「你把一座座油田贈送給在場的每一個婦女，」那個金髮女郎說。「然後，你又大聲地哭著，你從來沒有這麼激烈地哭過，然後你選上了我告訴宴會裡每一個在場的人，我是整個太陽系裡唯一能受到你信賴的人。你又說，其他的人都只不過在等你睡著，然後把你放在一艘太空船裡並且朝著火星發射。然後，除了我之外，你又把每個人都趕回家，我是指包括僕人在內的每一個人。

「然後，我們坐飛機前往墨西哥結婚，之後又回到這裡。」她說。「現在，我又發覺你沒有小便壺可以小便，而且也沒有窗戶可以把小便壺丟到屋外。你最好跑到樓下的辦公室裡看看到底發生了什麼事。我的男朋友是個強盜集團成員，因此，假如我告訴他，你並沒有給我你答應要贈送的東西，那他將會把你作掉。」

「其實，」她又說，「我的童年比你的童年更不快樂。我的母親也是個妓女，而我的父親也從來不回家，不過──不同的是，除此之外，我們很**貧窮**。至少，你還擁有數十億元的資產。」

……

在新港，碧翠絲‧倫法德轉身背對著她的丈夫。她站在史基普博物館的門檻處，臉朝著走廊。從走廊那裡傳來那個管家的聲音。管家正站在前門的門口，叫著卡薩可那隻太空之犬。

「我自己對於雲霄飛車也略知一二，」碧翠絲說。

「那不錯嘛，」倫法德有氣無力地說。

「當我十歲的時候，」碧翠絲說，「我的父親突發奇想地認為讓我搭乘雲霄飛車應該是件很有趣的事。那個時候我們正在科德岬附近避暑。於是，我們就開車到位於福爾河附近的一個遊樂場。」

「他買了兩張搭乘雲霄飛車的票，打算和我一起搭雲霄飛車。

「我看了一眼那個雲霄飛車，」碧翠絲說，「它看起來既可笑又顯得骯髒及危險，於是，我極力地拒絕搭乘。」碧翠絲說。「雖然父親是堂堂一個紐約中央鐵路公司的董事長，但連他也無法說服我搭乘雲霄飛車。」

「我們只好離開那座遊樂場，然後回到家裡，」碧翠絲得意洋洋地說。她的雙眼閃閃發光，突然間，她點著頭說……「這就是對待雲霄飛車的方式。」

她昂首闊步地走出史基普博物館，然後又走到走廊去等待著卡薩可的到來。

不久之後，她覺得背後有一股電流，那是她丈夫所發出的電流。

「碧——」他說，「或許我對於妳將的不幸表現得相當冷淡，但那是因為我知道，事情到最後終會轉好。或許，我對於妳和坎斯坦特結為夫妻一事絲毫不感到怨恨，那也是因為，根據我的觀察，就扮演丈夫的角色來說，他要比我好得太多了。」

「碧，妳就期盼著第一次真正的戀愛吧！」倫法德說。「妳就期待著用不著任何外在的、有關貴族的證據，就能表現出像貴族般的行為和舉止。妳就期待著上帝將賜予妳尊嚴、智慧和親切吧——妳甚至可以期待著將它們變成相當高尚的特質。」

倫法德微弱地呻吟著。他正變得快要不具實體了。「天哪——」他說，「妳提到雲霄飛車——」

「有時候停下來想想我自己在雲霄飛車上的情形。總有一天，當妳在泰坦星的時候，妳將會了解，我是如何地被無情地利用，而且，叫我做的事竟然是那麼地噁心且幾乎毫無價值可言。」

現在，卡薩可急速地跑到屋子裡，牠的四隻腳拍打著地上。然後，滑倒在擦得發亮的地板上。

牠跑對了地方，而且也朝著碧翠絲的方向做了一個正確的直角轉彎。牠跑的速度愈來愈

快，但卻無法和地板發生摩擦了。

牠變得半透明。

牠開始畏縮並在大廳的地板上瘋狂地發出嘶嘶聲，就好像是一顆放在煎鍋上的乒乓球。

然後牠就消失了。

再也看不到任何一條狗了。

用不著往後看，碧翠絲就知道她的丈夫也消失了。

「卡薩可？」她有氣無力地叫著。她極力想藉著摩擦手指發出的聲音來吸引狗的注意。

可是，她的手指太柔弱了，以至於無法發出聲音。

「可愛的小狗狗，」她低聲地說。

【第三章】聯合薄餅公司股票

孩子——人家說,這個國家沒有皇室,可是,你想不想讓我來告訴你如何成為美利堅合眾國的國王嗎?只消鑽進屋外的廁所,然後,當你走出來時,聞起來會像玫瑰那般芳香。

——諾爾·坎斯坦特

「大藝術家」那一所位於洛杉磯的公司,是由馬拉吉的父親所創設,成立的目的在於管理馬拉吉·坎斯坦特的財務。它的總部擁有一棟高達三十一層的建築物。雖然大藝術家公司擁有整棟建築物的所有權,但它只使用最頂端的三層樓,其餘各層則租給它所管轄和掌控的各個公司使用。

這些公司當中,有一些最近已被大藝術家公司出售,因此被迫搬出該棟建築物。至於一些最近被「大藝術家」所兼併或買入的公司則即將搬進來。

那棟建築物裡目前的承租客戶如下:加拉克狄克太空船公司、慕尼斯特香菸公司、泛丹

果石油公司、列諾克斯鐵道公司、佛萊克威克公司、桑尼麥德製藥公司、路易斯馬文硫礦公司、杜普力電子公司、比亞若環球電機公司、塞可基尼斯無限公司、艾德慕爾聯合顧問公司、馬克斯莫爾機械公司、威京森油漆塗料公司、美國浮動物品公司、佛洛法斯特公司、金恩襯衫公司、加州安伯倫人壽產物保險公司等。

大藝術家大樓是一棟瘦高且擁有十二邊的角柱形建築物。由於每一邊都有青綠色的玻璃，在陽光照射之下，該建築物的底部呈現出薔薇色。設計此棟建築物的建築師之所以用十二個邊主要是為了代表世界上十二大宗教。不過，到目前為止，並沒有人詢問建築師那十二大宗教的名字。

這倒是件相當幸運的事，因為，那個建築師自己也無法完整地將那十二大宗教的名字說出來。

建築物的頂端有一座隱密的直昇機停機坪。

・・・

對於底下的人來說，每當坎斯坦特的直昇機要停在頂端的停機坪時所形成的陰影和螺旋槳的鼓動聲，就好像白色死亡天使的影子和翅膀鼓動聲一樣。這之所以會令人有那種聯想，

是因為股票市場的崩盤，也因為金錢和工作機會變得如此地稀少——

而對於那些在股票市場裡受挫最嚴重並且因而傾家蕩產的人來說，更會有如此的聯想，因

為，這一切都是馬拉吉‧坎斯坦特的那些企業和公司搞的鬼。

坎斯坦特現在正駕駛著自己的直昇機，因為，前一天晚上，他所有的僕人都辭職不幹

了。坎斯坦特的駕駛技術相當不好。當他把直昇機降落在屋頂時，好像迫降般地發出轟然巨

響，連整棟巨大的建築物也因而為之抖動。

他之所以來到這棟建築物，主要的目的就在於要和「大藝術家」的總裁藍森‧佛安舉行

會談。

佛安在第三十一層樓等待坎斯坦特，整層樓只有一間被用來當做坎斯坦特辦公室的寬敞

舒適的房間。

那間辦公室內部的各式家具相當令人毛骨悚然，因為，那些家具都沒有腳。每樣東西都

像被磁鐵吸住般懸吊在適當的高度。書桌、餐桌、吧台，以及沙發椅都像是飄浮的厚木板。

至於椅子則像是傾斜飄浮著的碗。而當中最奇怪的則是：鉛筆和便條紙被任意地散放在空氣

中，好像是準備給任何人想把心中想法寫下來的人隨時取用。

地毯之所以和草地一樣翠綠是因為它本身就是由生意盎然的繁茂青草所構成。

馬拉吉‧坎斯坦特從他的直昇機走出來後就搭乘私人電梯一路來到他的辦公室。當電梯

門輕聲打開時，坎斯坦特被那些無腳家具以及飄浮的鉛筆和便條紙嚇呆了。他已經有八個星期沒有來到這個辦公室。有人早已將裡面家具重新擺設過。

大藝術家公司那位年事已高的總裁藍森·佛安站在一扇落地窗前面，眺望著窗外整座城市的景色。他戴著黑色的軟氈帽，穿著長及膝部的黑色大衣。他的左手拄著一枝竹製拐杖。

他非常瘦弱——多年來一直都是如此。

「他的屁股像兩顆槍子兒，」馬拉吉·坎斯坦特的父親諾爾曾經這麼描述佛安。「藍森·佛安就像是一隻已經把背上的雙峰，以及除了毛髮和雙眼之外的東西都貢獻出來的駱駝。」

根據國稅局所公佈的數據顯示，佛安是全美薪水所得最高的主管。他除了每年年薪一百萬美元之外，還有股票所得紅利及生活費用津貼。

他在二十二歲的時候就在「大藝術家」的旗下任職。他現在已經六十歲了。

「有人將家具移動過，」坎斯坦特說。

「沒錯，」佛安說，雙眼仍舊俯視著整座城市，「有人把所有的家具移動過。」

「是你嗎？」坎斯坦特說。

佛安先是嗤之以鼻，過了一會之後才回答：「我認為我們應該對我們的一些產品表現出愛惜的態度。」

「可是──可是我從來沒有看過任何像這樣的東西，」坎斯坦特說：「沒有腳──只是飄浮在空氣中。」

「這是磁性原理，你知道的。」

「原來如此。我認為愈看愈有趣，現在，我已逐漸習慣了。」坎斯坦特說。「我們旗下的某家公司生產這些產品嗎？」

「是美國浮動物品公司，」佛安說，「你叫我們將那家公司買下來，所以，我們就遵照你的意思把它買下來。」

藍森‧佛安把臉轉離那扇落地窗。他的臉簡直就是年輕和年老的複雜混合物。在他的臉上看不出任何衰老過程的中間階段的痕跡，也就是說，看不出他在三十歲到五十歲之間日漸衰老的痕跡。整個臉上只呈現出青少年期和六十歲中老年期的痕跡。這就好像是一個十七歲的青少年突然被一陣熱氣侵襲，因而顯得枯萎及蒼白。

佛安每天都會讀兩本書。據說亞里斯多德是最了解他自己文化的人。而藍森‧佛安也一直都很努力地企圖獲致和亞里斯多德同等的成就。不過，對於將自己所知道的事物轉化成事理這一方面來說，他的成就略為不及亞里斯多德。

智慧的山巒已造就了一隻哲學之鼠，而佛安則是第一位承認這整件事是一隻卑微的老鼠的人。。以下是佛安以最淺顯的文字將此一哲思呈現出來的一段話語：

「你爬上了那座智慧的山巒和一名男子相遇，你對他說：『一切還好吧，喬。』」然後他說：『這個嘛，很好，很好，真是好得不得了。』」然後你又看著他的雙眼，你發覺其實事情糟透了。當你走下那座智慧山巒的時候，每個人都認為實在是無聊透頂，請注意，我是指『每一個人』。而且，該死的是，沒有任何事看來有幫助。」

這樣的哲思卻沒有使他悲傷，也沒有在他身上蒙上一層陰影。

這反倒使他能夠不摻雜任何情感地對事情加以細心觀察。

這樣的哲思也對企業的經營有所助益——因為，這使佛安得以很自然而然地認為其他的人似乎比他自己更脆弱且更無聊。

而且，有時候，好奇心強的人也會覺得佛安的喃喃自語相當有趣。

由於長久以來他一直替諾爾・坎斯坦特及馬拉吉工作，使得他能夠巧妙地對幾乎任何事物說出非常具苦性質的話語。佛安除了在某方面稍差之外，其他各方面都比坎斯坦特父子要來得優秀，不過，那稍差的某方面卻也正是最為重要的。坎斯坦特父子所擁有的是——無知、庸俗且無禮——愚蠢的好運。

馬拉吉・坎斯坦特的腦中其實早就應該浮現出「好運已經不復存在」的念頭。縱使佛安沒有在電話中把那不忍卒睹的壞消息告訴他，坎斯坦特的腦中也應浮現出他的好運已不復存在的事實。

「天哪，」坎斯坦特很天真地說，「這些家具我真是愈看愈喜歡。它們應該可以賣得很好才對。」每當坎斯坦特談論到有關於商業事務的時候，總是會令人覺得悲哀而反感。他父親也是這樣。諾爾·坎斯坦特和他的兒子一樣，對於商業真可說是一竅不通。每當坎斯坦特父子倆稱他們的成功完全是靠自己用雙手和血汗累積而來的時候，竟然還能散發出些許的魅力。

對於擁有數十億資產的富翁來說，當他們表現出非常樂觀、精明且具有強烈企圖心時，便顯得相當卑劣。

「假如你問我的話，」坎斯坦特說，「那我會說，我認為那是一項非常好的投資──我是說，畢竟它能生產像這樣的家具。」

「聯合薄餅公司比較好，」佛安說。聯合薄餅公司是他最喜歡的投資建議時，他總是很鄭重地來向他詢問，要求他提供一些如何在六個星期內使資金倍增的投資建議時，他總是很鄭重地建議他們將資金投注在購買這家根本不存在的公司的股票上。有些人還會對他的建議信以為真。

「坐在美國浮動物品公司所生產的沙發上比站在用樺樹所做成獨木舟上還要困難，」佛安就事論事地說，「當你想要坐在任何一張你所謂的椅子上面的時候，它總是會像往上彈的石頭般地把你拋向牆去。當你想坐在書桌邊緣的時候，它會像當初萊特兄弟坐在小鷹號飛機

般，讓你在辦公室裡到處跳著華爾滋。」

坎斯坦特輕輕地觸摸他的書桌，它立刻抖動起來。

「這個嘛！我想，大概是工廠還沒有把裡面的蟲清除掉的緣故，道理就這麼簡單。」坎斯坦特說。

「我是真人從來不說假話，」佛安說。

坎斯坦特現在做出了一個前所未有的懇求。「人有時候難免會犯錯，」他說。

「有時候？」佛安說這話的時候皺起了眉頭。「這三個月來你一直做出錯誤的決策，而且，你所做的決策對我來說都是那麼地不可思議。你唯一所成就的事就是把四十年來的成果毀於一旦。」

藍森‧佛安從空中抓到一支鉛筆，然後把它折成兩段。「『大藝術家』已經不存在了。」你和我是這棟建築物裡僅剩的兩個人，其他人都領完遣散費回家了。」

他鞠躬完後就往門的方向移動。「電話總機已重新設定，因此，只要有任何人打電話來，都會直接轉接到你這個辦公室書桌上的電話。坎斯坦特先生，當你要離去的時候，請別忘了把燈關掉並把前門鎖好。」

或許，在這個時候有必要按時間先後順序的方式，對大藝術家公司的歷史加以回顧一番。

大藝術家公司的成立是起因於一個時常在各地旅行、推銷底部為黃銅材質烹飪用品的推銷員的構想。那個推銷員就是諾爾‧坎斯坦特，他來自於麻塞諸塞州的新貝德福市，他是馬拉吉的父親。

至於諾爾的父親則是希維諾斯‧坎斯坦特，他是大國民羊毛公司設於新貝德福工廠裡的織布機修理工人。他是一個無政府主義者，除了對他的老婆之外，這個無政府主張也沒有給他帶來什麼麻煩。

這個家族的歷史可以追溯到班傑明‧坎斯坦特和別人所生的私生子——他在一七九九年到一八〇一年間，曾經擔任過拿破崙的軍團指揮官，同時，他也是那時候瑞典駐法國大使夫人安‧路意絲‧久蔓妮‧奈克的情夫。

總之，有一天晚上在洛杉磯，諾爾突然覺得想成為一個投機商人。那時候他三十一歲，未婚，不論身體或心理上都毫無魅力可言，而且做生意也失敗了。當他獨自一個人坐在威爾布罕伯頓旅館二二三號房間的窄小床上的時候，他突發奇想地認為自己應該可以成為一個投機商人。

可說是有史以來擁有最多財富的諾爾‧坎斯坦特，當他開始創業的時候，其總部員是寒酸得可以。威爾布罕伯頓的二二三號房間只有十一英尺長、八英尺寬，裡面既沒有電話也沒有書桌。

不過，它有一張床，一個三層抽屜的梳妝台，幾張墊在抽屜裡的老舊報紙，以及一本放在最底層抽屜裡的聖經。墊在第二層抽屜裡的報紙上正好報導著十四年前股票市場裡各種股票的股價。

一個將自己反鎖在房間裡，除了一張床和一份日曆之外一無所有的男子實在是個謎，也使人禁不住要問：他是如何活下去的？

答案是：他靠的就是日曆，還有床邊那本聖經。

其實，這種情形和當初「大藝術家」草創時期的情形非常接近。當初諾爾‧坎斯坦特用來創造他巨大財富的材料其實比當初好不到哪裡。

「大藝術家」是用一支鋼筆、一本支票簿、一些和支票大小相似的政府機關信封、一本聖經，及銀行裡八千二百一十二元的結餘存款組成的。

那銀行結餘的存款還是他那信奉無政府主義的父親死後遺留的財產，經兄弟均分後而得來的。他父親的財產絕大部分都是政府公債的購買憑證。

諾爾‧坎斯坦特擬定出一套投資計畫。其實，這個計畫的本身很簡單。而聖經就是他的

投資顧問。

那些研究過諾爾・坎斯坦特的投資計畫的人所獲致的結論是：他要不是個天才，就是擁有許多優秀的工業間諜在幫他做事。

他總是能夠在數日或數小時前大肆購買股價快要上揚的上市公司的股票。就這樣，在十二個月當中，雖然他很少離開威爾布罕伯頓第二三三號房間，但他卻能夠將他的財富累積到一百二十五萬美元。

諾爾・坎斯坦特之所以能成功地累積財富並不是靠天分也不是靠間諜。

他的投資計畫實在是過於簡單，使得不論他再怎麼解說，總是有人無法理解。那些人之所以無法理解是因為他們一直認為，只有聰明絕頂的人才能創造出巨大的財富。

以下就是諾爾・坎斯坦特的投資計畫：

他把他房間裡那本聖經拿出來，並且從創世紀的第一個句子開始。

如同有些人早已相當熟悉的，創世紀的第一個句子是：「起初上帝創造天地（In the beginning God created the heaven and the earth）。」諾爾・坎斯坦特把這個句子裡每個字母都加以大寫，各字母之間加上句點，然後以兩個一組的方式並列一起，使得那個句子成為以下風貌：「I.N.，T.H.，E.B.，E.G.，I.N.，N.I.，N.G.，G.O.，D.C.，R.E.，A.T.，E.D.，T.H.，E.H.，E.A.，V.E.，N.A.，N.D.，T.H.，E.E.，A.R.，T.H.」

然後，他又找尋那些公司名稱的首字字母大寫和上述的大寫字母相同者，並且隨之買下其在股票市場銷售的股票。剛開始時他所奉行的法則是：一次只擁有一家上市公司的股票，也就是把所有的資金全數投入在一家公司，然後，當股價已增漲一倍之後，再將股票全數賣出。

他最先投資的公司是國際奈瑞特公司（International Nirate）。然後依次是特洛布力吉直昇飛機公司（Trowbridge Helicopter），伊莉克特拉糕餅公司（Electra Bakeries），永恒花崗石公司（Eternity Granite），印第安那新奇產品公司（Indiana Novelty），諾威冶鋼公司（Norwich Iron），國民凝膠公司（National Gelatin），格拉那達石油公司（Granada Oil），德爾瑪新型服飾公司（Del-Mar Creations），李奇蒙電鍍公司（Richmond Electroplating），安德森拖車公司（Anderson Trailer），以及依格複印機公司（Eagle Duplicating）。

至於接下來十二個月的計畫則是：再投資特洛布力直昇飛機公司，然後依次是愛爾科起重機公司（ELCO Hoist），好幫手機械公司（Engineering Associates），威克里電子公司（Vickery Electronics），國民明礬公司（National Alum），國民撈網公司（National Dredging），最後又再度投資特洛布力吉直昇飛機公司。

當他第三次投資特洛布力吉直昇飛機公司的時候，他不再是只買該公司某部分的股票，而是把整個公司買下來。

就在他購買特洛布力吉直昇飛機公司兩天之後，該公司和政府簽定了產製洲際飛彈的長期合約。這份合約使得該公司的資產，據保守估計，增加到五千九百萬美元。而諾爾·坎斯坦特在兩天前才以二千二百萬美元把該公司全部買下來。

他只做出一項和該公司經營相關的決策。他寄了一張印有威爾布罕伯頓旅館照片的明信片給該公司的總裁，告訴他應該把特洛布力吉直昇飛機公司改名為加拉克狄克太空船公司，因為，該公司在直昇機方面的產量早已落後給其他諸如飛彈及太空船等方面產品的產量。

雖然諾爾·坎斯坦特上述的舉動只不過略為施展他的威權，但這卻是相當重要的，因為，這顯示他終於對他自己所擁有的某項東西感興趣。而且，雖然他在該公司所擁有的股份價值已增加一倍以上，但他並沒有把那些股份全部賣光，而只賣出百分之四十九。

從那個時候開始，他持續地接受他那本聖經的建議和啟示，不過，對於他真正感興趣的公司，他會保有超過一半以上的股份。

諾爾·坎斯坦特住在威爾布罕伯頓旅館二二三房間的頭兩年當中，只有一名訪客前來造訪。那個訪客並不知道他是有錢人。那是一個名叫佛羅倫絲·懷特希爾的女侍應生，每隔十天就會來和諾爾·坎斯坦特過夜，她的收費相當便宜。

諾爾·坎斯坦特對威爾布罕伯頓旅館的人聲稱他是個郵票交易商，而佛羅倫絲對此也深信不移。個人衛生並非諾爾·坎斯坦特所最為關切的事，而他自稱是郵票交易商，也比較讓

人相信他從事的是必須時常和帶膠水的物質接觸的工作。

只有國稅局的員工及克勞希金斯會計事務所才知道他是個相當富有的人。

兩年之後，諾爾‧坎斯坦特接待了前往二三三房間造訪他的第二名訪客。

第二位訪客是一個年僅二十二歲，身材清瘦且擁有銳利雙眼的青年。由於他宣稱是國稅局的人員，因此特別吸引了諾爾‧坎斯坦特的注意力。

諾爾‧坎斯坦特請他到房間裡之後，示意他坐在床上。至於他自己則一直站著。

「國稅局竟然派一個小孩來，」諾爾‧坎斯坦特說。

那個訪客絲毫沒有被這句話激怒。相反地，他把此一諷刺話語轉化成自己的一個優勢，並且加以善用，使自己的形象令人打顫。「沒錯，坎斯坦特先生。不過，我可是一個鐵石心腸、行動快如貓鼬的小孩，」他說，「我曾經上過哈佛大學商學院。」

「或許吧，」諾爾‧坎斯坦特說，「不過，我想你一點也傷不了我。我沒有欠聯邦政府任何一毛錢。」

那個乳臭未乾的造訪者點點頭。「我知道，」他說，「我知道你的每分報稅資料都很合乎規定。」

那個年輕人對整個房間上下打量一番。他對於房間的髒亂一點也不覺得驚訝。他已經世俗到足已預料到一定有某些事情出問題。

106

「過去兩年來我一直相當注意地觀察你的財務收支表，」他說，「根據我的推算，你是有史以來最幸運的人。」

「幸運？」諾爾‧坎斯坦特說。

「我是這麼認為，」那個年輕訪客說，「難道你不這麼認為嗎？比方說，你知道愛爾科起重機公司生產什麼產品嗎？」

「愛爾科起重機公司？」諾爾‧坎斯坦特表情茫然地說。

「你擁有該公司百分之五十三的股份已經有兩個月了，」那個年輕的訪客說。

「這個嘛——起重機——就是那種能把很多不同種類的東西吊起來的機器嘛，」諾爾‧坎斯坦特有點不自在地說，「還可以把同一類的東西一同吊起來。」

那個年輕訪客的笑聲即使連貓聽了也要害怕。「讓我來告訴你吧，」他說，「愛爾科起重機公司是在上一次世界大戰的時候由政府命名成立的，當時成立的目的是用來研發水底聽測器材。大戰之後，這家公司賣給一家私人企業，不過，由於它仍然肩負著研發高度機密儀器的重責大任，而且，唯一的客戶仍舊是政府，因此，公司的名稱也一直沒有變。」

「你不妨告訴我，」那個年輕訪客說，「到底是什麼讓你認為購買印第安那新奇產品公司的股份是一項正確的投資呢？你真的認為那家公司只生產安全的整人玩具嗎？」

「難道我有義務回答國稅局這種問題嗎？」諾爾‧坎斯坦特說，「難道我非得把每一家

泰坦星的海妖

我所投資的公司的情形對國稅局詳加描述，否則就不得投資嗎？」

「我之所以這麼問，只不過是出於個人的好奇心而已。從你的反應來看，我可以猜想，你甚至連印第安那新奇產品公司究竟生產什麼產品都一無所知。讓我來告訴你吧！印第安那新奇產品公司並不生產任何產品，它只不過擁有最新輪胎翻新機器的專利而已。」

「我覺得自己好像是在國稅局的大樓裡接受官員的問話，」諾爾‧坎斯坦特有點不悅地說。

「我已經不在國稅局工作了，」那個年輕的訪客說，「今天早上，我已經辭掉了我那份週薪二百二十四元的工作，為的就是想找一份週薪兩千元的工作。」

「那你打算替誰工作呢？」諾爾‧坎斯坦特說。

「當然是替你工作，」那個年輕人說。他站了起來，並且把手伸出來。「我的名字是藍森‧佛安。」他說。

「我在哈佛大學商學院念書的時候，有一位教授一再稱讚我是一個聰明伶俐的學生，只不過，他也認為，假如我想變成有錢人的話，那必得找尋**自己的伯樂**。他一直都不肯解釋那句話的意思，只是說我遲早有一天會自己領悟。我又問他，要怎麼做才能找尋到我的伯樂，他只是建議我先到國稅局工作一年左右再說。」

「坎斯坦特先生，當我在審查你的退稅資料的時候，我突然領悟到那位教授的話。我

想，他的意思是說，我既聰明伶俐又深思熟慮，但運氣卻不夠好。因此，我必須找一個運氣很好的人，如今，我終於找到了。」

「憑什麼要我付你一星期兩千元的薪水？」諾爾‧坎斯坦特說，「在這個房間裡，你可以一眼就看到我的設備和工作人員，因此，你大概也應該知道它們的運作情形。」

「沒錯，」佛安說，「但是，在我的指點過後，你不只賺五千九百萬元，而是可以賺進兩億元的財富。你對於公司法及稅法完全不懂——你甚至連最簡單的商業經營程序也不知道。」

當佛安對馬拉吉的父親諾爾‧坎斯坦特講完這些話之後，他再度把自己一個組織嚴密的計畫和構想告訴諾爾‧坎斯坦特。那個計畫裡面就包含了成立大藝術家公司這一件事。對於違反上千條法令卻又不會遭受到法令的制裁，這真是個高明的策略。

諾爾‧坎斯坦特對於佛安奸滑狡詐的策略印象非常深刻，以至於他幾乎覺得不需要再依賴聖經來從事買賣股票的工作。

「坎斯坦特先生，」他說，「現在，對於國稅局來說，你和街角販賣蘋果及梨子的商店一樣，都很容易地被監督。可是你想想看，假如你擁有一整棟裡面擠滿了許多實業官僚的巨大建築物——那要對你監督將是多麼困難。我所說的實業官僚是指常會遺失東西，使用錯誤的格式，創造新的格式並要求每樣東西都要五份複本，以及對別人告訴他們的話只了解其中

三分之一內容的人；是指習慣性地給予誤導性的答案以便獲得時間來思考的人；是指只有在被強迫的時候才會做決定以便掩飾錯誤痕跡的人；是指那些一顯然地在做加法及減法運算時犯錯的人；是指那些一每當覺得孤獨就召開會議的人；是指那些一每當覺得沒有人愛的時候就寫備忘錄的人；是指那些一除非認為可能被解僱否則絕對不會把任何東西拋棄的人。對於一個實業官僚來說，假如他充滿了精力，每年應該能夠做出一公噸毫無意義的文件給國稅局審核。我們將會僱用好幾千名實業官僚在大藝術家大樓裡！你和我將擁有大樓的最頂端兩層，你可以用你現在所做的方式，繼續地把所發生的事情記載下來。」他又對整個房間四處打量一番。

「對了，你是如何做記載的——是用燒焦的火柴棒寫在電話簿周圍的空白處嗎？」

「我記載在我的腦中，」諾爾・坎斯坦特說。

「還有一項優點我沒有指出來，」佛安說，「總有一天你的好運會用完，到時候你就必須僱用最聰明伶俐及最深思熟慮的經理，否則，你將會兵敗如山倒地迅速沒落。」

「你被錄用了，」馬拉吉的父親諾爾・坎斯坦特說。

「現在的問題是，那棟建築物要蓋在哪裡？」

「我擁有這棟旅館的股份，而這棟旅館則擁有這條街對面的那塊空地，」諾爾・坎斯坦特說，「就把它蓋在街對面的那塊空地好了。」他用他那根彎曲得像機軸的食指指著那塊空地。「不過還有一件事——」

「您請說，」佛安說。

「我將不會搬到那裡面去，」諾爾‧坎斯坦特說，「我要繼續待在這裡。」

‧‧‧

那些想對大藝術家公司的歷史有更深入了解的人可以到公立圖書館去，把拉薇娜‧華特斯的《瘋狂夢想》，或是克倫伯格‧高伯格的《原始的規模》這兩本書拿出來閱讀，便可有所斬獲。

雖然華特斯小姐所寫的那本書對於有關商業方面的描述較為混亂，不過，對於佛羅倫絲‧懷特希爾那位女侍應生的描寫則較為正確——佛羅倫絲不僅發現她懷了諾爾‧坎斯坦特的孩子，她也發現他還是個億萬富翁。

諾爾‧坎斯坦特和那位女侍應生結婚，除了給她一棟大廈之外，也以她的名義在銀行裡開了一個存有百萬美元存款的活期存款帳戶。他告訴她，假如生下男孩子的話就取名馬拉吉，若是生下女孩子則取名普魯頓絲。他還請她依然每隔十天就到威爾布罕伯頓旅館的二二三號房間，不過不要把小孩一起帶來。

克倫柏格所寫的那本書雖然提供了很多正確的商業資料，不過卻始終繞著克倫柏格所要

表達的中心主題：大藝術家公司是沒有能力去愛的情結之下的產物。若是細細品味克倫柏格書中字裡行間的弦外之音，讀者可以逐漸地發現，原來克倫柏格自己就是一個沒有人愛而且也無法去愛人的人。

附帶一提的是，華特斯小姐和克倫柏格兩個人在他們的著作中都沒有描述諾爾‧坎斯坦特的投資方法。雖然藍森‧佛安一直很努力地想找出諾爾‧坎斯坦特的投資方法，不過也沒有獲得任何滿意的結果。

諾爾‧坎斯坦特只把他投資的祕訣告訴他的兒子馬拉吉，他是在馬拉吉二十一歲生日的時候告訴他的。那一個只有兩個人的生日宴會是在威爾布罕伯頓旅館的二三三號房間舉行的，而那也是他們父子第一次見面。

馬拉吉是受到諾爾的邀請而前來見他。

人類的情感就是如此，年輕的馬拉吉‧坎斯坦特顯然對於房間裡各項家具較為注意，反倒不怎麼想知道賺取數百萬或甚至數十億金錢的訣竅。

其實，諾爾‧坎斯坦特的賺錢絕招的第一步很容易了解，因此用不著太過於注意。其中最複雜的部分就是當諾爾終於把大藝術家公司的營運放下的時候，馬拉吉必須把它接起來。年輕的馬拉吉要向藍森‧佛安拿一份大藝術家歷年來的投資目錄表，在仔細地研究過原價及售價的差額之後，年輕的馬拉吉只消知道年事已高的諾爾已經進行到聖經的哪裡，而那裡也

就是年輕的馬拉吉所應該開始的地方。

二三三房間裡最吸引年輕的馬拉吉的一項擺設，就是一張他自己的照片。那是一張他三歲時所拍的照片——裡面的主角是一個在海灘玩耍、精力旺盛且討人喜愛的小男孩。

那張照片用圖釘釘在牆上。

那是整個房間裡唯一的一張照片。

年事已長的諾爾看到年輕的馬拉吉正看著那張照片，而且，他也對於這整個有關於父親和孩子的事還顯得困惑及羞澀。他的頭腦一直思索著想找出一些美好的事情來說，可是卻發覺竟然沒有什麼可說的。

「我的父親只給我兩個忠告，」他說，「其中只有一個忠告能經得起時間的考驗。那兩個忠告分別是：『不要動用你的老本』，以及『臥室裡絕對不能看到酒瓶』。」他的困惑及羞澀現在已大到他自己也無法忍受。

「再見，」他非常突兀地說。

「再見？」年輕的馬拉吉非常驚訝地說。他把身體移向門邊。

「千萬不要讓酒瓶在你的臥室裡出現，」年老的諾爾說，然後就轉身背向著馬拉吉。

「是的，我一定會聽從你的忠告，」年輕的馬拉吉說。「再見，」他說完之後就離開了。

那是馬拉吉‧坎斯坦特第一次也是最後一次和他的父親見面。

在他和父親見面之後，他的父親還活了五年才去世。終其一生，聖經從來沒有讓他失望過。

當諾爾‧坎斯坦特把以下這句話講完之後，他就與世長辭了。「於是，上帝造了兩個大光，大的管晝，小的管夜；祂又造眾星。」

他最後的一項投資是以每股一七‧二五五元的價格購買陽光男孩石油公司的股票❶。

馬拉吉‧坎斯坦特繼承了他父親的遺產，可是卻沒有遵照父親的意思，搬到威爾布罕伯頓旅館的二二三號房間。

而且，最初五年，兒子的運氣和他父親當年的運氣一樣好。

不過現在，突然間，大藝術家公司卻已破產了。

在辦公室裡看著身邊飄浮的家具和青綠色的地毯，馬拉吉‧坎斯坦特仍然不相信自己的運氣已消耗殆盡。

「沒有留下任何東西嗎？」他有氣無力地說。他勉強地對著藍森‧佛安微笑著。「老

❶ 聖經這句話最後是……he made the starts also，結尾的S與O兩個字母，正好是陽光男孩石油公司（Sunnyboy Oil）的縮寫。

兄，快別這樣。我是說，總該會留下一些『東西吧』。」

「我也是這麼認爲，今天早上十點的時候，」佛安說，「我還慶賀自己能夠使大藝術家公司屹立不搖地承受任何可以想像得到的重大打擊。那時候，我們不僅平安度過不景氣，而且也努力地使你的一些錯誤決策的損害程度減到最低。」

「可是，在十點十五分的時候，有一位自稱是律師，而且很顯然曾經在你昨晚的宴會裡出現的人前來拜訪我。很顯然地，昨天晚上你曾經贈送油井給來賓，而那個律師倒也頗爲深思熟慮地擬妥一些文件，假如你簽署的話，將會具有法律上的效力。而你竟然也在那些文件上簽名。昨天晚上你總共送出了五百三十一口油井，這使得我們對泛丹果石油公司的持股完全喪失。」

「十一點的時候，」佛安說，「美利堅合眾國的總統宣佈將和被我們所賣掉的加拉克狄克太空船公司，簽署一項爲因應新太空紀元到來的高達三十億美元的合約。」

「十一點三十分的時候，」佛安又說，「有人給我一份《美國醫藥學會學報》，上面還有三個英文大寫字母加註的『FYI』字樣。假如你曾經花時間在辦公室辦公的話，你應該知道那三個英文大寫字母的意思是『敬請查閱』（for your information）。我馬上翻到他要我查閱的那一頁後，終於知道，慕尼斯特香菸公司的產品是導致男女不孕**最主要**原因。這個事實並非由人類，而是由一台電腦所發現的。。每當有關於吸菸的資料被輸入的時候，那一台電腦就會

運作得很激烈，但是，沒有人知道爲什麼會這樣。很顯然地，那一台電腦企圖告訴它的操作者一些事情。它用盡各種方式想要表達出來，終於使操作者問出一些適切的問題。」

「那些適切的問題是有關於慕尼斯特香菸公司和人類生殖的關係。而其間的關係如下：

『即使一直想生育小孩，但只要抽慕尼斯特香菸公司所生產的香菸，就不可能生育下一代。』」佛安說。

「毫無疑問地，」佛安說，「有一些小白臉、交際花，以及紐約客對於慕尼斯特香菸具有此種『功能』都讚不絕口。不過，根據還沒被解散前的大藝術家公司法務部門統計，雖然慕尼斯特香菸公司確實如其廣告所言地會給該公司產品使用者『無盡的樂趣』，但好幾百萬消費者的控訴很可能會成立。」

「全美國大約有一千萬使用慕尼斯特香菸公司產品的消費者，」佛安說，「他們全都不能生育了。假如每十個消費者當中就有一人對其所遭受到的傷害提出控訴，而且假設他們都只要求五千元的賠償，那麼，你總共必須花費五十億美元的賠償金額，而這還不包括訴訟費用在內。你當然沒有五十億美元那麼龐大的資產。由於股市的崩盤以及你對許多不當產業如美國浮動物品公司的收購，使得你現在的資產甚至還不到五億美元。

「慕尼斯特香菸公司，那是你的，」佛安說，「大藝術家公司，那也是你的，」佛安說，「你所有的財產都將被提出來訴訟，而且控告你的人也都將勝訴。當然啦，雖然訴訟的

當事人或許沒辦法得到他們所要求的賠償金，可是，這審問的過程中很可能就把你毀了。」

佛安再度鞠躬。「現在，我要執行我最後一項職務上的責任──也就是要告訴你，你的父親曾經寫一封信給你，不過，他也交代過，在你的運氣開始不濟的時候，才把那封信交給你。他指示我，假如你的運氣開始變壞，就把那封信放在威爾布罕伯頓旅館二二三號房間的枕頭下面。一個小時之前，我已經把那封信放在枕頭下面了。」

「現在，我以一個卑微且忠心的公司僕人身分，請求你幫我一個小忙，」佛安說，「假如那封信理面似乎透露出未來的生活將會是如何的話，請你打電話到我家告訴我，那我將感激不盡。」

藍森‧佛安以先觸摸他的拐杖，然後再觸摸他的軟氈帽的方式向馬拉吉‧坎斯坦特致敬。

「再見了，大藝術家二世，再見！」

.
.
.

威爾布罕伯頓旅館是一棟建築在大藝術家大樓對街的老舊三層樓的都德式建築物。和大藝術家大樓相較之下，它好像是加百利大天使❷腳下的一張未完成的床。松木板被釘在那旅館的灰泥外部，好讓它看起來像是一棟由原木所建造成的建築物。屋脊曾經被故意地損毀，

使它看起來像是一棟年代久遠的建築物。屋簷下垂得很低，又使它看起來像是由茅草所蓋的房子。它的窗戶很小，而且窗框是五角形的。

這一家旅館的小型酒吧室名叫「聽你說室」。

在聽你說室裡有三個人——一個酒保以及兩名顧客。那兩名顧客分別是一位瘦女子和一位胖男子，他們看起來都非常老。雖然威爾布罕伯頓旅館裡的工作人員從來沒看過他們，可是看他們兩人的樣子好像他們已經在聽你說室待了好幾年。

他們兩人自稱是從中西部同一所中學退休，現在是以退休金度日的教師。那個胖男子自我介紹，他叫喬治‧赫蒙荷爾茲，曾是學校樂隊的指揮。那個瘦女子也自我介紹說她叫羅貝塔‧威莉，曾經擔任過代數老師。

很顯然地，他們在生命的後期時，在酒精和玩世不恭的生活態度中發現了生活的慰藉。

同樣種類的酒他們絕對不會訂購第二次，他們也都很想知道這個酒瓶裡裝什麼酒，以及那個酒瓶裡又裝什麼酒。

那個酒保知道他們兩人絕對不是酒鬼。他對於酒鬼的樣子相當熟悉，也很喜歡酒鬼的樣

❷ 加百利大天使（Archangel Gabriel）第一次出現在布伯來聖經但以理書中，名字的意思是「天主的人」、「天神的英雄」等，最常見的意思是為神傳達信息的使者。

子，不過，他們只不過是週末晚報裡兩個因旅途勞累而在半路休息的人物而已。

當他們沒有對各種不同的酒好奇而問問題時，他們和新太空紀元裡數百萬常光顧酒吧的人並沒有顯著的不同。他們一直坐在自己的酒吧椅子上並用雙眼凝視著前方各種酒瓶的種類。他們的雙唇經常地移動著，也時常露出愁眉苦臉及冷嘲熱諷的表情。

佈道家鮑比‧丹頓把地球當成上帝所賜予的太空船，對於那些時常光顧酒吧的人來說，這倒真是一個適切的比喻。赫蒙荷爾茲以及威莉小姐就好像是在太空中從事永無止境且毫無目標航行的正駕駛及副駕駛。他們很容易被認為從年輕時候就開始接受技術訓練，而眼前的酒瓶則像是多年來他們一直注視著的儀器。

每天，那個太空男孩和太空女孩都會顯得比前一天更為散漫，這樣一直持續到現在，他們已成為加拉克狄克太空營運之恥。

赫蒙荷爾茲有兩顆鈕扣沒有扣上。他的左耳朵還留有刮鬍子的肥皂沫，而他的襪子也是左右腳並非同一雙。

至於威莉小姐則是一個下巴瘦長、看起來很瘋狂的嬌小老婦人。她的頭上戴著一頂黑色捲曲的假髮，那頂假髮看起來好像是已經在某個農夫的倉庫門前掛了好幾年的樣子。

「總統先生下令，一個嶄新的太空紀元已經開始，或許這真的能對失業率的下降有所幫助，」那個酒保說。

「嗯嗯，」赫蒙荷爾茲及威莉小姐不約而同地說。

只有觀察敏銳及多疑的人才會注意到他們兩人在行為上異於常人之處：赫蒙荷爾茲和威莉小姐兩個人**對於時間太感興趣**了。對於沒有什麼事可做以及沒有什麼地方可去的人來說，他們兩個人對於自己手錶的興趣真可說過於專注——威莉小姐手腕上戴的是男用手錶，而赫蒙荷爾茲先生則是使用金懷錶。

事實的真相是，赫蒙荷爾茲和威莉小姐根本就不是學校的退休教師。他們兩個都是男性，也都是偽裝的高手。他們是火星軍隊的特勤人員，也是兩百英里上空一台飛碟裡火星媒體的耳目。

馬拉吉‧坎斯坦特並不知道，這兩個人正在等候著他。

．．．

當馬拉吉‧坎斯坦特過街走到威爾布窂伯頓旅館的時候，赫蒙荷爾茲和威莉並沒有上前和他搭訕。他們甚至沒有顯露出他對他們是很重要的任何跡象。甚至，當他穿越大廳並且搭乘電梯的時候，他們也都不瞧他一眼。

不過，他們卻又再次地看著自己的錶——而只要是觀察敏銳及多疑的人都可以注意到，

威莉小姐按了她手錶上的一個按鈕，然後那個可當做碼錶的手錶就發出了計時的聲音。

赫蒙荷爾茲和威莉小姐並不打算對馬拉吉‧坎斯坦特使用暴力。他們從來不曾對任何人使用暴力，但他們仍然替火星人徵募了一萬四千人。

通常他們所使用的技巧是——打扮成土木工程師的模樣，然後找來一些看起來不是很聰明的男女，答應提供每小時九美元（不含稅）的工資，到一個遙遠的地方從事一項政府的祕密計畫工作，時間是三年，免費供應食宿及交通。赫蒙荷爾茲和威莉小姐兩人在私下常會開玩笑地說，他們從來沒有說明到底是**什麼**政府在從事那種計畫，而到目前為止，也從來沒有任何一位被招募的人想到要問這個問題。

當那些被招募的人抵達火星的時候，其中百分之九十九的人都失去了記憶。他們的記憶被心理醫師去除，而火星的外科醫師則又在他們的頭顱裡放置了收音機天線，使這些被招募的人受到收音機的掌控。

然後，這些被招募者隨機被取了個新名字，接著就被分派到工廠、工程地點、行政單位或是火星軍隊裡。

被招募的人員當中有極少數人並沒有遭到上述的處置。他們必須先展現出絕對效忠火星的決心，頭顱裡才不會被裝上收音機的天線。那些少數的幸運兒於是就被納入極為隱密的指揮圈子裡。

赫蒙荷爾茲和威莉這兩個祕密特勤人員就是屬於這個指揮圈子裡的人。他們仍然擁有原

先的記憶力，而且也沒有被收音機掌控。如同被期望地，他們很熱愛他們的工作。

「那邊那一瓶『斯利渥維茲』的味道如何？」赫蒙荷爾茲問那個酒保的時候，眼睛還一

直瞪著下面那排酒瓶裡其中一瓶已沾上不少灰塵的酒瓶。他才剛喝完一杯琴酒而已。

「我竟然不知道我們有那樣的酒，」那個酒保說。他先把那瓶酒放在吧檯上，然後又傾

斜地拿著它，好讓他能夠把標籤的名稱唸出來。「梅子白蘭地，」他說。

「下次我一定要嚐嚐看，」赫蒙荷爾茲。

‧‧‧

做為紀念。

　　自從諾爾‧坎斯坦特去世之後，威爾布罕伯頓旅館的二二三號房間就一直都沒人住，以

現在，馬拉吉‧坎斯坦特自己走進二二三號房間。自從他的父親去世之後，他就沒有再

到過這個房間。他把門關上，然後在枕頭下面找到了那封信。

除了棉被和枕頭套之外，房間裡的東西都沒有變動過。馬拉吉小時候在海灘玩耍的照片

仍然是牆上唯一的一張照片。

那封信上是這麼寫的：

親愛的兒子：一定是某件重大或不好的事發生在你身上，否則你現在是不會讀這一封信的。我寫這封信的目的就是要告訴你，對於所發生的不好的事情要沉著應對。你應該從我們過去發跡的歷史當中，找出那些曾經發生過的重大或有利的事件。我要你去努力找尋的，是找出是否發生了某種特殊的事，或者只不過看起來很瘋狂而已。

假如你認為我不是個好父親或者認為我什麼都不好，那是因為早在我死去之前，我就已經如同一具行屍走肉了。沒有人愛我，而我又什麼事都不在行。我找不出任何可以使我喜歡從事的嗜好，而我又厭倦了銷售烹飪鍋盤或看電視的生活，於是，我就真的像是一具行屍走肉，永遠也無法走回頭路了。

那是我開始拿著聖經做生意的時候，後來發生的事情你應該已經知道了。雖然我已是一具行屍走肉，可是，似乎某人或某件事一直要我擁有這個地球。我一直睜大眼睛想尋找一些能夠告訴我這到底是怎麼一回事的訊息，可是訊息卻一直都沒有出現。我只是一直變得更為富有而已。

然後，你的母親寄來那張你在海灘玩耍的照片。照片中的你似乎在看著我，使我認為或許你就是我自己之所以一再累積財富的原因吧。於是我終於體會到，在我死之前是永遠無法

知道謎底的，不過，或許你會是那個突然間把每件事都看清楚的人。

讓我告訴你吧，即使是快要死的人都很討厭在世的時候無法將謎底加以揭曉。

我之所以交代藍森‧佛安只有在你的運氣變壞的時候，才把這封信交給你，主要的原因

就在於從來沒有人會在他的運氣還很好的時候，對任何事情加以思考或注意。他為什麼要思

考或注意呢？

因此，我的孩子，替我對各種事物多加觀察和注意吧。假如你已經破產，而又有人帶著

瘋狂的計畫來見你，我的建議是，你就不妨接受他的計畫。當你處於想要學習某種事物的心

境時，或許你才會學到某種事物吧！我的一生當中只有學到一件事：有些人運氣很好，有些

人則運氣很差，而即使是哈佛大學商學院的高材生也不知道為什麼會這樣。

父字

有人在敲二二三號房間的門。

而在坎斯坦特回應之前，那扇門早就被打開了。

赫蒙荷爾茲和威莉小姐走進二二三號房間。由於他們事先曾由上級指示過，因此，他們

分秒不差地在馬拉吉剛讀完那封信的時候走進來。上級也指示他們應該說些什麼話。

威莉小姐把她的假髮拿掉，終於顯現出他那原本就瘦骨如柴的男兒身，而赫蒙荷爾茲也

稍微調整容貌，使他自己看起來像個什麼也不怕且慣於指揮的人。

「坎斯坦特先生，」赫蒙荷爾茲說，「我來這裡是要告訴您火星上面不但有人居住、工廠林立，而且還駐紮著龐大但高效率的軍隊。火星一直在地球招募人員，而那些被招募的人員是乘坐飛碟抵達火星的。我們已經準備在火星的軍隊裡安插一份中校的職務給您。」

「就您目前在地球的情況可說已經毫無指望。你的妻子像是隻野獸。此外，根據我們所獲得的情報顯示，若是您還在地球上，不僅會因訴訟而破產，而且，還會因過失罪被判刑入獄。」

「除了薪水和特權都將比地球上軍隊裡的中校要好得太多之外，我們還可以使您不遭受地球司法的騷擾，一個參觀新奇有趣的星球的機會，以及從一個隔離且超然的立場來思考您出生之處⋯⋯地球的機會。」

「假如您願意接受此一任務，」威莉小姐說，「那就舉起您的左手，並且跟著我說──」

．．
．．．

第二天，馬拉吉‧坎斯坦特的私人直昇飛機被發現棄置在莫哲夫沙漠中央。有一個人的腳印明顯地走離那架直昇飛機達四十英尺遠，然後腳印的痕跡就停止了。

看起來好像是馬拉吉・坎斯坦特走了四十英尺之後就逐漸溶化於稀薄的空氣中。

‧‧‧

而就在星期二的時候，原先被稱作「鯨魚號」的太空船被重新取名為「倫法德號」太空船，而且準備要發射。

碧翠絲・倫法德意洋洋地從電視機上觀看遠在兩千英里外的發射儀式。她仍然還在新港。一分鐘之後，「倫法德號」太空船即將被發射升空。假如命運的安排是要碧翠絲・倫法德搭乘那一艘太空船的話，現在不知道要怎樣才能辦得到。

碧翠絲的心情真是舒暢極了。她證實了很多事情。她證實她才是自己命運的主人，一旦她說不，就能堅持到底絕不妥協。她也證實她丈夫所謂的「全知觀點」完全只是唬人的，換句話說，他的預測比美國氣象局好不到哪裡去。

除此之外，她還擬出一套計畫，而這套計畫不僅能使她在下半生能過得頗為舒適，同時，也能使她的丈夫得到他應得的待遇。下一次當她的丈夫顯形的時候，他將會發現，他的房產裡竟然會擠滿前來觀看的人們。碧翠絲打算向每位前來觀看她丈夫顯形的人收取五元的入場費用。

這可不是什麼白日夢。她曾經和兩位已是她的房產持有者的代表談論過這個計畫，他們也都樂觀其成。

現在，他們正和她在一起，從電視機上觀看「倫法德號」太空船發射升空前的準備工作。放置電視機的房間裡同時也掛著碧翠絲小時候穿著白色衣服騎在白色小馬上清純模樣的油畫。那個小女孩的潔白衣服一點也沒有沾上泥土。

現在，電視播報員要開始做「倫法德號」太空船發射升空前最後一分鐘的倒數計時。

正當在倒數計時的時候，碧翠絲的心情像小鳥般快樂。她無法安靜地坐著，也無法保持安靜。她之所以如此地「坐立不安」並不是因為懸疑好奇，而是因為過於快樂的緣故。對於她來說，「倫法德號」太空船能否順利發射升空根本就不重要。

反過來說，她那兩名訪客對於「倫法德號」太空船發射升空一事似乎相當看重，他們似乎在默默地祈禱著此一發射升空能夠順利成功。那兩名訪客分別是喬治‧赫蒙荷爾茲先生，以及他的祕書羅貝塔‧威莉小姐。雖然威莉小姐是一個長相奇特且身材嬌小的年老婦女，可是她卻相當地機警及聰敏。

那座火箭在一陣怒吼之後順利升空了。

那是一個完美無缺的發射。

赫蒙荷爾茲癱坐在沙發椅上並且大大地鬆了一口氣。然後，他笑了笑並且還用手搥打著

他那雙渾圓的大腿，神色甚是興奮。「這真是個輝煌的時刻，」他說，「我以身為美國人為榮，我也很高興能生在這個時代。」

「你想喝些什麼嗎？」碧翠絲說。

「非常謝謝您，」赫蒙荷爾茲說。

「生意的部分不是都談完了嗎？」碧翠絲說，「我們不是把每一項細節都討論過了嗎？」

「是這樣的——威莉小姐和我希望對這片地產上的較大建築物做出一份分類表，」赫蒙荷爾茲說，「不過，恐怕天色已晚，不知道您有沒有泛光燈？」

碧翠絲搖搖頭。「很抱歉，」她說。

「或者，您這裡有強力的手電筒嗎？」赫蒙荷爾茲說。

「或許我可以找到一支手電筒，」碧翠絲說，「可是，我並不認為你們有必要到外面去。我現在就可以把這片地產上面的建築物一一說給你們聽。」她按鈴找來那個管家，並吩咐他去拿一支手電筒來。「有室內網球場、溫室、園丁的家、貴賓屋、工具屋、浴室、狗舍，以及一座老舊的水塔。」

「其中哪一個是新的？」赫蒙荷爾茲說。

「新的？」碧翠絲不解地說。

那個管家帶了一把手電筒走進來，碧翠絲把它交給赫蒙荷爾茲。

「那個用金屬蓋成的房子，」威莉小姐說。

「金屬？」碧翠絲不解地說，「應該沒有用**金屬**蓋成的房子。或許是一些風吹雨打日曬多時之後的圓形小石頭變得有點光滑而被你們誤認為是金屬吧！」她皺了皺眉頭。「是不是有人告訴過你們，這片地產裡有用金屬蓋成的房子？」

「我們進來的時候就看到了，」赫蒙荷爾茲說。

「就在那條小徑的旁邊，靠近那座噴泉的樹叢裡，」威莉小姐說。

「我實在想不出來你們所指的是什麼，」碧翠絲說。

「我們能不能到屋子外面看一下？」赫蒙荷爾茲說。

「這當然沒問題，」碧翠絲一面說一面從椅子上站了起來。

他們一行三個人走過大廳地板上那個十二宮圖，然後就走進屋外的黑暗世界。

那支手電筒所發出的亮光在前面引導著他們。

「真的嗎？」碧翠絲說，「我和你們一樣很想知道那到底是一棟怎樣的建築物。」

「它看起來像是一座由鋁合金所組合而成的房子，」威莉小姐說。

「它看起來像是座菇狀建築物，可能是大水槽之類的東西，」赫蒙荷爾茲說，「只不過，它的屋頂下垂到地面。」

「真的嗎？」碧翠絲說。

「現在妳總該知道我所說的**是什麼**東西了吧，」威莉小姐說。

「不！」碧翠絲說：「我還是不了解妳所說的是什麼東西。」

「我必須很小聲地說，」威莉小姐以開玩笑的口吻說，「否則，有人將會把我鎖在這個瘋狂的房子裡。」她把自己的手放在嘴上面，然後直接對著碧翠絲大聲耳語說：「那是飛碟！」

【第四章】 租帳篷

租一座帳篷，一座帳篷；

租一座帳篷，一座帳篷；

租一座帳篷，租一座帳篷。

租一座帳篷！

租一座帳篷！

租一座，租一座帳篷。

——火星軍隊的響弦鼓

人們聽著響弦鼓的聲音，齊步行進到閱兵場。響弦鼓似乎在對著人們說：

租一座帳篷，一座帳篷；

租一座帳篷，一座帳篷；

租一座帳篷，租一座帳篷。

租一座帳篷！

租一座帳篷！

租一座，租一座帳篷。

他們是一支擁有一萬名士兵的步兵師，在一個長達一英里的天然閱兵場上形成中空方陣的隊形。士兵們都以立正的姿勢站立著。雖然天氣嚴寒得使人容易顫抖，但是，他們當中，不論是軍官或士兵，都盡力像鋼鐵般挺直地站立著。他們的制服質料相當粗糙，顏色則是和青苔一樣的青綠色。

整支軍隊靜靜地立正已經很久了。上級也都一直沒有發出任何聽得見或看得見的訊息。

他們像頂天立地的男子漢一般地站立著，而這麼多人能夠同時寂靜地站立在一起又是多大的巧合呀！

火星突擊隊第一步兵師第二團第三營第二連第一排第二班的第三個人是一個三年前被取消中校資格的士兵。他在火星已經住了八年。

在一個現代的軍隊裡，當一個人的官階被取消並且被迫從士兵開始任職起的時候，他的年紀很可能已太老而不大適合擔任士兵；而且，一旦同袍知道他已不再擔任軍官的時候，失去對他那衰退的雙腳和雙眼的敬重，而笑稱他為**老爹，老大爺**，或是**老表**。

火星突擊隊第一步兵師第二團第三營第二連第一排第二班的第三個人就被稱做老表。老表已經四十歲了。老表外表長得相當不錯──微胖，膚色較深，有著詩人般的雙唇，一隻柔和的棕色眼睛深藏在像極了克羅馬農人的眉樑裡。略禿的頭倒使他的頭髮像極了古代印第安戰士留在頭皮上的一束頭髮。

以下是一則有關於老表的軼事：

有一次，當老表那一排的人在洗澡的時候，老表那一排的士官長亨利‧布萊克曼請另外一個軍團裡的一個士官長到他的排裡來挑選一名最好的士兵。那位來訪的士官長毫不猶豫地挑選了老表，因為，在那一排的士兵當中，老表的身體結實，肌肉健壯，而且又聰明伶俐。

布萊克曼的雙眼不停地打轉。「天哪，你認為是這樣嗎？你真的認為是這樣嗎？」他說。「那是我們這一排的老兵。」

「你該不會是在開玩笑吧？」來訪的士官長說。

「絕對不是，我絕對不是在開玩笑，」布萊克曼說，「你看看他──已經在那裡站了十分鐘，可是卻連一塊肥皂也沒碰。老表！老表！醒醒，老表！」

老表整個人打了個顫，終於停止了在蓮蓬頭灑下的溫水中所作的白日夢。他詫異地看著布萊克曼，無精打采地露出順從的眼神。

「老表！用一些肥皂吧，」布萊克曼說，「看在老天的份上，你就用點肥皂吧！」

現在，在那個天然的閱兵場裡，老表和其他士兵一樣，以立正姿勢形成中空方陣的隊形。

在那個中空方陣的中央，有一根石柱，上面還附著許多金屬環。有一條順著那些金屬環而下的鐵鍊把一個站立著的紅髮士兵和那根石柱綁在一起。雖然他是一名愛乾淨的士兵，可是卻不是個全身整齊的士兵，因為，他所有的徽章和勳章都被從制服上拔除，而且，他也沒有用皮帶、領帶以及雪白的布綁腿。

包括老表在內，每個人都衣著整潔，而且每個人看起來都是那麼地容光煥發。某種非常慘痛的事即將發生在那個和石柱綁在一起的人身上。那個慘痛的事件使他很想逃脫，可是，他卻無法逃脫，因為，他全身都被鐵鍊綁著。

所有的士兵都將觀看。

這個事件非常受到重視。

即使是那個和石柱綁在一起的人也立正站好。曾經是一名優秀士兵的他，知道在這種情形之下應該做何表現。再次地——上級還是一直沒有發出任何聽得見或看得見的命令。雖然如此，一萬名士兵還是如男子漢般頂天立地地立在閱兵場。

那個和石柱綁在一起的人也靜默地立正站好。

接著，士兵們一排接一排地稍微放輕鬆，好像是已經有人下令**稍息**的樣子。雖然他們已

經可以稍微放輕鬆，可是，雙腳依然不能亂動，而且也不准出聲，現在，士兵們可以稍加自由思考，也可以四處張望以及用他們的雙眼傳遞訊息，假如他們有訊息要傳送，而且也找得到願意接收訊息的人。

和石柱綁在一起的那個人猛拉著他身上的鐵鍊。伸出脖子來看一看和他綁在一起的那根石柱的高度。他的意思好像是在說，假如他能夠找出石柱的高度以及它是用什麼所做成的話，那他就可以運用某種科學的方法逃脫。

那根石柱有十九英尺六‧五三三英寸高，這是不包括插入土裡高達十二英尺二‧一八英寸的部分。石柱的直徑大約是二英尺五‧一三英寸，不過，有些部分直徑較長而有些部分則較短，但相差不會超過七‧一三英寸。石柱的內部是由石英、鹼、長石、雲母，以及少許的電氣石和角閃石共同混合製成的。至於以下則是有關於和石柱綁在一起的那個人所想知道的資料：他和太陽的距離是一億四仟兩百三十四萬六千九百十一英里，因此，他是絕對不可能獲得任何協助的。

那個和石柱綁在一起的紅髮男子並沒有出聲，因為，稍息中的士兵是不准發出聲音的。他還是用雙眼發出他想大叫的訊息。他把那個訊息發射給任何一個雙眼可能和他的雙眼相視的人。他尤其希望那個訊息能傳給他最要好的朋友——老表。他在尋找著老表。

他找不到老表的臉。

即使他發現了老表的臉，他也無法從老表的臉上看到任何招呼或憐憫的表情。老表才剛從一家基地醫院出院，在那家醫院裡，他曾接受過心理疾病方面的治療，也正因為如此，使得老表的心智顯得一片空白。老表並沒有認出原來那個和石柱綁在一起的人就是他最要好的朋友。其實，當老表從醫院出院的時候，假如沒有人告訴他，他甚至連自己的名字以及自己是個士兵都不知道。

他一出院後就前來加入現在閱兵場裡的中空方陣隊形。

當他住院的時候，醫護人員就一再告訴他，讓他知道他自己是最好的軍隊裡最好的一師中最好的一團裡最好的一營中最好的一連內最好的一排裡最好的一班的最好的士兵。

於是，老表認為那是一件值得引以為傲的事。

在醫院的時候，醫護人員也還告訴他有關於他的士官長的名字、士官長是什麼，以及階級和專長的象徵符號是什麼意思。

由於醫院的醫護人員幾乎把老表所有的記憶都消除掉，因此，他們還必須從頭教導老表有關於手部和腳部的各種動作。

醫護人員還必須向老表解說戰鬥呼吸配額以及氧氣丸的意思是什麼，以及更重要的是，告訴他每六個小時必須服用一顆否則就會窒息。之所以必須服用氧氣丸，其理由就在於火星上並沒有氧氣的存在，服用氧氣丸可以滿足人體內所需求的氧氣。

醫護人員也還必須向老表解釋，他頭頂下面的頭顱裡裝有一具收音機天線，而假如他做

出任何優良士兵不該做的事情時，那他將會被處罰。那具天線不僅會下達命令而且也會發出

響弦鼓要求他齊步行進的鼓聲。他們還說，不只是他的頭顱裡裝有收音機天線，每一個人也

都裝有天線──連醫生、護士，以及四星上將都是如此。他們說，那是一個非常民主化的軍

隊。

老表認為裝置天線在每個人的頭顱裡，對軍隊是一件好事。

醫護人員也將若是老表犯下任何過錯，頭顱內的天線將會如何刺痛他的情形示範一點給

他知道。

那種刺痛實在相當可怕。

老表不得不承認，只有發瘋的士兵才會不想要盡忠職守。

醫護人員還告訴老表，最重要的一條法令就是──接到直接命令之後必須毫無猶豫地遵

守。

站在天然閱兵場中空方陣隊形裡的老表現在才了解，他要重新學習的東西實在太多了。

在醫院的時候，醫護人員並沒有教導他生活裡的每一件事物。

他頭顱裡的天線命令他再度立正站好，這使得他的腦筋又是一片空白。然後，又命令老

表稍息，然後又再度立正站好，然後，又命令他行舉槍禮，然後，又命令他稍息。

他又開始思考了。他對周遭的環境瞄了一眼。

人生就是這樣，老表嘗試著對自己說——空白和瞄眼，以及有時候或許還會因做錯某件事而遭受刺痛。

有一顆低空快速飛行的小衛星正從頭上的紫羅蘭色天空飛過。老表認為，天空的顏色應該是藍色而不是紫羅蘭色。

老表覺得很冷，他期盼著更多的溫暖。這種無盡的寒冷在某方面來說，似乎和快速飛行的衛星以及紫羅蘭色的天空般地令人感到錯愕和不可思議。

老表的師長正和老表的團長談話。老表的團長對老表的營長說話。老表的營長對老表的連長說話。老表的連長對老表的那一排的領導者——布萊克士官長說話。

布萊克曼走到老表旁邊並命令他齊步行進到和石柱綁在一起那個人的面前，然後把他勒死。

於是老表遵照命令執行。

布萊克曼告訴老表，這是一個直接命令。

他齊步行進地走到和石柱綁在一起那個人的面前。他是依照天線所傳來的響弦鼓單調且有錫音色的鼓聲齊步行進的。響弦鼓所發出的聲音經由天線的傳達，只在他的頭顱裡出現⋯

租一座帳篷，一座帳篷，一座帳篷；

租一座帳篷，租一座帳篷，租一座帳篷。

租一座帳篷！

租一座帳篷！

租一座，租一座帳篷。

當老表走到和石柱綁在一起那個人的面前時，老表只遲疑了一會兒，這還是因為那個長著紅髮的人看起來似乎不快樂的緣故。然後，老表的頭顱裡就感覺到一股警告意味的隱約刺痛，這種刺痛和牙醫要做深度抽取神經前的刺痛頗為類似。

老表把他的兩根大姆指放到那個紅髮男子的脖子上之後，他頭顱裡的隱約刺痛就立即停止。老表並沒有馬上用力壓大姆指，因為，那個男子似乎想要告訴他一些事。起先老表還對於那個男子的沉默感到不解，不過，接著他終於了解到，就像所有士兵都在天線的指揮控制下保持沉默，那個男子也一定是受到他頭顱內天線的控制而沉默不語。

但是突然間，和石柱綁在一起的男子非常英勇地克服了他頭顱內天線的掌控。雖然刺痛得相當厲害，但他還是說話了。「老表……老表……老表……」他說。在他自己的意志和天線的意志交戰之下，使得他好像白痴似地不斷重複叫著老表的名字。「**老表，藍色石頭，**」

他說，「第十二號營房⋯⋯信件。」

警告性的刺痛又在老表的頭顱裡發作。不得不忠於職守的老表終於勒緊了那個紅髮男子的脖子，直到他的臉都呈現紫色以及舌頭伸出嘴外面的時候才鬆手。

老表往後退之後立正站好。接著，他又向後轉，然後就回到他原先在中空方陣隊形裡的位置。這次當然還是在頭顱裡響弦鼓的鼓聲帶領之下歸隊⋯

租一座帳篷，一座帳篷，一座帳篷；

租一座帳篷，租一座帳篷，租一座帳篷。

租一座帳篷！

租一座帳篷！

租一座，租一座帳篷。

布萊克曼不僅對老表點頭，而且還用關愛的眼神看著他。

一萬名士兵再度立正站好。

一時之間，可怕的事情發生了。那個和石柱綁在一起而且應該已經死去的人突然掙扎著也要立正站好，他不斷地掙扎著，使得他身上的鐵鍊不斷地發出碰撞的聲音。他絲毫不氣餒

地掙扎著想成為一個優秀的士兵，可是終究還是失敗了！這並不是因為他不想成為一個優秀的士兵，而是因為他已經死了。

現在，那個巨大的中空方陣隊形已經打散成許多長方形的隊伍單位。每一個隊伍單位都不加思索地齊步行進帶開，而每一個人也都依照頭顱內所發出的響弦鼓聲音行進著。任何一位觀看者除了聽到整齊畫一的長統靴子踏步聲之外，根本就不可能聽到別的聲音。

由於即使是將領等高級官也像傀儡般地移動著，這使得不明就裡的觀察者心中滿是狐疑地搞不清楚究竟是誰在指揮。其實，那些將領和士兵一樣，頭顱中也出現響弦鼓的鼓聲：

租一座帳篷，一座帳篷，一座帳篷；

租一座帳篷，租一座帳篷，租一座帳篷。

租一座帳篷！

租一座帳篷！

租一座，租一座帳篷。

【第五章】 一個無名英雄的來信

我們可以使人類的記憶像一把剛從高壓蒸氣鍋拿出來的手術刀般地清潔無菌。可是，點點滴滴新的經驗又立即開始堆積。這些點點滴滴的新經驗所形成的一些模式對於軍隊的思考模式來說，未必是有幫助的。非常不幸的是，這種『二度污染』的問題看起來似乎無法解決。

——莫里斯・凱斯特醫師，火星精神醫院院長

老表的隊伍在一座花崗岩軍營前停下來。這一座軍營後面的平原上連綿不斷地蓋了數千個相同模樣的軍營。每隔十個軍營的前面，會有一座旗桿，上面的旗子迎著強風發出啪啪的聲音。

每一面旗子都不相同。

老表那一連營房地區的旗子迎風飛舞著，很像守護天使。那面旗子是以白色及紅色的橫

條為底，再加上一塊藍色為底且裡面有很多白色星星的小方塊所組成的。它就是古老的榮耀，是美利堅合眾國在地球上的國旗。

沿著老表的營房後面所看到的就是蘇維埃社會主義共和國的國旗。

再往後映入眼簾的是一面由綠、橘、黃及紫等顏色組合而成的旗子，上面還有一隻獅子拿著一把劍的圖案。那是錫蘭的國旗。

再往後則是一面白底的旗子，正中央有一顆紅球，那是日本的國旗。

一旦火星和地球之間的戰爭爆發的時候，這些旗子就象徵著每一個火星軍隊單位所要攻擊的國家。

老表直到他頭顱裡的天線讓肩膀下垂並讓關節放鬆的時候，才看到那些旗子。他傻傻地看著眼前那浩瀚無止境的旗海和旗桿。他眼前那個軍營的門上塗著巨大的數字——五七六。

由於老表身上的某個部位對這個數字非常著迷，於是他就詳加研究一番。然後他又回憶起死刑的執行。回憶起那個被他所殺害的紅髮男子似乎告訴他一些有關於藍色石頭和第十二號營房的話語。

.
.
.

在五七六號營房裡，老表正在清潔他的步槍。他覺得擦槍是件很快樂的事。不僅如此，他還發現，自己竟然還知道如何將槍枝解體。不管怎麼說，至少，他在這方面的記憶也並沒有在住院的時候被除去。他也暗自高興，或許，自己還有一些其他部分的記憶也並未消失。他真的不知道，為何這樣的覺察會使他暗自竊喜。

他用擦淨砲膛的刷條清洗槍口。他手上的武器是每次只發射一顆子彈，十一公釐口徑的德國毛瑟槍。這種步槍在地球上的美國—西班牙戰爭裡被西班牙人所大量使用而揚名於世。火星部隊裡所使用的步槍也大多是這種型式。在地球上祕密工作的火星特勤人員以近乎不用付出任何代價的方式就取得大量的毛瑟槍。

老表那一班的士兵們也都和他一樣用刷條清理槍口，拭槍油的味道聞起來好極了，而將沾油後的碎布搓成細條狀然後用來擦拭槍身的動作倒也不算太無趣。幾乎聽不到任何講話的聲音。

似乎沒有人對那個死刑的執行特別注意。假如要替老表班裡的士兵上一堂執行死刑的課，那他們一定會覺得這種課程很簡單。

只有一個人曾經對老表執行死刑這件事有所評論，那個評論是從布萊克曼口中說出來的。「老表，幹得好，」布萊克曼說。

「謝謝您的誇獎，」老表說。

「這個人幹得好，不是嗎？」布萊克曼對著老表班裡的士兵說。

雖然班裡的士兵都點頭了，可是老表卻沒有感到高興，因為，他認為，對於這種正面的問題，他的兄弟們都會點頭，而對於任何負面的問題，一定都會搖頭的。

老表把刷條抽出來，把他的大姆指指甲上。而從大姆指指甲所反射的陽光又照射在槍口上。老表把他的眼睛對準著槍口看著，他被裡面的美景所震撼。他可以花幾個小時很高興地凝視著槍口裡的那完美無缺的螺線，並且幻想著他曾在槍口另一邊所看到的樂土。槍管另一端托著他那粉紅色的手掌，從這一端看過去，好像是片長滿粉紅色玫瑰的天堂。他想，總有一天他要跑到槍口的另一端去看看那個天堂。

老表在想，那裡一定很暖和，而且只有一個衛星。那個衛星一定是渾圓、雄偉，且緩慢地運行。槍身另一端的天堂裡突然出現某個東西，使得老表懷疑自己的視線是否有問題。那個天堂裡出現三個漂亮的女人，而老表對於她們的長相卻知道得一清二楚！一個灰白頭髮，一個是棕色頭髮，另一個則是金色頭髮。老表看見那個金髮美女正在吸著一根香菸。老表甚至更為驚訝地發現，他甚至知道那個美女所抽的是什麼香菸。

那是慕尼斯特香菸。

「販賣慕尼斯特，」老表大叫著說。這麼大叫地說讓他有舒暢、權威，以及聰明敏捷的

感覺。

「呃?」坐在老表旁邊擦槍的一個年輕的黑人說。「老表,你剛才在說什麼?」他只有二十三歲。他的名字是用黃色的線繡在他左胸口的口袋上。

他的名字是**寶哲**。

假如火星軍隊裡允許猜疑的話,寶哲將會是一個很值得猜疑的人。雖然他的階級才不過是上等兵,雖然他的制服也是標準的青苔顏色,可是,卻比包括布萊克曼士官長在內其他人的制服的質料好得多,而且也縫製得較為精緻。

其他人的制服都相當粗糙,是由粗的針線胡亂縫製而成的,而且,其他人的制服只有在擺出立正姿勢的時候,才會覺得穿起來好看。若是在其他的姿勢,則即使是一般的士兵都可以看出來這種制服好像是用紙做成,隨時會起縐且出現裂紋。

至於寶哲的那一件制服,不論做任何動作,看起來都還是那麼地筆挺。至於衣服的縫製,則是又細又密。不過,其中最令人百思不解的是,寶哲的鞋子能夠發出一種非常明亮的光澤。這種光澤是其他的士兵再怎麼努力擦拭他們的鞋子,也都無法獲致的光澤。寶哲的鞋子之所以和連上所有士兵的鞋子不同,最主要的原因就在於他的鞋子是由地球動物的真皮製成的。

「老表,你好像有說到要賣什麼東西?」寶哲說。

「把慕尼斯特拋售。把慕尼斯特處理掉，」老表喃喃自語地說。那些字對他來說並沒有多大的意義。他之所以把它們說出來，是因為它們一直很想從老表的口中跑出來。「賣掉！」他說。

寶哲笑了笑。「把它賣掉？」他說，「好吧！老表，我們把它賣掉。」他把眉頭稍微揚了一下。「老表，我們要把什麼東西賣掉呢？」寶哲雙眼裡的瞳孔顯得特別明亮而且有洞察力。

當寶哲的雙眼一直看著他的時候，老表發現，寶哲那雙明亮且有洞察力的瞳孔愈來愈令人不安。老表把視線移開，有時候還不經意地看到一些他那個班裡的士兵的眼睛，他發覺，他們的眼睛都相當呆滯。即使是布萊克曼士官長的雙眼也很呆滯。

寶哲的雙眼還是繼續緊盯著老表。老表覺得自己又要被迫和他的眼睛四目相視。他的瞳孔看起來好像跟真的鑽石一樣。

「老表，你不記得我了嗎？」寶哲說。

這個問題倒使老表嚇了一跳。不知道是什麼原因，老表總是認為他不應該記住寶哲這個名字。老表非常慶幸自己真的記不得寶哲的名字。

「老表，」那個黑人說，「我是寶哲。」

老表點點頭。「你好嗎？」他說。

「這個嘛！我還好啦，」寶哲說。他搖搖頭。「老表，難道你真的一點也記不得我了嗎？」

「記不起來了，」老表說。現在，他的記憶力稍微地對著他嘮叨起來，好像在告訴他，假如他努力地想，或許可以回想起寶哲這個人。他對自己的記憶力噓了一聲。「很抱歉，」

老表說，「我的腦筋一片空白。」

「你和我——我們是最要好的朋友，」寶哲說，「寶哲和老表。」

「嗯，」老表說。

「老表，你還記得什麼是弟兄制度嗎？」寶哲說。

「不記得了，」老表說。

「不論是誰，只要是在同一個班，」寶哲說，「那他就有弟兄。弟兄會共用一個散兵坑，作戰的時候會肩並肩地在一起，也會互相掩護對方。當其中有一個弟兄和敵人做肉搏戰快支撐不住時，其他的弟兄會上前在敵人背後捅他一刀。」

「嗯，」老表說。

「這就有趣了。」寶哲說。「不論醫院的醫護人員怎麼治療，病人在住院時會忘掉一切，可是出院後，他還是會記得一些東西。你和我——我們曾經如同弟兄般在一起受訓一年，可是你卻忘記這件事。然後，你又說些有關香菸的事。老表，到底是什麼香菸？」

「我——我忘記了，」老表說。

「現在，你就試著回憶看看，」寶哲說，「你曾經記起來過。」他鎖緊眉頭，然後又斜眼看著老表，一副想要幫老表記起來的樣子。「我實在**很**好奇地想知道，在一個人出院之後，他還能記得什麼？盡你所能地回憶。」

老表有一種奇怪的感覺——他認為他和寶哲是整座花崗石軍營中僅有的兩個真實的人，至於其他士兵就好像裝著玻璃眼睛的機器人，而且還是製作得不太理想的機器人。依照常理，布萊克曼士官長應是指揮他們這一排士兵的人，可是，他看起來只是一個傀儡而已，實際上並沒有擔負什麼領導的責任。

「老表，讓我們來聽聽看你能回憶起什麼事情來，」寶哲好言相勸地說。「老兄——」

他說，「只要把你所記得的說出來就行了。」

在老表還沒來得及回憶起任何事情之前，在執行死刑前頭顱內的刺痛現在又困擾著他。不過這一次，刺痛並沒有停下來。當寶哲面無表情地看著老表的時候，老表頭顱內的刺痛卻更加劇烈。

老表站起來，把手上的步槍丟到地上，用手抓著他的頭，蹣跚地走，大聲尖叫著，然後就昏過去了。

‧‧‧

當老表在軍營的地板上醒來的時候，寶哲用一條冷毛巾擦拭著他的額頭。老表同班的士兵則把他和寶哲圍在中間。士兵們的臉上完全沒有驚訝和憐憫的表情。他們所持的態度是：老表做出了一些愚蠢且不合乎士兵精神的事，因此是罪有應得。

從他們的臉部表情可以看出來，他們認為老表很可能犯了以下這些不符合軍人精神的蠢事：擦拭還裝有子彈的武器；巡邏的時候打噴嚏；得了性病卻又不向上級報告；不遵從直接的命令；睡過頭而來不及早點名；留守的時候喝得爛醉如泥；在他的軍用行李箱裡私放一顆尚未引爆的手榴彈；或是詢問「誰建立了這個軍隊以及為何要建立這個軍隊？」……

寶哲是唯一一個對於發生在老表身上的事表示同情的人。「老表，這一切都是我的錯，」他說。

布萊克曼士官長把圍著寶哲和老表的士兵們推開，然後站在他們兩人的面前。「寶哲，他到底怎麼了？」布萊克曼說。

「報告士官長，我只不過和他在開玩笑而已，」寶哲正經八百地說，「我只不過要他盡他所能地回憶過去，我真的沒有料到他就照我所說的去做了。」

「對於一個才剛出院的人來說，這種玩笑是絕對開不得的，」布萊克曼粗聲地說。

「是的，我知道了，我知道了，」寶哲充滿悔恨地說：「我的好弟兒——」他說，「希望上帝**懲罰**我吧！」

「老表，」布萊克曼說，「難道在你住院的時候，醫護人員沒有告訴你回憶的後果嗎？」

老表搖了搖頭。

「或許有告訴我吧，」他說，「醫護人員交代我很多事情。」

「老表，回憶是一件你所能**做**的最糟糕的一件事，」布萊克曼說，「他們之所以會把你送進醫院，最主要的目的就是怕你記憶太多東西。」

「可怕的香菸，」他說：「老表，你回憶太多了。」接著，他又提出曾經使老表傷透了心的問題。「可怕的香菸，」他說：「老表，你回憶太多了。你根本就不配當一個軍人。」

老表坐了起來，把手放在胸前，發現他身上所穿的那件軍便服上衣的胸前已被淚水弄濕了。他想要向布萊克曼解釋：他並非真的想回憶過去，而且，他也知道那麼做是不好的，不**過**刺痛接著就來了。但是，他終究還是沒有把那些話告訴布萊克曼，因為，他害怕，要是這麼做，那麼刺痛很可能又會開始困擾他。

老表低聲呻吟著並且把眼眶裡最後幾滴眼淚眨掉。他再也不會去做任何沒有被命令去做的事情。

「寶哲，至於你嘛——」布萊克曼說，「我想，或許罰你負責打掃廁所一個星期可以使你獲得『不要和出院的人胡鬧』的教訓。」

老表的記憶裡有某種還沒完全成形的東西告訴自己，要對布萊克曼和寶哲兩個人之間這

種穿插的演出加以注意觀察。就某方面來說，這是非常重要的。

「士官長，您是說一個星期嗎？」寶哲說。

「沒錯，你知道嗎？我曾經——」布萊克曼說，然後他開始一陣顫抖並且把雙眼閉上。

很顯然地，他頭顱內的天線才剛對他造成輕微的刺痛。

「您是說整整一個星期嗎？士官長。」寶哲狀似無辜地問。

「那就一天好了，」布萊克曼說，他的語氣緩和多了。不一會兒布萊克曼的頭又開始痛了。

「士官長，那我要從什麼時候開始呢？」寶哲問。

布萊克曼揮揮他粗短的手。「算了，」他說。他看起來非常驚慌和恐懼。他把頭放低，好像是準備要是刺痛再度困擾的話，因此可以較為減輕的樣子。「去他的，不要再胡鬧，」他語帶哽咽地說。然後，他就匆匆地跑開了，他跑到位於營房盡頭自己的房間裡，把門砰然地關起來。

‧‧‧

老表那一連的連長阿諾‧貝屈上尉前來老表所住的營房做突襲檢查。

寶哲是第一個看到他的人。寶哲做出了在此種狀況下，一個士兵所應該要做的事。寶哲大叫著「立正！」雖然寶哲沒有任何官階，但他還是喊出立正的口令。其實，這是軍隊裡一個非常奇特的傳統；縱使是階級最低的士兵，但如果他是在非戰鬥區且是在有屋頂的建築物裡第一位看到長官的人，那他可以用大叫「立正」的方式來命令其他的人立正站好。

每一位士兵顱裡的天線對他的「立正」聲音做出了立即的反應——他們把腰桿挺直，雙手緊貼著大腿的褲縫，縮小腹，最後，再使腦筋呈現出一片空白。老表從地板站了起來，雖然僵直地站立著，可是身體卻不停地發抖。

只有一個人對「立正」的反應很慢。那個人就是寶哲。而當他也立正站好的時候，可以看出來他的態度有些鬆散自傲，而且雙眼還不時看著連長。

貝屈上尉看到寶哲這種極爲不敬的態度之後，正準備上前斥責寶哲。可是，正當貝屈上尉張開大嘴準備怒罵一頓的時候，一陣刺痛侵襲了他的雙眼。

貝屈上尉只好緊閉著雙唇，不說一句話。

當寶哲立正站好並且對貝屈上尉看了幾眼之後，貝屈上尉只好做了一個向後轉的動作。

接著，他的腦中浮現出響弦鼓的鼓聲，於是，他就配合著鼓聲的節奏，齊步行進地走出營房。

當貝屈上尉離去之後，寶哲雖然擁有使他的弟兄們稍息的權力，但他並沒有發出這樣的

口令。寶哲長褲右前方口袋裡有一個可以命令他的弟兄們做任何事情的小型控制盒。那個盒子大約和○‧五公升攜帶用酒瓶差不多。就像任何可以放在口袋中攜帶的酒瓶一樣，那個盒子也是稍微呈彎曲狀，以便和人體相配合。不過，寶哲卻把它放在大腿前的口袋裡經常攜帶著。

那個控制盒上面有六個按鈕及四個小旋鈕。只要操作這些按鈕及旋鈕，寶哲就能完全掌控住每一位頭顱裡裝有天線的人的一切行動。寶哲可以藉由施行任何大小程度的刺痛以控制每一個人，也可以使每個人注意他的命令，使每個人聽到響弦鼓的鼓聲而齊步行進，或是命令每個人原地踏步、列隊、離隊、敬禮、攻擊、撤退、跑、跳等。

寶哲自己的頭顱裡並沒有裝置收音機天線。

寶哲可以自由自在地做任何事，而這也正是他的自由意志完全不受控制的緣故。

‧ ‧ ‧

寶哲是火星軍隊裡少數幾位真正的指揮官。當火星對地球展開攻擊的時候，攻擊美利堅合眾國的火星部隊當中，有十分之一的部隊由他所指揮。依照排列，則依次是被訓練用來攻擊俄羅斯、瑞士、日本、澳大利亞、墨西哥、中國、尼泊爾、烏拉圭等國的部隊所駐紮的營

房。

據寶哲所知，火星部隊裡總共有八百名真正的指揮官，可是他們都沒有顯赫的官階，也就是說，沒有任何一位的階級超過士官長。

雖然整個火星部隊名義上的總指揮官是普斯法將軍，但事實上，火星部隊一直都是由他的手下波特·萊特下士全權掌控。萊特下士對於普斯法將軍相當順從，他的任務是攜帶普斯法將軍慢性頭痛病的阿斯匹靈，以供將軍必要時得以隨時取用。

採用此種祕密指揮官的好處其實是相當明顯的。火星部隊裡若有任何叛變時，大家將會找錯目標、找錯人。而且，在戰爭的時候，即使敵軍將火星部隊裡所有的軍官都消滅，也絲毫不會影響火星部隊的指揮系統。

「應該是七百九十九，」寶哲之所以如此大聲地說，主要在於更正他對於火星部隊裡真正的指揮官數字的錯誤記憶。其中一個真正的指揮官已經死掉，他就是綁在石柱上被老表勒死的那個紅髮男子。那個被勒死的男子是個名叫史東尼·史蒂文生的士兵，他曾經擔任過攻擊英國的火星部隊單位的真正指揮官。史東尼是因為老表一直掙扎著想要對所發生的事情有所理解的毅力所感動，因而才不自覺地幫助老表思考。

也就因為如此，史蒂文生在臨死之前還要遭受一番羞辱。他的頭顱裡也被裝置了一具收音機天線。他被強迫像一名優秀士兵般地齊步行進到那根石柱前，等待著被他的好友殺害。

寶哲還是讓他班上的弟兄們一直保持著立正站好的姿勢，也就是讓他們一直顫抖，什麼都不想，什麼都不看。寶哲走到他的行軍床前，把整個身體連同腳上那雙巨大且閃閃發光的靴子都置放在行軍床的棕色毛毯上。他把雙手彎曲後放在他的頭下，並把自己的身軀彎得像一具弓箭。

「噢──」寶哲發出了一種介於打呵欠及呻吟之間的聲音。「噢──現在，弟兄們，弟兄們，」他一面說著一面讓自己的頭腦閒置下來。「去他的，現在，弟兄們，」他說。那是一個懶散且毫無意義的談話。寶哲對於他的那些玩具感到有點無聊。他突發奇想──何不讓他們互相對打？不過假如他被逮到的話，將會被重罰，而那個重罰將和史東尼‧史蒂文生的重罰相同。

「噢──現在，弟兄們，」寶哲有氣無力地說。

「去他的，現在，弟兄們，」他說，「我完成了。你們這些弟兄們必須承認這一點。你們的寶哲正在做一些『或許你們會說『真正很酷』的事。」

他從床上跳下來，雙手和雙腳同時著地，然後又像豹子般優雅地站起來。雖然他的頭有點昏眩，但臉上卻還帶著微笑。他正運用自己現在所擁有的地位和權勢，來做一些能讓他感覺享受到人生的事情。「你們的運氣算是不錯了，」他對著那些神情呆滯的弟兄們說。「假如你們認為自己所受到的待遇太差的話，那你們實在應該看一看我們是如何對待那些將

領。」他低聲輕笑著。「兩天前的晚上，我們這真正的指揮官曾經為了誰是跳得最快的將軍而引發出一場爭論。結果，我想你們大概也猜得出來。我們就把二十三名將領全部從床上叫下來，讓他們全身上下都裸露地像賽馬般整齊地排列好，然後把錢拿出來下賭注，最後讓他們像沒命似地往前衝。最後，史多佛將軍拿到第一名，哈里遜將軍第二名，摩塞將軍則**緊追其後**。第二天早上的時候，火星部隊裡的每一位將軍的身體都像厚木板那麼僵硬。而且，他們當中沒有任何人能夠記得前一天晚上到底發生了什麼事。」

寶哲低聲笑著，然後，他突然覺得，假如他認真嚴肅地看待他的地位和權勢，自己看起來將更好。也就是說，他應該讓別人知道擁有那樣的地位和權勢必須擔負什麼責任，而且，也讓別人知道，能夠擔負那種責任，他覺得非常地榮幸。寶哲小心地往後退了一步，他把大姆指掛吊在自己的皮帶上，臉上露出不悅的神色。「喔，」他說，「這次我可要玩真的了。」

他慢慢地走向老表，在他面前幾英寸的地方停下來，對著他上下地打量。「老表，我的好弟兄——」他說，「我不得不告訴你，老表，我花了很多時間想著你——也就是說，我時常在擔心著你。

寶哲激動地搖著他。「你**一直**都想尋出答案，使自己不再困惑，不是嗎？你想不想知道他們已經總共把你送進醫院多少次了？七次！他們的目的就是要把你的記憶去除。老表，你想不想知道，一般人只要住院幾次記憶就能被除掉嗎？老表，只要一次。一次就夠了！」寶

哲在老表的鼻子前方將手指用力摩擦地發生響聲。「老表，只要一次就夠了。只要一次，一般人就再也不會回憶他以前所經歷過的事情。」他搖搖頭讚嘆地說。「不過，老表，你可就大不相同了。」

老表還是顫抖著立正站好。

「老表，是不是我一直讓你立正站太久了？」寶哲。他緊咬著牙根。對於不能時常折磨老表一事，他實在無法忍受。

比方說，在地球的時候，老表擁有世上一切的榮華富貴，但寶哲則是一無所有。

又比方說，寶哲很不幸地必須仰賴老表——或者應該說，當他們攻擊地球的時候，他將必須仰賴老表。寶哲是名孤兒。當年他被招募到火星的時候，才只有十四歲，對於地球上如何行樂的事他可說是一點概念也沒有。

他正指望著老表來告訴他如何在地球上尋歡作樂。

「你想知道自己是誰——你來自那裡——以及過去從事什麼職業嗎？」寶哲對著老表說。老表仍舊是立正站好，腦筋裡什麼事也不想，因此無法從寶哲所要告訴他的話語當中獲得什麼利益。更何況，寶哲也並非為了老表的利益才說那番話的。寶哲只不過想更加確信，當火星軍隊攻擊地球的時候，那個應該在他身旁的人還是他的好弟兄。

「老兄——」寶哲對老表說，「你是有史以來最幸運的人。老實告訴你吧，當時你在地

球上的時候簡直就像是個國王！」

就和火星上大多數的小道消息一樣，寶哲所蒐集到有關於老表的小道消息都是支離破碎的。他也無法正確地說出，到底那些小道消息的出處為何。他只不過是在他的軍旅生涯當中，一點一滴地從許多傳聞當中聽說而來的。

更何況，像他這麼一位表現優良的士兵，是不可能到處問問題以獲得完整資料的。

士兵是不應該擁有完整的資料和知識的。

也正因為如此，寶哲除了知道老表曾經是地球上最幸運的人之外，對於老表也就一無所知了。以下的話語都是他自己胡亂拼湊的。

「我是說──」寶哲說，「沒有任何東西是你要不到的，沒有任何事情是你所無法做的，也沒有任何地方是你無法去的！」

正當寶哲在強調老表在地球上的好運是件多麼神奇的事情的時候，他也同時對另一個神奇的事物表現出高度的關切──他總是非常迷信地認為他自己在地球上的運氣一定是糟透了。

現在，寶哲使用以下幾個神奇的字──**好萊塢夜總會**──這六個字似乎能將地球上人類所能達成的最極致的快樂描述得淋漓盡致。他從來沒有到過好萊塢，也從來沒有看過任何一家夜總會。「老兄，」他說，「你時常在好萊塢的各個夜總會裡進進出出。」

泰坦星的海妖

159

「老兄，」寶哲對困惑不解的老表說，「你在地球上擁有了每個人都想要的生活，而且你還知道怎麼**享受它**。」

「老兄，」寶哲繼續對老表說，他一直企圖著想掩飾自己心中那股可憐的慾望。「我們將要到一些美好的地方，點一些好東西來吃，和一些美人交往及調情。總歸一句話，我們將要找樂子。」他緊抓著老表的手，不停地搖動著他。「老兄，這樣才是好弟兄！天哪，真想不到，我們將成為出名的，對弟兄——一起到每個地方，一起做每件事。」

「幸運的老表和他的弟兄寶哲來了！」寶哲多麼希望，當他們征服了地球的時候，地球上的人們都會對他們兩個人這麼說，「看看他們兩個人，好像兩隻快樂的小鳥！」一想到這裡，他就忍不住低聲輕笑。

他的微笑很快就消失了。

他的微笑從來就不曾持續很久。在寶哲的內心深處裡，他是非常憂慮的。他擔憂自己可能會失掉自己的工作。雖然外人並不是很清楚他是如何獲取這個擁有極大權勢的工作，甚至，他自己也不知道是誰把這麼好的工作交給他。

寶哲甚至不知道誰是真正指揮官中的總指揮官。

他從來沒有從任何一位比他們這些真正指揮官階級還要高的人當中接到過命令。寶哲和其他的真正指揮官一樣，都是從他們自己層級的真正指揮官的流言和小道消息當中，獲取行

【第五章】一個無名英雄的來信

動的要領。

每當真正的指揮官們晚上聚集在一起的時候，小道消息或是耳語就在啤酒、餅乾和乳酪當中流傳著。

例如，有一則小道消息是有關於補給室的剩餘物品，而另外一則是有關於士兵打綁腿時過於草率以至於看起來很散漫的事。寶哲自己毫不加思索這些消息的來源就把這些消息傳下去，而且，他也是根據自己所獲得的小道消息來作為行動的方針。

老表對史東尼‧史蒂文生執行死刑也是經由這種方式使每一位真正的指揮官知道。當時突然間，這一則小道消息還成為眾多真正指揮官之間談論的焦點。

突然之間，那些真正的指揮官就把史東尼‧史蒂文生逮捕了。

現在，寶哲用手指觸摸著口袋裡的控制盒，對每一個班兵看了幾眼，然後按了一個按鈕，於是，他的站在那些被他所操控的班兵當中，不過，他並沒有真正地按下任何控制鈕。他班兵們都不再立正站好而各自放鬆休息了。

他很想喝一杯烈酒。而且，只要他需要，總是能夠拿到酒供他暢飲。經常有各式的酒從地球運到火星，以便無止盡地供應那些真正指揮官的需求。軍官們也可以無限制地飲用酒，不過，他們所喝的酒都是些二級品。也就是說，他們所喝的那種能夠致命的綠色酒是由發酵

的青苔所製成的。

不過，寶哲是從來都不喝酒的。他之所以不喝酒，其中一個主要的原因就在於他很害怕酒精會傷害他的敏捷性，使他無法成為一名優秀的士兵。至於造成他不喝酒的另外一個原因則是，他害怕喝醉酒之後很可能會拿酒給士兵喝。

真正的指揮官拿酒給士兵喝的刑罰就是「處死」。

「是的，上帝。」寶哲對著放鬆喧鬧的士兵提高音量地說。

十分鐘之後，布萊克士官長宣佈將可以有一段休息時間。而且，在這段休息時間裡，每一個人都必須跑到營房外面玩德國式棒球❶。這是火星軍隊裡最主要的一項運動。

老表偷溜了。

老表偷跑到十二號營房去找尋被放在藍色石頭下面的一封信。是那位綁在石柱上被他勒死的紅髮男子臨死前告訴他去找那封信的。

附近的營房裡空無一人。

營房前面旗桿頂端並沒有旗子。

這些空無一人的營房曾經是某個火星皇家突擊隊營隊的駐紮地。一個月前的某個夜晚，

❶ 德國式棒球（German Batball）是作者虛構出來的遊戲。

這些突擊隊員靜悄悄地失蹤了。他們是搭乘他們的太空船離去的，他們把臉都塗黑，兵籍牌

也貼上膠布以防發出聲響，至於他們的目的地則是個機密。

火星突擊隊的隊員個個都是用鋼線圈勒死哨兵的高手。

他們的目的地是人類居住的地球。他們準備在那裡發動戰爭。

老表在第十二號營房鍋爐房外面找到一顆藍色的石頭。那是一顆綠松石。綠松石在火星

是相當普遍的石頭。老表所找到的那顆綠松石直徑有一英尺長，它是被用來當作火石板的。

老表把那顆石頭抓起來。他發現了一個有旋轉蓋子的鋁製圓筒。那個鋁製圓筒裡面，有

一封用鉛筆寫的長信。

老表並不知道那封信是誰寫的。由於他只知道布萊克曼士官長、寶哲，以及老表這三個

名字而已，因此他實在很難猜出信是誰寫的。

老表走到鍋爐房裡並且把門關上。

不知道是什麼緣故，他覺得非常興奮。藉著從滿是灰塵的窗戶所照射進來的光線，老表

開始讀那封信。

親愛的老表──這是信的開場白。

⋯
⋯
⋯

163

親愛的老表——這是信的開場白：老天知道，答案並不太多——不過，以下這些是我所能確定的事，而在最後的時刻，你將會發現有一連串的問題，你必須盡你所能地找出這些問題的答案。這些問題非常重要。雖然我也曾花費精力在我已經擁有的答案上，但我用在思考這些問題所花費的精力顯然更多。以下是我所能確定知道的第一件事：（一）假如這些問題不合理的話，那麼這些答案也將是不合理的。

寫這封信的人所能確知的事都被他冠上編號，這似乎是在強調「找出問題的答案」這一個遊戲困難度和需要一步一步來的本質。寫這封信的作者所確知的事共有一百五十八件。過去曾經高達一百八十五件，不過後來有十七件被劃掉。

第二件是，（二）我是一種叫做「活著」的事物。

第三件是，（三）我是在一個叫做「火星」的地方。

第四件是，（四）我是在一個叫做「軍隊」的東西裡。

第五件是，（五）那個軍隊想把一個叫做「地球」的地方上面叫做「活著」的事物殺掉。

在最初的八十一件當中，沒有任何一件遭到劃掉的命運。不過，當作者所觸及的事物愈來愈複雜時，錯誤也就愈來愈多。

【第五章】一個無名英雄的來信

作者在這個遊戲的前面就已把寶哲加以解說並且又草草地了結。

（四六）老表，對於寶哲可要特別小心。他是個口蜜腹劍的人。

（四七）寶哲右手邊的口袋裡放著某種東西，當有人做出寶哲不喜歡的事情時，那種東西會使那個人的頭裡感到刺痛。

（四八）有些人也擁有可以使你的頭部感到刺痛的束西。由於從表面上看不出誰擁有那種東西，因此對每一個人都要和藹可親。

．．．

（七一）老表，我的老朋友，我所確定的事情中，幾乎每一件都是從和我頭顱中的天線對抗中得來的，那封信如此對老表說。每當我開始轉動我的頭並且看著某種東西的時候，那種刺痛的感覺就出現了。不過，我還是一直不停地轉動著我的頭，因為，我知道我將會看到自己不應該看到的事情。每當我問一個問題的時候，那種刺痛的感覺就會出現，我就知道我問了一個眞正切中要旨的問題。然後，我就把那個問題拆成許多小問題，接著，我又會問那些小問題。當我得到那些小問題的答案之後，我就把所有的答案聚集在一起，於是，我就得到了那個大問題的答案。

（七二）刺痛愈劇烈，我就愈強迫自己去忍受，於是，我就學得更多。老表，你現在很害怕那種刺痛，不過，假如那種刺痛沒有出現，你將學不到任何東西。一旦你學得愈多，你就會更樂於忍受刺痛。

在那個早已沒有軍隊駐紮營房的鍋爐房裡，老表把那封信放在一旁。他很想放聲大哭，因為，那個英雄作者錯看了老表。老表自己清楚得很，他根本就不能忍受那個作者所忍受的那種刺痛，而且，他也不可能那麼地熱愛知識。

即使是住院時醫護人員施予在他頭上的那種刺痛只是樣本，就足以使老表難以忍受。他張大嘴吸氣，樣子像極了在河床邊垂死的魚。他突然想起了在營房時寶哲對他施予的那種劇烈的刺痛。他寧願死掉也不願再冒遭受那種刺痛的險。

他的雙眼湧出大量的淚水。

假如他想講話，那也一定會哽咽而發不出聲音。

可憐的老表不想再經歷那種刺痛。不論他從那一封信裡能獲得什麼資料——雖然是某人的英雄行為下才收集到的資料——他都會用來使自己避免再遭受到任何刺痛。

老表懷疑是否有人比其他人能忍受更多的刺痛。他想，或許這就是一個很好的個案吧。

他淚眼如柱地想，在這方面或許他特別敏感吧。雖然老表不希望作者再遭受到任何的刺痛，但他卻非常希望那個作者能夠再一次去感受老表所曾遭受到的刺痛。

如此一來，或許那個作者可以把那封信寄給另外一個人。

對於那封信裡所提供的資料的品質，老表根本無從評斷。他以囫圇吞棗的方式，毫無任何評斷地接受那封信裡的資料。而且，在接受的過程當中，老表對於人生的了解竟然和作者對於人生的了解非常相似。老表狼吞虎嚥地接受了一種哲學。

和那一種哲學摻雜在一起的還有閒談、歷史、天文學、生物學、神學、地理、心理學、醫學，及一則短篇故事。

以下是任意摘取的例子：

閒談：（二二）彼德斯將軍總是喝醉酒。由於每次他一喝醉酒，就沒辦法綁自己的鞋帶，於是，他就一直讓鞋帶綁著而不解開。軍官和其他人一樣地困惑及不快樂。老表，你曾經也是一名軍官，和營裡的每一個人一樣，心裡極為困惑和不悅。

歷史：（二六）每一個從地球來到火星的人都認為，當他們在火星定居下來之後，生活會過得比在地球時要好得多。現在，沒有人能記得在地球上生活的日子是多麼地糟。

天文學：（十一）整個天空裡的每件事物每天繞行火星一次。

生物學：（五八）當男人和女人睡在一起的時候，新的人類會從女人的身上跑出來。在火星上，幾乎沒有任何新的人類會從女人的身上跑出來，因為，男人和女人睡在不同的地方。

神學：（十五）某人為了某種理由而創造萬物。

地理：（十六）火星是圓的。火星上面唯一的城市是費比市。沒有人知道它為什麼會被叫做費比。

心理學：（一○三）老表，那些笨蛋混球最大的難題就在於他們實在是太笨了，以至於無法相信還有聰明這種東西。

醫學：（七三）在一個叫做火星的地方，當人們的記憶被去除的時候，並非真的全部被除掉，而是只有中間某些部分被去除，四周各處總還是會積留很多東西。醫護人員雖然曾經將一些人的記憶完全去除，可是最後卻使他們無法走路、無法講話，也就是說，什麼事情都不能做。於是，逼得醫護人員只能去除中間部分的記憶，然後像訓練貓狗使其習慣家居生活一般地教導他們一千個基本字彙，並且將他們安插在軍隊或工廠裡工作。

一則短篇故事：（八九）老表，你最要好的朋友是史東尼·史蒂文生。史東尼是一個高大、快樂而且強壯的男子，他每天要喝○·九五公升的威士忌酒。史東尼的頭顱裡沒有放置天線，而且，他還能把每一件發生在他身上的事情記下來。雖然他假裝成是個情報人員，但事實上，他是個真正的指揮官。他藉著收音機掌控著一個攻擊步兵連，該連正打算攻擊地球上一個叫做英格蘭的國家。史東尼很喜歡火星軍隊，因為有很多可以讓他嘲笑的地方。史東尼時常都在大笑著。老表，他聽人說你是個又老又常闖禍的軍人，所以他就跑到你的營房

裡去看你。他假裝是你的朋友，這樣，他才能夠聽你講話。老表，過了一會兒之後，他就獲得你的信任，於是你就把一些你對於火星生活到底是怎麼一回事的祕密理論告訴他。史東尼原來打算要大笑，不過，他卻發覺你告訴他一些他完全不知道的事情。對於此，他實在無法釋懷，因為，他原本應該通曉每一件事情，而你原本應該對任何事情都一無所知才對。然後，你告訴史東尼很多大問題並且希望他能給你答案，不過，他也只不過知道其中一半問題的答案而已。史東尼回到他自己的營房裡，腦中一直想著那些他所無法回答的問題。雖然他喝了很多酒，但卻還是無法入睡。他終於知道有人在利用他，可是，他卻又不知道那個人是誰。他甚至連火星為什麼要有軍隊都百思不解。而且，他也不知道為什麼火星要去攻擊地球。每當他愈回憶起地球的種種之後，他就愈了解，火星部隊根本就沒有獲勝的機會。毫無疑問地，對於地球的大舉攻擊將和自殺沒有兩樣。史東尼一直不知道要和誰談論這件事，而除了老表你之外，根本就沒有任何人可以談論。於是，在天快亮之前的一個小時，史東尼跌跌撞撞地起床之後，就偷偷跑到老表你所住的營房裡並且把你叫醒。他把他對於火星的了解一五一十地告訴你。他還說，從現在開始，他會把他所發現的每一項殘忍的事告訴你，而你也必須把你所發現的每一件殘忍的事告訴他。有時候，你們也應該到某個地方，並且坐下來好好地把各種事情拼湊起來。然後，他拿了一瓶威士忌酒給你，於是，你們兩個人就喝著那瓶酒，史東尼還說，你是他最要好的朋友。雖然他時常大笑大哭，也時常把你床鋪附近的人

吵醒，可是，他還是覺得你是他在火星上最要好的朋友。他告訴你對於寶哲要特別小心，然後，他就回到他的營房裡並且像嬰兒般地入睡了。

· · ·

那封信的內容從這一則短篇故事之後，就一直呈現出史東尼·史蒂文生和老表他們這兩個人的祕密觀察所獲致的成果。自從這一則短篇故事之後，那封信裡所列出的確定的事，幾乎都是由以下這幾個詞語做為開頭：史東尼說——你發現——史東尼告訴你——你告訴史東尼——有一天晚上你和史東尼跑到靶場喝得爛醉如泥，然後，你們這兩個已呈瘋狂狀態的醉漢一致認為——

那兩個醉漢一致認為的事情當中，最重要的莫過於是，他們發現，實際上在指揮火星裡每一件事情的，是一個身材高大、和藹可親、面帶微笑，且時常真假嗓音互換的人。而且，那個人的身邊還時常跟著一條狗。根據那封寫給老表的信件的描述，那個人和他的狗大約每隔一百天左右就會在火星軍隊那些真正的指揮官所召開的祕密會議上出現。

那個人和那條狗分別是溫斯頓·奈爾斯·倫法德以及素有太空之犬稱呼的卡薩可。不過，那封信並沒有說出他們的名字，因為，就連寫那封信的作者對此也是一無所知。倫法德

和卡薩可並非以不定期的方式在火星出現。由於受制於漏斗狀時間區域，他們的出現和哈雷

慧星的出現一樣，都是可以預期的。他們每隔二百二十二天就會在火星出現。

‧‧‧

如同寫給老表那封信所說的，（一五五）根據史東尼的說法，那個高大的男子和他的狗

出現在祕密會議之後，就把會場裡的每一個人都說服了。他是一個高大迷人的男子，而當會

議結束的時候，每一個人的想法和他的想法都極為相近。每一個人所想出來的每一個看法，

都是出自出他的旨意。他只是不斷地微笑以及不斷地用他那迷人的聲音用真假嗓音互換的方

式說話，然後，每一個人的腦海中都塞滿了他的新構想。於是，每一個與會的人都投票支持

他的新構想，而且，還把那些新構想當成是自己想出來的。他非常熱愛德國式棒球。沒有人

知道他的姓名。假如有人問他，那他只是不斷地微笑著。通常，他都穿著陸戰隊傘兵的制

服，可是，陸戰隊傘兵部隊的真正指揮官都說，除了在祕密會議裡，就沒有在其他的地方和

他見過面。

‧‧‧

・・・

（一五六）老表，我的老朋友，那封信對老表說，每次你和史東尼發現某項新事物的時候，就把它寫到這封信裡。把這封信藏好。每次你更換藏匿地點的時候，請務必告訴史東尼，史東尼仍然可以告訴你到那個地方去恢復你的記憶。

你把它藏到哪裡。這麼一來，即使你被送到醫院裡接受記憶去除手術，

（一五七）老表，你想知道為什麼你還一直活著嗎？你之所以還一直活著是因為你有一個伴侶和一個小孩。在火星裡幾乎沒有人是有伴侶或是小孩的。你的伴侶名字叫做碧。她是費比市史基里曼呼吸學校的講師。你的兒子名叫克諾洛。他住在費比市一家小學裡。根據史東尼・史蒂文生的說法，克諾洛是學校裡最優秀的德國式棒球球員。就像火星裡的其他人一樣，碧和克諾洛也學會了單獨生活。他們並不會想念你。他們也從來沒有想念過你。可是，你必須盡可能地向他們證實，他們需要你。

（一五八）老表，你這個臭小子，我實在很愛你。當你的小家庭一家人團聚的時候，偷一艘太空船並且飛到一個較為美麗且祥和的地方，一個用不著必須時常服用氧氣丸才能活下去的地方。把史東尼也一起帶走。當你們一切都安頓妥當的時候，你們必須花費大量的時間和精力，以便找出，這一切到底是由誰一手造成的。

現在，整封信剩下可供老表閱讀的只有簽名而已。

那個簽名是寫在另一張紙上面。

在翻到簽名那一頁之前，老表試圖著去想像作者的個性和外表。作者是個什麼都不怕的人。作者是一個愛好真理的人。為了要儲存更多的真理，他可以忍受任何劇烈的疼痛。他比老表和史東尼要好得太多了。他用愛心、輕鬆，以及超然的立場來觀察並記錄他們的顛覆性活動。

老表把那個作者想像成是一個長有一臉白鬍子和擁有鐵匠般強壯體格的慈祥長者。

老表翻到最後一頁並且讀著作者的署名。

在署名的上方寫著一行表達出作者心情的字句——永遠忠實的好友。

簽名字體的篇幅幾乎占滿了整張紙。它是由三個字母所組成的，每個字母都有六英寸長，二英寸寬。那三個字母被笨手笨腳地寫出來，就好像是幼稚園學生所寫的字體。

以下就是那個簽名：

UNK

這個簽名其實正是老表（Unk）自己的簽名。

老表正是寫那封信的英雄。

老表在自己的記憶被去除之前就給自己寫了那封信。由於那封信使老表變得勇敢、有警覺性，並使他能自由地舒展自我，因此它實在具有文學的最佳特質。那封信使得老表即使是在非常艱苦的時期也能把自己看成是英雄。

老表並不知道那個綁在石柱上被他勒死的紅髮男子竟然是他的要好朋友史東尼·史蒂文生。要是他知道的話，那他可能會殺了自己。可是，在命運的安排之下，經過了很多年之後，他才知道這件事。

‧‧‧

當老表回到他的營房的時候，從遠處就可以聽到一陣陣磨刺刀和叢林作戰用軍刀的聲音。每個人都在磨著一把刀。

到處都充滿著一種特別且羞怯的笑聲。那些笑聲似乎表示，如果情況適切，就算一個人再怯懦，也會樂意出面承認自己所犯的錯誤。

不久之前，老表那一團的部隊才剛收到必須火速前往太空船集合的命令。

火星和地球之間的戰爭已經展開。

擔任先峰部隊的火星皇家突擊隊已經把人類所居住的地球上之各項設施加以摧毀。突擊部隊在月球上架設砲台，並且從月球那裡對著地球上每一個大城市展開猛烈的砲彈攻勢。

而且，火星的電台還不時地對那些飽受摧殘的地球人播放單調的歌曲：

黑人、白人、黃人——不想死就投降。

黑人、白人、黃人——不想死就投降。

【第六章】 戰時逃兵

我一直無法理解，為什麼德國式棒球沒被奧運會列入競賽項目。它應該很有機會成為主要的競賽項目。

——溫斯頓・奈爾斯・倫法德

從部隊的營地到停放入侵艦隊的平原之間共計有六英里的距離。而軍隊行進時，將會經過火星唯一城市費比市的西北角。

根據溫斯頓・奈爾斯・倫法德所寫的《火星簡史》之記載，費比市人口最多的時候曾經有八萬七千個居民。費比市的每一個人和每一棟建築物都與戰爭有關。費比市的工人和軍人一樣，也都是被安裝在頭顱裡的天線所掌控。

老表所屬的那個連現在正行軍穿越費比市的西北角。老表所屬的那個連的位置正位於老表所屬的那個團的中間。火星的真正指揮官認為現在根本用不著運用天線產生刺痛的方式來

使士兵們整齊地行軍，因為，戰爭的狂熱早已使他們自動自發地行進著。當他們行進的時候，不僅唱著簡短的軍歌，而且也用長統靴子底部的鐵塊用力地踏著地面。他們所唱的軍歌內容相當殘酷：

恐怖，悲傷，和不安——

一，二，一，同志們！

地球著火了！地球被綁上鐵鍊了！

一，二，一，同志們！

撕裂地球的靈魂，傾倒地球的腦漿！

一，二，一，同志們！

流血！一，二，同志們！

死掉！一，二，同志們！

費比市的工廠仍舊全力地趕工。沒有人偷懶到街上觀看唱著軍歌大聲齊步走的英雄。由於工廠內使人頭暈目眩的火把一會亮著一會又熄滅，使得從室外看起來，好像窗戶在眨眼的樣子。當金屬溶液被傾倒出來的時候，門口出現了一些帶有白色煙幕的黃色光線。切割輪所

發出的聲音把士兵們所唱的軍歌聲淹沒了。

三艘飛碟以及數艘藍色斥候船低飛在費比市的上空，還發出陀螺旋轉時的聲音。「再見了，」它們似乎在這麼唱著，然後就筆直地飛上天空。不到一會兒，它們已經在無垠的太空中飛行。

‧‧‧

「恐怖，悲傷，和不安——」火星的軍隊不斷地唱著軍歌。

不過，其中有一個士兵只動他的雙唇，卻沒有發出任何聲音。那個士兵就是老表。

老表被安排在他所屬連隊的第一縱隊最後一列的位置。

站在他旁邊的正是寶哲，他那雙尖銳的眼睛使得老表的後頸部感到很癢。更不幸的是，老表還被安排和寶哲一同攜帶一根長達六英寸長的迫擊砲砲管。

「流血！一，二，同志們！」士兵們意志高昂地唱著軍歌。「死掉！一，二，同志們！」

「老表，我的好弟兄——」寶哲說。

「有何貴事？我的好弟兄。」老表心不在焉地說。除了身上背著許多裝備之外，他的手上還拿著一顆尚未引爆的手榴彈，上面的栓子已被拉開。老表只要一鬆手，那顆手榴彈在三

秒鐘以內就會爆炸。

「老表，是我要求上級讓我們兩個編在同一組的，」寶哲說，「寶哲——他一向是很照顧他的弟兄，不是嗎？老表弟兄。」

「沒錯！寶哲弟兄。」老表說。

經過寶哲的安排，使得他和寶哲那一連的補給船前往地球作戰。雖然那一艘連隊補給船裡有一些迫擊砲彈和一門砲管，但基本上，它仍是屬於後勤補給的非戰鬥性船隻。根據原先的設計，它只搭載兩個人，其餘的空間則被用來裝載糖果、運動器材、錄好的音樂、罐裝碎牛肉、棋盤遊戲、氧氣丸、冷飲、聖經、筆記本、理髮用具、熨衣板，以及一些振奮士氣的用品。

「老兄，我們真幸運，能夠坐在補給船裡，不是嗎？」

「好弟兄，我們真的很幸運，」老表說。他一面回話一面把手上那顆手榴彈丟到排水管裡。

不久之後，從那個排水管的出口處傳來一陣轟隆震響的聲音。

所有的士兵都嚇得抱頭跑到街上。

身為老表那一連真正指揮官的寶哲是第一個把頭抬起一探究竟的人。他看見一些煙霧從排水管跑出來，他認為那很可能是排水管的瓦斯爆炸的結果。

寶哲把手伸到他的口袋裡，按了一個按鈕之後，就使得他所屬連上的士兵們全都站了起來。

當他們都站好之後，寶哲自己也起身站好。「天哪，弟兄們，」他說，「我想我們剛才遭受到一陣煙霧的洗禮。」

他把迫擊砲管的一端抬起來。

可是，卻找不到另外一個人把另一端抬起來。

老表已經跑去找尋他的妻子、兒子，以及最要好的朋友。

老表已經上路，爬過平坦火星地表上的一座山丘。

‧‧‧

老表所尋找的兒子名叫克諾洛。

若根據地球上人類的算法，克諾洛已經八歲了。

他的名字是爲了紀念他所出生的那個月份。火星的一年被分成二十一個月，其中的十二個月有三十天，另外九個月則有三十一天。這二十一個月份分別是一月（January），二月（February），三月（March），四月（April），五月（May），六月（June），七月（July），

八月（August），九月（September），十月（October），十一月（November），十二月（December），十三月（Winston溫斯頓），十四月（Niles奈爾斯），十五月（Rumford倫法德），十六月（Kazak卡薩可），十七月（Newport新港），十八月（Chrono克諾洛），十九月（Synclastic辛克莉斯狄克），二十月（Infundibulum尹福狄布倫），以及二十一月（Salo沙洛）。

還有一首打油詩，方便人記憶：

三十天是沙洛，奈爾斯，六月（June），九月（September），溫斯頓，克諾洛，卡薩可，與十一月（November），

四月（April），倫法德，新港，以及尹福狄布倫。

其他的月份，我的寶貝，都有三十一天。

第二十一月沙洛是為了紀念一個生物而命名的。溫斯頓·奈爾斯·倫法德知道那個生物居住在泰坦星上。泰坦星是土星的衛星當中非常適合人居住的一個。

沙洛是倫法德在泰坦星的一個密友。他是來自於另外一個銀河系的信差，不過，由於他所搭乘的太空船上的發電機零件故障，使得他被迫停降在泰坦星，一直等待要換一個新的零

件。

他已經有耐心地等了兩千年。

他的船之所以航行和火星之所以對地球展開戰爭，都是由一種叫做「變動宇宙的意志」（Universal Will to Become）的現象所驅使。變動宇宙的意志使宇宙從無中生有——也就是說，使得「無」堅持變成「有」。

很多地球上的人類都慶幸地球並沒有「變動宇宙的意志」的現象。

如同一首頗受歡迎的打油詩所描述的：

威利發現了某種「變動宇宙的意志」的現象，

他把它和他的口香糖泡泡兩相混合。

在宇宙裡尿尿的收穫很少：

只有可憐的威利的六條新銀河。

老表的兒子克諾洛今年八歲，他的德國式棒球打得很好。他全心關注的，就是德國式棒球。德國式棒球是火星最重要的運動，不論是在小學、在軍隊，或是工廠工人的娛樂中心裡，都是如此。

由於火星只有五十二個小孩，因此整個火星就只在費比市的中心地區成立一所小學。五十二個小孩子當中，沒有任何一位是在火星受孕而被產下的。他們要不是在地球受孕，就是像克諾洛一樣，是在被招募前往火星工作的地球人所搭乘的太空船上受孕的。由於火星的社會並非特別地需要他們，因此，他們在學校並沒有研讀很多課程。他們絕大多數的時間都用來玩德國式棒球。

德國式棒球裡所使用的球是一種和大型哈蜜瓜大小相當的軟弱無力的球體。這種球體的彈跳度和裝滿十加侖雨水的帽子的彈跳度不相上下。這種球類運動和棒球有些類似──一名打擊者把球打向有許多對方球員的球場裡，並且繞著幾個壘包跑步，至於對方在球場裡防守的選手則必須把球接住或是擋住。和棒球不同的是，打擊者並非敲打由投手所投過來的球，而是把球放在他的一隻手的手掌上，然後用另一隻拿著球棒的手，把球擊出去。此外，假如對方在球場防守的球員能夠用球把從一個壘包跑向另一個壘包的敵方跑壘球員打到，那麼，那個跑壘的球員就算出局，必須馬上離開球場。

火星之所以對於德國式棒球那麼地熱中，完全是歸因於溫斯頓・奈爾斯・倫法德的緣故，其實，火星裡的每一件事物都要歸因於溫斯頓・奈爾斯・倫法德。

豪爾・山姆斯在他所寫的《溫斯頓・奈爾斯・倫法德、班傑明・富蘭克林，以及李奧那多・達文西》那一本書裡，就曾經證實，德國式棒球是倫法德小時候最為熟悉的團隊運動。

山姆斯更進一步指出，倫法德是在小時候由他的家庭教師喬艾絲・馬克坎茲小姐的傳授之後，才逐漸認識及愛上德國式棒球的。

在新港地區度過孩童時期的倫法德，那個時候和馬克坎茲小姐及管家蒙克里夫組成一個球隊，並且經常和另外一隊由一個日本園丁和他的女兒，以及一個名叫愛德華・西瓦德・達靈頓的馬伏所組成的隊伍比賽。毫無疑問地，倫法德那一隊經常獲勝。

⋮

老表這一個火星軍隊史上唯一的逃兵現在躲在一個圓形綠松石後面，一面喘氣，一面看著學校裡的小孩在運動場上玩德國式棒球。老表的背後有一輛腳踏車，這是他從一家生產防毒面具工廠的車棚裡偷來的。老表不知道哪個小孩才是他的兒子，哪個小孩的名字叫克諾洛。

老表的計畫相當模糊不清。他的夢想就是能夠先和他的妻子、兒子，以及最要好的朋友團聚，然後再偷一艘太空船並且駕著那艘太空船到某個地方，從此快樂幸福地生活在一起。

「嗨，克諾洛！」運動場上有一個小孩大叫著。「輪到你上場打擊了！」

老表從那個圓形綠松石後面偷看著本壘板。那個上前打擊的小孩就是克諾洛，也就是他

的兒子。

* * *

克諾洛，老表的兒子，走向本壘板前準備打擊。

就他的年齡來說，他的身材過於矮小，不過，看他的肩膀卻會令人驚訝地發覺，他是頗具有男子氣概的。那個小孩的頭髮是墨黑色，而且還如鬃毛般地豎立著——他的黑色鬃髮是以逆時鐘的方向長成渦旋狀的頭髮。

那個小孩是個左撇子。那顆球放在他的右手掌上面，他正準備用他的左手擊球。

他的雙眼非常深邃，像極了他父親的眼睛。不過，在突出額頭的覆蓋之下，他的雙眼還是相當地炯炯有神，每當他的雙眼發出亮光的時候，總是讓人可以看出一抹憤怒兇猛的神情。

那對充滿憤怒兇猛神情的眼睛忽而閃向這裡忽而閃向那裡。它們的移動使球場上對方的防守球員感到驚慌，他們不得不時常變換位置，否則一旦球被擊中且向他們快速飛來的時候，假如不立即閃避，很可能被那個快速球擊得粉身碎骨。

場內球員被那個在本壘板打擊的男孩所激起的警覺心也被在場的老師所察覺。她站在德

國式棒球主審的位置，也就是介於一壘和二壘之間。同樣地，她也感到非常可怕。她是一個體質柔弱的老婦女，她的名字是伊莎貝兒‧凡絲特麥可。她已經七十三歲，在她的記憶被去除之前，她曾經是位耶和華的見證人。當她想對住在杜勒斯的一位火星特勤人員販售一份《瞭望台》的時候，就被誘騙到了火星。

「克諾洛──」她皮笑肉不笑地說，「你應該知道這只不過是一場遊戲而已。」

天空被一艘飛碟遮掩而突然變得黑暗起來，它們是火星陸戰隊傘兵部隊所屬的血紅色太空船。那一百艘太空船起動的聲音好像雷電聲，把學校窗戶的框子都震得價價響。

不過，由於年輕的克諾洛現在正站在本壘板前準備出擊，這是一個非常重要的時刻，因此沒有任何一位小孩有空抬頭看天空裡的壯麗景觀。

當年輕的克諾洛把球場上對方防守的球員和凡絲特麥可嚇得神經快要崩潰的時候，他突然把球放到腳邊，然後從口袋裡掏出一小片金屬物品，那是他的幸運符。他對幸運符吻了一下，然後又收回他的口袋裡。

然後，他突然地把球拿起來，用力地**把球打到內外野之間**，接著又快速地繞著壘包跑步。

對方防守的球員和凡絲特麥可小姐都極力地閃避他所擊出的球，好像把它當成是一顆猛烈的砲彈。當那一顆球自己停下來的時候，防守的球員帶著崇敬的心理，很笨拙地從後面追

著跑去拿那顆球。很顯然地，他們的一切作爲並不在於用球打擊克諾洛，以便讓他出局。那些防守的球員都想藉著表現出一副無法對抗的樣子，凸顯克諾洛在德國式棒球方面無人能及的才華。

很顯然地，在那些小孩子們的眼中，克諾洛是火星最爲閃耀的人物，而在和他的往來中，當然也就能或多或少地使自己從他那裡沾上一些光彩。也正因爲如此，他們很願意做任何事使克諾洛更爲閃耀。

年輕的克諾洛順利滑到本壘，並且在本壘附近揚起了一陣灰塵。

一名防守球員把球拋向他，不過，一切都太遲了。那名擲球的防守球員也煞有其事地抱怨自己的球運不佳。

年輕的克諾洛站起來，把身上的灰塵拍掉，再度地親吻他的幸運符，感謝它使得他再度奔回本壘得分。他堅信自己所有的力量都是那個幸運符所賜予的，他的同學及凡絲特麥可也都這麼認爲。

以下是有關於幸運符的歷史：

有一天，凡絲特麥可小姐帶領學生到一家生產火焰噴射器的工廠做戶外教學活動。工廠經理對那些小孩子們解說火焰噴射器的每一個生產過程，他還希望，當那些小孩子長大之後，其中有一些會想到他的工廠裡來爲他工作。在那個即將課外活動結束，在參觀包裝部門

的時候，那個經理的腳踝被一片被用來把包裝好的火焰噴射器捆綁起來的鋼製螺旋片所纏住。

這種末端有勾狀物的螺旋片被一個粗心的工人亂放在工廠的走道上。那個經理是在腳踝被擦傷、褲管被勾破的情況之下才得以擺脫螺旋片的糾纏。於是，他就做出了給那些小孩在當天的參觀行程中第一個能夠理解的示範——他對著那個螺旋片大發脾氣。

他用腳猛力地踩那個螺旋片。

然後，當它再度勾住他的褲管時，他憤怒地拿起一把巨大的剪刀，將它剪成許多只有四英寸長的螺旋片。

那些小孩看得既驚心動魄卻又很滿足。最後，當他們要離開包裝部門的時候，年輕的克諾洛把其中一個四英寸長的螺旋片撿起來放到口袋裡。他所撿起來的那一片和其他的有所不同——它的上面被鑽了兩個孔。

那就是克諾洛的幸運符。就好像是他的手一樣，它已經成為他身體的一部分。也就是說，他的神經系統早已延伸到那個金屬片上面。只要一觸摸到它，就等於觸摸到克諾洛。

　　…
　　…
　　…

老表，這個火星軍隊有史以來唯一的逃兵，從圓形綠松石後面站起來，而且精神抖擻地走進學校的校園裡。他早已把制服上所有的徽章都拿掉。而也正因為他現在已不被要求必須去從事任何特定的任務，反而使他看起來更像是個戰士。在他逃離軍隊前所攜帶的所有裝備中，如今被他保留下來的只剩下一把叢林作戰用軍刀、一把每次只能發射一顆子彈的毛瑟槍，以及一顆手榴彈。他把那三樣武器連同那輛偷來的腳踏車一起藏在那顆圓形綠松石的後面。

老表雄糾糾氣昂昂地行進到凡絲特麥可小姐面前。他告訴她，因為公務上的需要，想私底下訪問年輕的克諾洛。他並沒有讓她知道自己是那個男孩的父親。其實，就算讓她知道他是那個男孩的父親，也不能讓他對那個男孩擁有任何特別的權利。可是，讓她知道他是上級指派的調查員，卻可以使他擁有詢問那個男孩的權利。

可憐的凡絲特麥可小姐很輕易地就被唬住。她同意讓老表在她辦公室裡訪問那個男孩。

她的辦公室裡堆滿了尚未批改的學生作業，其中有些甚至是五年前就繳交的。由於她的工作進度實在是太落後了，因此她還申請延緩退休，以便能加把勁把作業批改完畢。架子上有些作業掉落到地上，形成一條由作業所匯成的河流，有些蔓延到她的書桌下，有些到了走廊，另外有一些甚至已進入她的私人盥洗室裡。

在她的辦公室裡，有一座兩個抽屜的櫃子。那兩個抽屜是開著的，裡面則放滿了她所收

藏的石頭。

從來沒有人對凡絲特麥可做突擊性的檢查。沒有人想這麼做。她擁有銀河太陽系地球美國明尼蘇達州政府的教師證書，這才是最重要的。

老表坐在她的書桌後面，而他的兒子則站在面前接受他的訪問。是克諾洛自己執意要站著接受訪問的。

當老表正思索著該和克諾洛說什麼的時候，他不經意地打開書桌的抽屜，發現裡面也裝滿了石頭。

年輕的克諾洛相當機靈且滿懷著敵意，在老表想出要說什麼之前，他就搶先一步地開口說話。「狗屁，」他說。

「什麼？」老表說。

「不論你說什麼，全都是狗屁，」那個年僅八歲的男孩說。

「你為什麼會這麼認為呢？」老表說。

「任何人所說的每一件事都是狗屁，」克諾洛說：「更何況，難道你會在乎我在想什麼嗎？等我十四歲的時候，你們就會把一種東西放在我的頭裡，然後，你們就可以命令我做任何事情。」

他所指的當然是每個小孩子一旦十四歲的時候，頭顱裡就必須被安裝天線，因為，小孩

子的頭顱到十四歲的時候，其大小才適合裝置天線。每當小孩子過完十四歲生日的時候，就必須被送到醫院動手術。當他的頭髮被剃光之後，醫生和護士還會開玩笑地和他談論著即將成為大人的事。在小孩子即將被推進手術室之前，醫護人員還會問他最喜歡哪一種冰淇淋。當小孩子手術結束醒來的時候，早就有一大盤他所最喜愛的冰淇淋在等待著——胡桃口味、奶油口味、巧克力口味等，可說是應有盡有。

「你的母親是不是常說一些狗屁的話？」老表問。

「沒錯，自從她上一次出院之後，就一直說狗屁的話。」克諾洛說。

「那你的父親呢？」老表說。

「我對他一無所知，」克諾洛說，「我根本就不在乎。他也應該和其他人一樣，講話時也是一大堆狗屁的話。」

「那有誰不講狗屁的話呢？」老表說。

「我就不講狗屁的話，」克諾洛說，「我是僅有的一個。」

「你過來，」老表說。

「我為什麼要過去？」克諾洛說。

「因為我要在你的耳邊講一些非常重要的話。」

「我才不相信，」克諾洛說。

老表從書桌後面站起來，繞過書桌之後走到克諾洛的面前並且在他的耳邊輕聲地說：

「我是你的父親！」當老表的嘴裡說出那句話時，他的心像防盜器般地響了起來。

克諾洛一點也不為所動。「那又怎麼樣？」他面無表情地說。他並不認為父親有什麼重要性可言，因為，從來沒有人灌輸這種觀念給他，而在實際的生活中，他也體會不到父親的重要性。在火星上，父親這兩個字是無法激發起任何情感方面的含意。

「我特地來這裡找你，」老表說，「不論如何，我們一定要逃離這裡。」他用雙手輕搖著那個男孩的手臂，企圖使他有所反應。

克諾洛連忙地將他父親的手從他的手臂上甩開，好像他父親的手是會吸血的水蛭般。

「逃離之後要做什麼？」他說。

「要好好地生活呀！」老表說。

那個男孩冷淡地看著他的父親，想從他的臉上找出一絲為何要將自己的命運交給眼前這個陌生人的理由。克諾洛從口袋裡把他的幸運符拿出來，放在兩個手掌間用力地摩擦。他從那個幸運符所獲得的想像的力量使他足以用不著相信任何人，也能夠像過去一樣一直孤單且憤世嫉俗地活下去。「我自己一個人過得很好，」他說。「我過得很好，你去死吧！」

老表不穩地往後退一步。他兩邊的嘴角垂了下來。「叫我去死？」他低聲地說。

「對每個人我都是叫他們去死，」那個男孩說。他很想變得友善些，可是卻又立即變得相當不耐煩。「現在我能不能到外面玩德國式棒球了呢？」

「你叫你自己的父親去死？」老表喃喃自語地說。在老表的腦中，有一處從未被醫護人員碰觸過的角落，那裡仍然隱藏著他自己一段非常奇特的童年回憶。現在，老表口中喃喃自語的問題已經反射到他腦中的這個角落裡。他那段奇特的童年可說是一直在「很希望看到父親、熱愛父親，但是他的父親卻不想見他，也不想被他熱愛」的惡夢中度過的。

「我──我從軍隊中逃跑並且來到這裡，目的就是要找你，」老表說。

那個男孩的雙眼露出一些感興趣的曙光，可是不久之後又熄滅了。「他們會抓到你，」他說，「每一個脫逃的人都會被抓到。」

「我打算偷一艘太空船，」老表說，「然後載著你和你的母親，我們三個人遠走高飛！」

「到哪裡去？」那個男孩說。

「到一個好地方！」老表說。

「告訴我哪裡有好地方，」克諾洛說。

「這我目前還不確定。我們必須去尋找！」老表說。

克諾洛面帶憐憫地搖著頭。「我很抱歉。」他說。「我想，你大概不知道自己在說些什麼。你這麼做只會使很多人被殺害而已。」

「難道你想留在這裡嗎？」老表說。

「我想，能留在這裡也還算不錯。」克諾洛說。「現在，我能不能到外面玩德國式棒球了？」

老表不禁老淚縱橫。

他的哭泣使那個男孩大為震驚。他從來沒有看人流淚過。他自己也從來沒有哭泣過。

「我要出去玩了！」他粗暴地大叫著，然後就從辦公室裡跑出去。

老表走到辦公室的窗戶旁邊。他的雙眼凝視著窗外的運動場。年輕的克諾洛那一隊正在防守。年輕的克諾洛加入他隊友的陣營裡，面對著在本壘板上準備打擊的人，那個人的背部正對著老表。

克諾洛親吻著他的幸運符，然後把它放到口袋裡。「同志們，放鬆心情，」他聲嘶力竭地吼叫著。「來吧，同志們，我們把他宰了！」

‧

‧

‧

老表的伴侶，也就是克諾洛的母親，是史基里曼呼吸學校的女講師。史基里曼呼吸法是一種能夠使人類用不著使用頭盔或穿戴其他笨重裝備，就能在真空或是空氣極為稀薄的地方

生存下去的方法。

這種方法最主要的就是服用充滿氧氣的藥丸。體內的血液並非經由肺部，而是經由小腸壁來吸收氧氣。火星官方對於這些藥丸的稱呼是「呼吸器官氧氣補給系統」，不過火星一般民眾都稱它們為**氧氣丸**。

史基里曼呼吸學校所教的方法是讓人在像火星般良性但無用的大氣層中最簡易的呼吸法。也就是說，雖然周遭環境裡沒有氧氣供給肺部，但是接受呼吸訓練的人必須學習依照原本正常的方式呼吸和說話。接受呼吸訓練的人唯一所要記住的一件事就是必須定時服用氧氣丸。

老表的伴侶所任教的史基里曼呼吸學校還教導一些招募來的人員更高難度的、學會在真空或更惡劣環境下使用氧氣丸呼吸的方法。他們不僅服用氧氣丸，而且還把耳朵、鼻子，以及嘴巴都塞住。因為倘若他們在那樣的狀況下一旦做出任何說話或呼吸的舉動，都將會導致出血甚至死亡的結果。

史基里曼呼吸學校裡專門訓練招募人員的部門裡總共有六名女講師，老表的伴侶就是其中一位。她的教室長寬各三十英尺，沒有任何窗戶，四周的牆壁塗上了白色的油漆，而牆的下面則擺放著長椅。

教室正中央的桌子上面則放著一碗氧氣丸、一碗耳塞和鼻塞、一捲膏藥貼布、一把剪

刀，以及一台小型錄音機。整個過程中必須有很長一段時間必須坐著等待，因此，那台小型錄音機的作用就是播放音樂，免得等待時間過於無聊。

等待的時刻已經來臨，課堂的學生都已服用氧氣丸。現在，學生們必須靜靜地坐在長椅上聽音樂，然後等待氧氣丸抵達他們的小腸。

所播放的音樂是最近從地球的廣播節目裡盜錄的。它是地球上很暢銷的一首流行歌曲，由一個男孩、一個女孩，以及教堂鐘所組成的三重唱所唱出。它的曲名是〈上帝是我們的心靈設計師〉。男孩和女孩輪流地唱著歌曲，並且穿插著悅耳的合聲。

每當男孩或女孩唱到有關於宗教方面的事物時，教堂鐘聲就會出現。

教室裡面總共有十七名從地球招募來的人員。他們都穿著最近才發給他們的青苔色新內褲。他們之所以只穿一條內褲，其目的就在於使女講師能夠一眼就馬上看出他們身體外部對於史基里曼呼吸法的反應。

這些從地球招募來的人員才剛剛在醫院裡接受去除記憶及裝設天線的手術。由於他們的頭髮被剃光，因此，每一個人從頭頂到頸背的部位都貼上了膏藥。

膏藥顯示的位置，可以看出天線被放入的地方。

那些被招募的人，他們的眼睛和被關閉的紡織廠的窗戶一樣虛無。

其實，課堂上女講師的雙眼也同樣地虛無和呆滯，因為，最近她也才動過去除記憶的手

術。

當她要出院的時候，醫護人員告訴她以下這些真實的資料——她的名字是什麼，她住那裡，以及如何回到史基里曼呼吸學校——同時，還告訴她，她有一個八歲大的兒子名叫克諾洛，假如她想見他，可以在每個星期二晚上的時候到他的學校和他會面。

那個女講師，同時也是克諾洛的母親及老表的伴侶，她的名字是「碧」。她身上穿著青苔色的長袖綿質運動衫，腳上穿著一雙白色韻律鞋，脖子上則掛著一個哨子和聽診器。

在她的長袖綿質運動衫上面印有她的名字，但字體像謎樣地難解。

她看一看牆上的掛鐘。所經過的時間已足夠使他們所服用的氧氣丸經由消化系統而被帶到小腸裡。她起身把錄音機關掉，然後吹起哨子。

「集合！」她說。

由於那些被招募的人還沒有受過基礎的軍事訓練，因此也就無法井然有序地集合。地板上面漆有小方塊，被招募的人員只要站在裡面就可形成整齊的行列。現在，他們正玩著類似搶椅子的遊戲，只不過，當音樂停止的時候，不是搶著椅子坐，而是搶著占據地板上的方塊。

於是，這種遊戲玩了沒幾次之後，每個人都已各自站在一個方塊的上面。

「現在，」碧說，「請拿著塞子把你們的耳朵和鼻子塞住。」

那些被招募的人手上早已拿著塞子。他們把塞子塞進耳朵和鼻子裡。

碧現在對每一個被招募的人加以檢查，以確保他們的鼻孔和耳朵都已緊密地塞住。

當她檢查完畢的時候，她連聲說：「很好。」她從桌上把那捲膏藥貼布拿起來。「現在，我要向你們證明，只要你們使用呼吸器官氧氣補給系統，或者是一般人所俗稱的氧氣丸，你們將用不著再使用肺臟。」她一排一排地移動著，並且把膏藥貼在每個人的嘴鼻上。沒有人做出拒絕的舉動。當她在每個人的嘴上都貼上膏藥之後，更使得沒有任何人可以開口表達反對之意了。

她看了看牆上的掛鐘後，又再度地播放音樂。接下來的二十分鐘，將用不著做任何事，只消看著那些已近乎裸露的肉體因為肺部沒有氧氣的供給而痙攣變色。最理想的情況是，在那二十分鐘之內，他們的身體先變成藍色，然後再變成紅色，最後又回復到原先自然的顏色。至於他們的骨骼會先猛烈地搖動，然後一動也不動地靜止，最後又回復到原先的情況。

當那為期二十分鐘的嚴厲考驗期結束的時候，每一個接受訓練的人將會了解，藉著肺臟呼吸是件極為不需要的事。最理想的情況是，當指導訓練的課程結束的時候，每一位從地球招募而來接受訓練的人對自己會很有信心。也正因為接受過訓練，當他們要從太空船裡跳出來，不管將降落在地球的陸地或海洋或是任何地方，也都不會帶有絲毫猶豫。

碧坐在一張長椅上。

在她呆滯的雙眼四周有黑色的小圈圈。自從她出院之後，那些黑色小圈圈出現了，而

且，顏色一天天加深。在她住院的期間，醫護人員曾經向她保證，每天她都會變得更祥和更有效率。醫護人員也告訴她，假如幾天過後，她覺得一切並非如同他們所保證的，那她應該向醫院報告，以便接受協助。

「我們時時刻刻都需要別人的幫助，」莫瑞斯‧凱索醫生曾經這麼對她說，「這沒有什麼好難為情的。或許，有一天當我也需要**妳的**協助時，我也會毫不猶豫地去找妳。」

當她把以下這首十四行詩拿給她的上司看的時候，就立即被送進醫院，這首由她所寫的十四行詩，內容在描述史基里曼呼吸學校：

把和空氣及霧氣的一切關係切斷，

把每個通口密封；

把喉嚨弄得像小氣鬼的拳頭那麼緊，

讓生命在你的掌控之下。

不再呼氣，也不再吸氣，

因為呼吸是屬於軟弱者的行徑；

當我們在關鍵的時刻，

千萬小心不能說話。

假如你因悲傷或興奮而銷魂，

只用一滴眼淚來表示即可；

你被自己的心靈所困。

也被言語和環境所困。

對於在毫無生命的太空中漫遊的我們來說，

每個人都是一座小島，

是的，每個人都是一座小島。

小島就是堡壘，小島就是家。

因爲寫了那首十四行詩而被送進醫院的碧，擁有一張非常自信的臉──雙頰凸出顯得很

桀驁不馴的樣子。她看起來非常像一名印第安勇士。不過任何一位說她像是個印第安勇士的

人一定又會馬上接著說她也相當漂亮。

現在，有人很匆忙地敲著碧的門。碧走到門邊並且將門打開。「請問找誰？」她說。

在空無一人的走道上，站著一個穿著制服、臉色漲紅、全身流汗的男子。那名男子身上

所穿的制服並沒有任何徽章。他的背上背著一支步槍。他的雙眼非常深邃而且帶著偷偷摸摸

的神情。「我是信差，」他粗暴地說，「我有消息要傳送給碧。」

「我就是碧，」碧有點不安地說。

那個信差用雙眼上下地打量著她，使她覺得自己好像被剝光衣服接受檢查。他的身體所不時散發出來的熱氣，使她有一種快要被窒息的感覺。

「難道妳認不出我是誰嗎？」他輕聲地說。

「認不出來，」她說。他的問題使她稍微鬆了一口氣，可是，經過醫院的記憶去除手術之後，她已經把那時候，他和他的來訪就像例行公事一樣。顯然地，她曾經和他有所來往。

這個人和他的例行公事都忘光了。

「我也記不得妳長得什麼樣子，」他輕聲地說。

「我曾經住院過，」她說，「我必須接受記憶切除手術。」

「小聲一點！」他突然說。

「什麼？」碧說。

「小聲一點！」他說。

「很抱歉，」她也開始低聲地說話。顯然地，輕聲細語是和這位特派人員從事例行公事時的原則之一。「我忘記的東西實在太多了。」

「我們都忘掉太多了！」他低聲但語帶憤怒地說。他再度地對走道四周仔細地察看一番。「妳是不是克諾洛的母親？」他低聲地說。

「是的，」她小聲地回答。

現在，這位陌生的信差正專注地凝視著她的臉。他深深地吸氣和呼氣，不時地嘆息和皺眉頭，雙眼也不停地眨動著。

「你要傳送的消息是什麼？」碧輕聲地說。

「我所要傳送的消息是，」那個信差低聲地說，「我是克諾洛的父親。我剛從軍隊逃出來。我的名字是老表。我打算帶著妳、克諾洛，以及我最要好的朋友逃離此地。目前，我還沒有想出脫逃的方法，不過，妳必須有立即動身的打算！」他把一顆手榴彈交給她。「把這個東西藏起來，」他低聲地說，「當時機成熟的時候，或許會用得著。」

從走道盡端的接待室那裡傳來陣陣激動的叫聲。

「他是一個攜帶機密信函的信差！」一名男子大叫著說。

「就豬的眼光來說，他倒真的是個信差！」另一名男子也大叫著說。「他是個戰時逃兵！他要來見什麼人？」

「他沒有說。他只說那是最高機密！」

陣陣口哨聲不時地響起。

「你們當中六個人跟我來！」一名男子大叫著，「我們在這裡一個房間一個房間地搜尋，其他的人則把外面包圍起來！」

老表趕緊把手上拿著手榴彈的碧推到教室內並連忙將門關上。他把背在後面的步槍放下來，並且放在那些耳朵、鼻子和嘴巴都被封閉的受訓人員當中。「你們之間只要有任何一個人偷看或者隨便亂動，」他說，「那你們就都別想活命。」

那些接受訓練的人按照指示站在各自被指定的方塊裡，他們似乎沒有聽到老表的話。

他們的肉體變成藍色。

他們的骨骼不停地搖晃。

他們每一個人的注意力都集中在溶化於十二指腸裡能提供生命力的藥丸上。

「我要藏在哪裡呢？」老表說，「我要怎麼逃出去呢？」

碧實在用不著回答他的問題，因為，教室裡實在沒有能夠讓他躲藏的地方。而且，除了通往走道的那扇門之外，也沒有能夠讓他逃離教室的出口。

看來只有一法子可想，而老表也如此地做了。他把衣服都脫光，身上只穿著一件青苔色的內褲，把他的步槍藏在一張長椅下面，把塞子塞進他的耳朵和鼻孔裡，嘴上也貼上膏藥，然後就混在受訓人員當中。

他的頭髮就像其他接受訓練的人一樣也是剃光的。而且，和他們一樣，老表身上從頭頂到頸背的部位也都塗上了一片膏藥。由於老表是個令人頭痛的士兵，因此，當他住院的時候，醫師曾經把他的頭蓋骨完全打開，想了解他頭顱裡的天線是否運作異常。

‧‧‧

碧非常鎮定地環視著整個教室。她把老表給她的手榴彈拿起來，那個樣子好像是在拿著一只裝有一朵玫瑰的花瓶。然後，她走到老表藏匿步槍的地方，並且把那顆手榴彈放在步槍旁邊。她很整齊地擺放，好像把它當成是別人的財產般看待。

然後，她就回到桌子後面她所應該站的地方。

她並沒有刻意地注視老表，但也沒有刻意地避免看他。就如同住院時醫護人員所告訴她的：她曾經病得非常嚴重。而且，假如她不讓自己的心思一直在專注工作上，又讓別人開始擔憂，那她將會再度地病得很嚴重。不論如何，她一定要保持鎮定。

那一群人虛張聲勢的搜尋聲音和動作，使得這種一個房間接著一個房間地毯式的搜尋工作進行得相當緩慢。

碧現在已經不想再擔憂什麼了。至於老表，由於他已經混在接受訓練的人群當中，因此也就變成毫不醒目的人了。就專業的眼光來看，碧發覺老表的肉體並不像其他的人一樣變成純藍色，反而是變成青綠色。而這就意味著他已有好幾小時的時間沒有服用氧氣丸。就他目前的狀況來說，不久之後他將會昏倒。

當然。讓他昏倒將是解決問題最平和之道，而這也正是碧目前所最想要的。

當老表告訴她，他就是她的小孩的父親時，她並不會感到懷疑。她並沒有記住他，而且，她也不會為了下次能認出他而現在就認真地研究他——假如還有再次見面機會的話。對他來說，她一點用處也沒有。

她注意到，現在老表的肉體已變成綠色。那麼，她剛才的診斷就沒錯了。他隨時都會昏倒。

碧開始幻想。她看到一個身穿純白色衣服、鞋子和襪子的小女孩騎在一匹純白色小馬上面。碧很嫉妒那個小女孩能夠把自己保持得那麼乾淨。

碧的內心一直在想，那個小女孩到底是誰。

老表像鰻魚般柔軟無力地昏倒了。

...

當老表醒來時候，他發現自己躺在一艘太空船裡的行軍床上面。船艙的燈光使人頭暈目眩。老表開始大吼大叫，可是，頭上陣陣的劇痛使他安靜了下來。

他費了很大的勁才站起來，並緊緊地抓住支撐行軍床的鐵管。他發覺只有自己一個人。

有人幫他把制服重新穿上。

起先他還以為他現在所搭乘的那艘太空船已經在無垠的太空中飛行。

不過後來，他不僅看到氣閘是開著的，而且也看到太空船外面是一片平坦的陸地。

老表跟跟蹌蹌地經過氣閘走到太空船外，然後很快把氣閘關上。

當他抬頭看著眼前的景物時，才知道他似乎仍然還在火星，或者在一個和火星極為相似的地方。

那已經是夜晚的時刻。

舉目所及都是一列一列的太空船。

每一列約有五英里長的太空船行列正依次升空航向太空中。

有一條狗在大聲地吠叫著，牠的吠叫聲和銅鑼聲極為相似。

那條狗在黑夜中慢慢地移動，牠和老虎一樣，非常巨大可怕。

「卡薩可！」一個男子在黑暗中大叫著。

那條狗一聽到主人命令的聲音馬上停止不再往前移動，不過，牠還是用牠可怕的長牙使得老表把身子靠在太空船上不敢越雷池一步。

那條狗的主人出現了。他的前面閃爍著一道由手電筒所發出的光芒。當他一直走到和老表只有幾碼距離的時候，他把那支手電筒放在他的下巴下面。光線和影子的強烈對比使他的

臉看起來就像是魔鬼的臉。

「嘿，老表，」他說。他把手電筒關掉，並且移動身子站到另一邊，使得從太空船上面溢射出來的光線能夠照到他。他的身材非常高大，而且看起來非常和藹可親且充滿自信的樣子。他穿著血紅色的制服以及陸戰隊傘兵部隊的靴子。除了身邊一支一英尺長的暗黃色短杖之外，他的身上沒有攜帶任何武器。

「老表，知道我是誰嗎？」那個人依舊面帶微笑地說。

「好久不見了，」他面帶微笑地說。他的音調很高，可以聽出來是假嗓音所發出來的。雖然老表記不起來曾經在哪裡見過他，可是那個人顯然對他相當了解。

老表嚇得差點喘不過氣來。這個人一定是史東尼·史蒂文生，一定是老表那個什麼都不怕的最要好朋友。「是史東尼嗎？」他低聲地說。

「誰是史東尼？」那個人大笑著說。「喔！天哪──」他說，「有好幾次我曾經希望我是史東尼，未來有很多次我也將會希望自己是史東尼。」

地面開始搖晃。天空中有一陣劇烈的旋風。舉目所及的太空船都已飛到空中，都已看不見蹤影。

老表所搭乘的這艘太空船是它自己所屬的那個區域裡唯一一艘沒有起飛的太空船。現在，地面上距離老表最近的太空船至少都有半英里遠。

「老表，剛才起飛的，是你所屬那一團的太空船，」那個人說，「可是你卻沒有和他們一同出發。難道你一點都不會覺得不好意思嗎？」

「你到底是誰？」老表說。

「在戰爭的時候名字有什麼意義呢？」那個人說。他把他巨大的手放在老表的肩膀上。

「喔！老表，老表，老表，」他說，「你過的是什麼日子呀！」

「是誰把我帶到這裡的？」老表說。

「是憲兵，你應該感謝他們，」那個人說。

老表搖搖頭。眼淚已不由自主地流到臉頰。他已經徹底失敗。即使是在一個可能握有他生殺大權的人之前，他再也沒有隱藏祕密的理由。對於是生或是死，可憐的老表早已不在乎。「我——我想讓我的家人團聚，」他說，「就這樣而已。」

「老表，火星是一個不適合愛，也不適合家庭觀念重的人的地方。」那個人說。

那個人當然就是溫斯頓・奈爾斯・倫法德。他是火星各項事務的總司令。事實上，他並不是陸戰隊傘兵部隊的成員。對於別人來說，或許要經過一番的波折和歷練，才能穿上那一套制服，但對於倫法德來說，只要他喜歡，就可以穿上任何種類的制服。

「老表，」倫法德說，「我所聽過最悲淒的愛情故事竟然發生在火星。你想不想聽我講那個故事？」

．．．

「很久以前，」倫法德說，「有一個人搭乘太空船從地球來到火星。由於他是志願加入火星軍隊，因此早就已經穿上雄糾糾氣昂昂的步兵攻擊部隊中校的制服。由於先前在地球的時候，他覺得一切的特權都被剝奪，因此，當他穿上制服的時候，不僅覺得非常高雅，也認爲那套制服一定能使他擁有某些權利。

「那時候他的記憶尚未被切除，也還沒有在頭顱裡裝上天線，不過，由於他曾公開表示將效忠火星，因此，就被賦予指揮太空船的特權。被招募的人們對於男性的招募者曾有一種說法——他把自己的睪丸分別命名爲戴莫斯和費比斯，」倫法德說，「而戴莫斯和費比斯正是火星的兩顆衛星。」

「那個從來沒有受過任何軍事訓練的中校那時候正在嘗試一種地球人所稱**發現自我**的經驗。由於他對於自己所被派任的工作完全一無所知，因此他只一味地要求其他被招募的人員聽從他的命令和指示。」

倫法德伸出一根手指後，老表很驚訝地發覺那根手指已經變得半透明了。「其中有一個頭等艙是那個男子所不准進入的，」倫法德說，「太空船上的人員向他解釋，那個頭等艙裡

有幾個有史以來被帶到火星的女性當中最漂亮的女子，任何人只要一見到她們，一定會情不自禁地愛上她們。他們還告訴他，除了專業軍人之外，愛情會把所有人的價值摧毀殆盡。」

「那個中校聽到有人影射他不是專業的軍人之後顯得相當憤怒，於是他就對太空船上的人員講述他自己曾經和許多絕色美女之間的性愛史──而在這些性愛史當中，從來沒有任何一位美女能夠使他真正心動。那些工作人員聽完之後絲毫不認為他所說的是事實，因為，他們認為，被關在那個頭等艙裡有一個聰明且高傲的美女一定能夠使他傾心不已。」

「那些工作人員表面上對他的尊敬現在已經逐漸地減退。被招募的人員受感染後也減少對他的尊敬。」

「至此，那位穿著華麗制服的中校終於顯露出他給別人的真正感受──像個裝模作樣的小丑。很顯然地，他所能贏回他的尊嚴唯一的方法就是──征服被鎖在頭等艙裡的那個美女。他已做好萬全的準備──」

「可是太空船上的工作人員認為他一定會墜入情網而且會被傷透了心，因此，基於保護他的理由，仍然不讓他進入那個頭等艙，」倫法德說：「可是，他的自我不斷膨脹著，最後終於爆發。」

「軍官餐廳裡有一場酒會，」倫法德說，「那個中校喝得酩酊大醉之後竟大聲地說起話來。他又再度吹噓他在地球時候的性愛史。然後，他看見有人在他的酒杯裡放了一把能打開

那間頭等艙的鑰匙。」

「那個中校毫不遲疑地偷溜到頭等艙，在進了門之後又把門關起來。」倫法德說。「雖然那個頭等艙裡面一片漆黑，但是，那個中校的腦袋已經被所喝的酒精所振奮。他的心中暗自發下豪語，一定要在次日清晨向大家展現他的勝利果實。」

「那個美女因先前受到驚嚇而服用鎮定劑，所以他在黑暗之中仍能不費吹灰之力就和她發生關係。」倫法德。「在大自然之母的冷淡注視下，兩個人完成了一個毫無樂趣可言的結合，沒有任何一方顯露出此許的滿足感。」

「那個中校並沒有任何暢快的感覺。他覺得非常可悲。他突然很愚蠢地把燈打開，然後走到她面前想看看她的容貌，以便能從他剛才的粗暴行為當中找到此許值得誇傲的地方，」倫法德哀傷地說。「睡在行軍床上的竟然是位年過三十且長相極為平凡的女子。她的雙眼充滿血絲，而她的面頰則因哭泣和沮喪而顯得腫大。」

「更不可思議的是，那個中校認識她。先前有位預言家曾告訴他，說他有一天將會和一名他所認識的女子結合而生下小孩。現在，出現在他面前的竟然就是那個女子，」倫法德說。「上一次和她見面的時候，她是那麼地高傲，可是，現在卻又是那麼地憔悴，使得鐵石心腸的中校看了不得不為之動容。」

「那個中校生平第一次了解到絕大多數人自己所無法了解到的事實——他不僅是悲慘命

運的受害者，而且還是悲慘命運中最冷酷無情的一個。從前當他和那個女子相遇的時候，她總是把他看做是一隻豬。現在。無庸置疑地，他已經證實自己真的就是一隻豬。」

「如同太空船上的工作人員所預料的，」倫法德說，「那個中校已變成一個一無是處的軍人。他絕望地全神貫注在這錯綜複雜的策略，帶給他的竟全然只有痛苦而已。只有贏得那個女人的寬恕和諒解才能證實他是成功的。」

「當他所搭乘的太空船抵達火星的時候，他無意間在醫院的接待中心裡獲知自己的記憶將被切除。於是他就寫了一系列的書信，將他不想忘記的事情都記載在裡面。第一封信所記載的，就是有關於他對那個女子施暴的情形。」

「當他接受記憶切除術並出院之後，就一直在找尋她。可是，當他終於找到她的時候，卻發現她的腦中早已不記得他。除此之外，那個時候的她已懷有他的小孩。於是，他的問題就成為──如何贏取她的愛，以及經由她的協助，贏取她的小孩的愛。」

「老表，對於此，」他一直都在努力嘗試著去做，」倫法德說，「不止是一次，而是很多次。可是卻一再地遭到挫敗。不過，這在他的一生當中，一直都是問題的癥結所在──或許，這是由於他從小就生在一個破碎家庭的緣故。」

「老表，」倫法德說，「造成他挫敗的原因，就在於那個女子天生就患有冷感症，以及火星社會所盛行的一種精神治療制度。每次當那個男子將他的伴侶思想加以改造之後，那套

盛行的精神治療制度就會將她又再度地成爲一個極有效率的火星公民。」

「那個男子和他的伴侶都是他們個別的醫院精神病房的常客。而或許這就是值得思考的地方，」倫法德說：「那個極度挫折的男子是火星上唯一能夠寫出具哲學思考文章的人；而那位極度自我挫折的女子則是火星上唯一能夠寫詩的人。」

. . .

寶哲從費比市來到補給船找尋老表。「我的天呀──」他對倫法德說，「每個人都走了，只剩下我們嗎？」他騎在一輛腳踏車上面。

他看到老表。「天哪，我的好弟兄，」他對老表說，「你可眞是把你的好弟兄急死了！

你是怎麼到這裡？」

「是憲兵把我帶來這裡的，」老表說。

「這是每一個人到達每一個地方的方式，」倫法德淡淡地說。

「好兄弟，我們必須趕路了，」寶哲說，「假如士兵們沒有補給船的話，不可能展開攻擊。他們作戰的目的是什麼呢？」

「目的就是爲了成爲有史以來第一支因美好的目標而戰死的部隊，」倫法德說。

「這又有什麼用呢?」寶哲說。

「算了,不提也罷,」倫法德說,「你們兩個人只管登上那艘太空船,把氣閘門關上,並且按開的按鈕。然後,不一會兒的工夫,你們就會發覺已經趕上他們。補給船裡的每項設施都是全自動的。」

老表和寶哲兩個人登上那艘補給船。

倫法德站在氣閘門外側並且擋著氣閘門使其不致關上。「寶哲——」他說,「中間那根羽軸上方的按鈕——那就是開的按鈕。」

「我知道,」寶哲說。

「老表——」倫法德說。

「什麼事?」老表面無表情地說。

「你還記得我告訴你的那個故事——那個愛的故事嗎?有件事我忘了說。」

「只忘了一件事嗎?」老表說。

「你還記得那個愛的故事裡的女子——那個懷了那個男人孩子的女子嗎?」倫法德說。

「她怎麼了?」老表說。他實在不太怎麼想知道那個女子的事。他還沒有察覺到,原來,倫法德所講的那則故事裡的女子就是碧,也就是他自己的伴侶。

「火星社會裡唯一能夠寫詩的那個女子嗎?」

「在她來到火星之前，她早就結婚了好幾年，」倫法德說，「不過，當那個自命不凡的中校在飛往火星的太空船頭等艙裡和她發生關係之前，她還是個處女。」

在溫斯頓・奈爾斯・倫法德把氣閘門關上之前，還對老表眨了幾次眼。「老表，這對她的丈夫來說實在是一個天大的笑話，不是嗎？」他說。

【第七章】勝利

良善應該也可以像邪惡那麼地經常戰勝。任何一種勝利其實都根基於組織。假如真有天使的話，我倒希望祂們是黑手黨組織的成員。

——溫斯頓・奈爾斯・倫法德

據說直到目前為止，地球上的人類文明已經歷過一萬個戰爭，可是卻只出現三個高明的戰爭評論——分別由修昔提底斯❶、凱撒大帝，以及溫斯頓・奈爾斯・倫法德所發表。

溫斯頓・奈爾斯・倫法德在他所撰寫的《火星簡史》一書當中，精挑細選地使用七萬五千字來描述地球和火星之間的戰爭。任何一位對於撰寫地球和火星之間的戰爭負有使命感的

❶ 修昔提底斯（Thucydides）古希臘偉大的歷史學家，《伯羅奔尼撒戰爭史》（History of the Peloponnesian War）的作者。

人，在看到倫法德那本《火星簡史》裡對地球和火星之間戰爭的完美描述之後，一定會自嘆弗如。

一般的歷史學家通常都會以最直接簡潔的方式和術語來描述戰爭，然後在結尾的時候會建議讀者立即閱讀倫法德的曠世鉅作。

其經過的情形大致如下。

· · ·

火星和地球之間的戰爭總共持續了六十七個地球日。

地球上的每一個國家都遭受到攻擊。

地球的傷亡人數：四六一人死亡，二三三人受傷，沒有人被俘虜，二二六人失蹤。

火星的傷亡人數：一四九三二五人死亡，四四六人受傷，十一人被俘虜，四六六三四人失蹤。

戰爭結束的時候，每一個火星人要不是被殺死或俘虜，就是受傷或失蹤。

火星上一個人也沒有活存。火星上的每一棟建築物也被摧毀始盡。

當地球上的人類在對一波波前來攻擊的火星人展開大肆掃射的時候，卻很驚訝地發覺，

最後一波的攻勢，竟然是由老弱婦孺所發動的。

‧‧‧

火星人駕著太陽系裡有史以來最具智慧的太空船抵達地球。而且，只要那些真正的指揮官能夠用無線電來遙控火星士兵頭顱裡的天線，那麼，火星的士兵們就會毫不畏懼地勇往直前和敵人正面作戰。他們這種大無畏的犧牲精神甚至還贏得了與他們戰鬥的敵人的讚賞。

不過，經常可以發現的狀況是，不論在地面或在空中，士兵們常失去和真正指揮官之間的連繫。而每當這種通訊中斷的情形出現時，士兵們立刻變得非常遲鈍而不靈活。

不過，他們所遭遇到的最大難題還是在於，他們每個人持有的武器似乎只比大都市裡的警察精良一些而已。大致上來說，他們的武器包括噴火槍、手榴彈、軍刀、迫擊砲，以及小型的火箭發射台。當他們抵達地球的時候，並沒有核子武器、坦克、中型或重型砲台，也沒有空中支援及運輸工具。

更為棘手的是，火星人所駕駛的太空船上的部隊對於降落地點根本無法控制。他們所搭乘的太空船都是由全自動的導航設備所操控，而這些精密的電子儀器早就由火星的科技人員事先設定，以便使每一艘太空船都能在地球的每一特定地點降落，而不論該地點的戰事如何

地激烈。

太空船上的人員只能操控船艙中央柱軸上的兩個按鈕——一個上面貼著「開」的標籤，另一個則是「關」的標籤。貼有「開」的按鈕只有使太空船起飛的功能。至於貼有「關」的按鈕則完全不具任何功能。由於火星的心理醫師認爲，當人類知道自己具有能夠使機器「開」和「關」的能力時，心情會很快樂，因此，在心理醫師們的堅持之下，才裝設了不具任何功能的「關」的按鈕。

當五百名火星皇家突擊隊員在四月二十三日占領了地球的衛星——月球的時候，地球和火星之間的戰爭就展開了。他們完全沒有遭到任何抵抗。那個時候，月球上只有傑佛遜觀測台裡的十八名美國人，列寧觀測台裡的五十三名俄國人，以及在雨海❷裡從事研究的四名丹麥籍地質學家。

火星軍隊用無線電對地球宣佈他們的來臨，並且命令地球立即投降。接著，他們又對地球施予如他們自己所說的「地獄般的滋味」。

這種「地獄般的滋味」對於地球來說，簡直就像是個令人發笑的鬧劇，因爲，火星軍隊只不過是用十二磅炸藥威力的火箭對地球做耀武揚威式的射擊而已。

❷雨海爲月球表面第二象限內之黑色平原，面積約三十四萬平方英里。

在對地球施予「地獄般的滋味」的警示性攻擊之後，火星軍隊告訴地球上的人類，整個地球的情況已經無藥可救了。

可是，地球上的人類卻不這麼想。

在接下來的二十四小時當中，地球對火星在月球所建立的那座橋頭堡總共發射了六一七枚發熱核彈，其中有二七六發都直接命中。地球的攻擊不僅使得那座橋頭堡被燒得片甲不留，而且，還使月球變得在至少一千萬年之內都不適合人類登陸並從事研究的工作。

此外，在交戰當中，有一發飛彈雖然沒有擊中月球，但卻誤打誤撞地擊中載有一五六七一名火星皇家突擊隊員的太空船隊，這使得所有的火星皇家突擊隊全部被殲滅。

火星皇家突擊隊員身上穿著光滑的黑色制服，腳上穿著釘鞋，鞋子周圍還綁著如鋸齒般的刀子。至於他們身上的徽章則是一個骷髏頭下有兩根交叉的大腿骨。

他們的座右銘是：「通往星空之路困難叢生」❸。這跟銀河太陽系地球美國德州的座右銘是一樣的。

然後，有一段總共三十二天的暫停期，火星軍隊裡的主要攻擊部隊就利用這段期間從火星飛到地球。此一主要攻擊部隊包括八一九三三名士兵以及二三二一艘太空船。除了火星皇

❸原文為拉丁文：Per aspera ad astra。

家突擊隊之外，每一個火星軍事單位都派出最精良的士兵加入那個主要攻擊部隊裡。地球上的人類根本用不著猜測那批精良的火星主要攻擊部隊何時會抵達地球，因為，位於地球的火星廣播單位在還沒有被熱核彈摧毀前，曾經對地球宣佈，火星強大的攻擊部隊在三十二天之內一定會降落在地球上。

三十二天四小時十五分鐘之後，火星主力攻擊部隊已經飛進了熱核彈的有效射程範圍之內。根據官方的統計，地球對火星主力攻擊部隊總共發射了大約二五四二六七○發飛彈。任何一個能對那些熱核飛彈發射後的強大威力加以描述的人，一定不會對所發射的熱核飛彈總數感到重要。當那些熱核飛彈全部發射完畢之後，地球上面的天空由湛藍色變成燒焦的橘色。那種燒焦的橘色經過了一年半的時間才又回復到原來的湛藍色。

在火星主力攻擊部隊方面，只有七六一艘太空船和二六六三五名士兵燒倖沒有被熱核彈火網摧毀，而能夠降落到地球表面。

假如那七六一艘太空船都能降落在同一地點的話，那麼船上的士兵們或許還能強力抵擋地球部隊的攻勢。可是，每一艘太空船上的電子導航設備卻有不同的設定。它們將每一艘太空船分別降落在地球表面各個不同的地點上。地球各地都可以看到以班或排或連的單位，要求擁有至少百萬以上人口的國家馬上投降。

有一位身體燒傷、名叫克利帝納‧凱洛的人，僅憑著手上一支雙管步槍，就對整個印度

展開攻擊。雖然那時候並沒有人用無線電來控制他頭顱裡的天線，可是，直到手上的步槍已損壞不能使用之後，他才投降。

十七名火星空降部隊的隊員占領了瑞士巴薩爾地區的肉品市場，而這也是火星主力攻擊部隊唯一致勝的地方。

至於在地球的其他地方，火星部隊甚至還沒來得及固守陣地之前，就立即遭到地球部隊的屠殺。

火星部隊不僅被地球上專業的軍人所屠殺，就連非軍人的地球人在消滅火星部隊方面也大有斬獲。例如在美國佛羅里達州的博卡‧瑞頓戰役裡，賴門‧彼得森太太用她兒子那把點二二來福槍射殺了四名火星步兵攻擊部隊的士兵。當他們所搭乘的太空船在她家的後院降落並魚貫走出太空船時，她拿著手上的來福槍，一個接著一個地瞄準後加以射殺。

戰爭結束之後，美國政府還致贈國會榮譽勳章給賴門‧彼得森太太。

附帶說明的是，攻擊博卡‧瑞頓地區的火星部隊正是老表和寶哲那一連的士兵。由於他們的真正指揮官寶哲並沒有用無線電來操控他們，這使得他們打起仗來有氣無力。

當美國的部隊抵達博卡‧瑞頓準備和火星部隊決戰的時候，已經沒有任何敵人可以對決了。當地的居民臉上露出興奮和驕傲的神情，因為，他們已經運用自己的力量把敵人消滅殆盡。二十三名火星人被吊死在商業區的路燈柱上；十一名被射殺；另外有一位，也就是布萊

克曼士官長，則嚴重受傷且被俘虜關在監獄裡。

總計攻擊博卡‧瑞頓地區的火星人共有三十五名。

「再多派一些火星人來，」博卡‧瑞頓的市長羅斯‧麥克史旺說。

羅斯‧麥克史旺後來還成為美國的參議員。

除了在瑞士巴薩爾地區的肉品市場裡狂歡作樂的火星海軍陸戰隊空降部隊的隊員之外，地球表面上各地的火星人都已被殲滅。在肉品市場裡的火星陸戰隊空降部隊員從揚聲器的廣播中得知──他們是處在一個毫無希望的狀況中；頭頂上空有成群的轟炸飛機在虎視眈眈地監視著；附近的街道上都停滿了坦克車和高聲談笑的步兵士兵；而且，肉品市場的前面，還排列著一排為數可供五十個砲台使用的砲彈。地球的部隊命令他們高舉雙手走出來投降，否則肉品市場將被砲彈夷為平地。

接著又是一陣沉寂。

「都是一群瘋子！」陸戰隊空降部隊的真正指揮官大叫地說。

有一艘火星偵察艦艇在距離地球很遠的太空某處向地球廣播──另一波的攻擊即將到來，而且，這次的攻勢比戰爭年鑑裡所記載的任何戰爭都要來得更為猛烈。

地球上的人類聽完之後不禁放聲大笑，不過，他們仍不忘加強戰備。在地球各處，都可以看到不具軍人身分的一般人，歡天喜地勤練他們所使用的小型武器。

很多熱核飛彈從庫房裡被運送到發射台，也有六枚巨大的飛彈已對準火星飛射。其中一枚命中火星，把費比市和火星軍隊的營地夷為平地。另外兩枚則消失在漏斗狀的時間區域裡。至於其他三枚，則成為太空裡被遺棄的飄浮物。

火星被巨大的飛彈擊中並非什麼值得大驚小怪的事。

因為，火星上面已沒有人──連一個人都沒有。

最後一批火星人已搭載太空船在飛往地球的途中。

最後一批火星人分成三波朝著地球而來。

第一波是後備部隊，它是火星最後一批曾受過軍事訓練的部隊，總共有二六一一九人，分別搭乘七二一艘太空船向地球飛來。

在後備部隊後面，相隔半個地球日的則是最近由八六九一二名火星居民所組成的武裝部隊，它們總共搭乘了一七三八艘太空船。他們並沒有穿上制服，只有一次用槍的經驗，而且，也從來沒有接受過使用其他種類武器的訓練。

在民眾武裝部隊後面，相隔半個地球日路程的是由一三九一名婦女及五十二名小孩所組成的非正規軍隊，他們總共搭乘了四十六艘太空船。

而以上就是火星僅存的所有船隻和人員。

火星人自殺的幕後主使者就是溫斯頓‧奈爾斯‧倫法德。

這一場火星人自殺的悲劇所需的資金是由他在土地、有價證券、百老匯演藝業，以及發明等方面投資所得的利潤來贊助的。由於倫法德具有預知未來的能力，因此，要使他的資金快速且大量地累積本來就是一件極為容易的事。

火星國庫的資產都存在瑞士的銀行裡，帳戶上面沒有存款人的姓名，只有一些密碼。

火星在地球的各項投資、採購，以及特務活動等都是由倫法德的老管家蒙克里夫伯爵負責掌理。蒙克里夫在他的管家生涯即將畫上句點之前，被倫法德賞識而成為火星駐地球各項事務的一位鐵面無私且效率極佳的總理。

蒙克里夫的外表仍然沒有多大的改變。

在火星和地球之間的戰爭結束後的兩個星期，蒙克里夫在倫法德大樓管家房間的床上因為年老生理機能的衰退而自然死亡。

火星人之所以對其科技感到自傲並進而發動和地球之間那場自我毀滅的戰爭，其始作俑者應是倫法德在泰坦星的好友沙洛。沙洛是小麥哲倫星系❹行星之一的特拉法馬鐸星❺的信差。沙洛所居住的那個文明，大約已有數百萬個地球年的歷史。而他對於那個文明的科技知識知之甚詳。沙洛自己有一艘太空船。雖然那艘太空船遭到損害，但它仍然是整個太陽系裡有史以來最神奇的一艘太空船。它內部的豪華設備雖然已遭損壞而不堪使用，但仍是火星所有太空船的原始模型。或許沙洛本身並算不上是個優秀的工程師，但至少他能把那艘太空船的各個部分加以測量，並且規劃出設計藍圖以供火星生產相似類型的太空船。

更爲重要的是，沙洛擁有一項最具威力的能量──「變動宇宙的能量」。沙洛很慷慨地把他身上一半的「變動宇宙的能量」捐獻出來，以便協助火星對地球發動那場自殺式的戰爭。

．
．
．

❹ 小麥哲倫星系（Small Magellanic Cloud）爲銀河系的衛星星系之一。

❺ 特拉法馬鐸星（Tralfamado）爲作者虛構的行星。

原來蒙克里夫伯爵利用金錢的力量，以及他深諳那些聰明、有敵意、憤恨不平之人的心理，輕易地就將火星在地球的採購、投資和特務活動管理得有聲有色。

只有這樣的人，才會接受火星的金錢並且甘心聽命火星的指揮。他們不會對任何命令存疑。他們很高興能有機會像窗欄裡的白蟻般按一定的程序工作。

他們的成員來自社會各階層。

沙洛設計建造太空船的藍圖被細分成各種小單元。每一個小單元的零件設計圖，都由蒙克里夫的特務人員分送到世界各地供廠商遵循生產。

廠商們完全不知道生產的那些零件要做什麼用。他們只知道，生產那些零件的利潤相當高。

火星最初一百艘太空船是由蒙克里夫手下的特務分子，在地球各地的祕密倉庫裝配起來的。

那一百艘太空船是在新港由蒙克里夫用倫法德所供給的「變動宇宙的能量」所充電而產生動能。於是，它們就被立即用來從地球載運首批的機器和被招募的人員到達火星，並在那裡建立了費比市。

當費比市被建造完成之後，該城市所需的一切動能都是由沙洛的「變動宇宙的能量」所充分供應。

倫法德早就料到火星在和地球的戰爭當中會吃敗仗，而且，還將是個既愚蠢且可怕的敗仗。由於倫法德具有預知未來的能力，因此，他不但確信敗仗是唯一的結局，而且，也對於這種結局感到滿意。

他希望藉由火星這種大規模且令人難忘的自殺式戰爭，能夠使地球變得更好。

如同在他所著的《火星簡史》裡所說的：「任何想對世界造成巨大改變的人，必須具有能引起別人注意的能力和一股讓別人願意拋頭顱灑熱血的說服力。除此之外，必須在流血之後那段後悔及害怕的期間，引介一種可信的新宗教。」

「地球上每一種領導方式的失敗，」倫法德說：「都是因為缺乏上述三項中的一項而引起的。」

「錯誤的領導方式已經使得太多人無意義地死去！」倫法德說：「讓我們改變另一個方式——由少數具有領導實權的人來為多數人犧牲。」

在火星的社會裡，倫法德確實建立了一個由少數人所領導的社會——而他就是那些少數人的領袖。

......

他具備了足以引起別人注意的能力。

他也具有一股讓別人願意拋頭顱灑熱血的說服力。

在戰爭結束的時候，他也能夠引介一種可信的新宗教。

此外，他也擁有延長隨戰爭結束而來的悔恨及害怕的方法。那些方法就是——用不同的觀點來陳述同一個主題。例如，地球在和火星的戰爭中雖然獲勝，但卻是對手無寸鐵的聖人大肆屠殺之後的結果，而那些手無寸鐵的聖人之所以對地球發動戰爭，其目的就在於對地球上的人類宣揚四海之內皆兄弟的理念。

．．．

那個名叫碧的女子和她的兒子克諾洛一同乘坐太空船，隨著火星對地球最後一波攻勢而抵達地球。他們那一波攻勢非常微弱，全部只有四十六艘太空船。

火星其他的太空艦隊都已遭到毀滅的悲慘命運。

最後一波同時也是最小一波的攻勢被地球上的人類所察知。不過，地球上的人類並沒有對他們發射熱核彈，因爲，已經沒有熱核彈可供發射。

熱核彈早就已經被用完了。

也正因為如此，發動最後一波攻勢的火星人在降落於地球之前並沒有受到攻擊。

看見他們降落的地球人都覺得自己非常幸運，竟然還有火星人可供他們射殺。他們興高

采烈地射殺著，直到最後，才發現他們的目標是手無寸鐵的婦女和小孩。

原先充滿榮耀的戰爭就此結束。

如同倫法德早已規劃的，羞恥之心開始出現了。

‧‧‧

搭載碧和克諾洛以及二十二名婦女的那艘太空船在登陸地球的時候並沒遭到射擊，因

為，它並沒有降落在文明的地區。

它墜毀在巴西亞遜河的熱帶雨林。

只有碧和克諾洛逃過死劫。

克諾洛從廢墟中站起來。他親吻自己的幸運符。

‧‧‧

老表和寶哲也沒有遭到射殺。

當他們按了「開」的按鈕使那艘補給船起飛離開火星之後，一件很奇怪的事情就發生在他們身上。他們原先一直想追上他們所屬的那個連的太空船隊，可是卻永遠無法實現這個願望。

他們甚至沒再遭遇任何一艘太空船。

雖然沒有任何太空船在旁目擊，可是，他們之所以未能趕上自己連隊的太空船的理由非常簡單：老表和寶哲不能到地球去──至少不能立即前往。

由於倫法德早就將自動導航設備設定好，因此，他們所搭乘的那艘補給船將會先把他們帶到水星，然後，再從水星把他們帶到地球。

倫法德並不想讓老表在戰爭中被殺死。

倫法德要老表在某個安全的地方先待兩年。

然後，倫法德將讓老表如奇蹟般地出現在地球。

倫法德保留老表的用意就是要老表在他新宗教的舞台劇裡擔任主角。

. . .
. . .

在太空的老表和寶哲顯得非常地寂寞和困惑。沒有什麼好看和好做的。

「老表，眞是他媽的——」寶哲說，「眞不知道我們連隊的弟兄們都到哪裡去了。」

當他說這句話的時候，他的弟兄們大多已被吊死在博卡‧瑞頓市商業區的路燈桿上。

老表和寶哲所搭乘的那艘補給船上的自動導航裝置除了具有其他各種功能之外，還能夠控制船艙裡的燈光，更奇妙的是，它像地球的白晝和黑夜般，也有類似的明暗循環系統。

補給船上可供閱讀的，只有兩本由太空船機械師留下來的漫畫。他們分別是《特蒂和席爾維斯特》——內容描寫一隻小鳥使一隻貓抓狂的故事，以及《可憐的人》——內容有關一個人從一位對他很友善的教士那兒偷拿金燭臺的故事。

「老表，那個人爲什麼要偷那些金燭臺呢?」寶哲說。

「去他的，我根本不想知道，」老表說。「去他的，我一點也不在乎。」

補給船上的自動導航設備剛剛才把船艙的燈關掉，也就是說，它認爲此刻在補給船裡應該是夜晚。

「你是不是對於什麼事都不在乎了?」寶哲在漆黑的船艙裡說。

「你說得一點也沒錯，」老表說，「我甚至不在乎你口袋裡的那個東西。」

「我口袋裡的東西?」寶哲說。

「一種用來傷害別人的東西，」老表說，「只要用那個東西，你就可以爲所欲爲地要人

們替你作任何事。」

老表在黑暗中先是聽到寶哲的嘀咕聲，然後又輕聲地呻吟著。他知道，寶哲才剛按了他口袋裡那個東西上面的某個按鈕，而按了那個按鈕的目的是要把老表擊昏。

老表並沒有出聲。

「老表？」寶哲說。

「什麼事？」寶哲說。

「老兄，你**還在**嗎？」老表說。

「我能到哪裡去呢？」老表說，「你認為你騙得了我嗎？」

「老兄，你還好吧？」寶哲說。

「老弟，我真是好得不得了呢！」老表說，「老弟，昨天晚上，趁你在熟睡的時候，我把你口袋裡的那個東西拿出來。在打開它之後，我把裡面的東西扯掉，並且塞滿了衛生紙。老弟，現在我正坐在我的行軍床上，我的步槍不僅裝滿了子彈，而且槍口還對準著你。老弟，我倒要看看你究竟還能耍出什麼把戲？」

‧‧‧

在地球和火星交戰當中，倫法德曾經在地球的新港顯形兩次──其中一次在戰爭不久之後就開始，不過當天就立即結束。那個時候，他和他的狗並沒有展現出任何宗教的意味。他們只不過是吸引觀光客的焦點而已。

倫法德的房產已經抵押給從事演藝業策劃的馬林‧賴普。賴普對每一位前來參觀顯形的遊客收取一美元的門票。

除了倫法德和卡薩可的出現以及消失之外，其實並沒有什麼可看之處。他會坐在位於樓梯下面史家蒙克里夫的耳邊低聲細語之外，並沒有對任何人說任何一句話。倫法德除了在管基普博物館的房間裡彎著身子靜靜地沉思。他也會用一隻手遮住雙眼，並且用另外一隻手攬著卡薩可的脖子。

倫法德和卡薩可被當成幽靈來宣傳及吸引遊客。

在那間小房間窗戶的外面設立了一個鷹架，而且，通往走道的門也被移開。參觀的遊客可以分成兩排陸續湧進，以便觀看那個住在漏斗狀時間區域的男子和他的狗。

「各位，看來他今天大概不太想說話，」馬林‧賴普每次都會這麼說，「你們務必體認，他所要思考的事情很多。各位，他並不只是在從太陽到參宿四星的整個路上。」

直到戰爭的最後一天，所有的動作和聲音都是由馬林‧賴普製造出來的。在戰爭的最後

一天，賴普說：「在歷史上這麼偉大的一天，各位能夠到這裡來觀看這個極具文化、教育和科學功能的展覽，相信對各位來說都是具有深遠意義的。」

「假如這個幽靈講話的話，」賴普說，「那他一定會告訴我們過去和未來一些神奇的事，他也會告訴我們一些發生在宇宙裡不可思議的事。我衷心的盼望，當他認為時機成熟，決定要將他所知道的都告訴我們的時候，你們當中有一些比較幸運的人能有機會恭逢其盛。」

「時機已經成熟，」倫法德用低沉混濁的聲音說。

「時機已經熟透了，」溫斯頓・奈爾斯・倫法德說。

「今天，這一場戰爭之所以能夠如此光榮結束，主要是因為許多聖人光榮地犧牲性命的緣故。那些聖人和你們一樣，也都是地球的人類。他們跑到火星去，然後又對地球發動這場明知不可為而為的聖戰。他們一點也不後悔戰死在沙場上，因為，他們作戰的目的就是希望地球上的人類能夠成為一個快樂、友愛，及驕傲的民族。

倫法德接著又說：「他們從容就義之前，並不希望自己死後能夠上天堂，而是希望地球上的人類能夠如同手足般永遠和樂地相處。」

「由於他們是那麼渴望地能實現這個願望，」倫法德又說，「因此，今天我給你們帶來了新宗教的福音，我相信，它一定能打動世界上每一個角落的人心，使他們樂意接受這個新

宗教。」

「國與國之間的界線，」倫法德說，「將會消失。」

「對於戰爭的慾求，」倫法德說，「將不復存在。」

「所有的嫉妒、恐懼，以及仇恨都將不復存在，」倫法德說。

「新宗教的名稱，」倫法德說，「中立的上帝教會。」

「那個教會的旗幟是由藍色和金色所組成，」倫法德說。以下這三字將會被寫在那個藍色底金色英文字母的旗幟上：**看顧人的人，全能的上帝也將看顧他**。

倫法德又說：「這個新宗教兩個主要的教義是：微不足道的人並不能幫助或取悅全能的上帝，而運氣也不是上帝所慣用的手法。」

「為什麼你們應該信仰這個宗教而不信仰其他的宗教呢？」倫法德說，「因為，只有身為這個宗教領袖的人才能夠創造奇蹟，這是其他宗教領袖望塵莫及的。我能創造什麼奇蹟呢？我能夠準確無誤地預知未來發生的事情。」

於是，倫法德就很詳細地把未來即將發生的五十件事情一一加以說明。在場的人員也小心翼翼地把他所預知的事記載下來。

無庸置疑地，那些事情最後都一一地發生——而且如倫法德所預言的，都翔實地發生。

「或許，這個新宗教的教義初聽之下似乎有些難懂且令人困惑，」倫法德說。「可是，

經過時間的考驗之後，它們將會如水晶般清楚地呈現出來。」

「由於教義的開頭相當令人困惑，」倫法德說，「因此我現在要講一則寓言給你們聽。」

「很久以前，一切事物都由運氣所安排。有一天，在運氣的安排之下，一個名叫馬拉吉·坎斯坦特的小孩誕生在地球上最富有的家庭。就在他誕生的同一天裡，在運氣的安排之下，也發生了下列的事情：一位雙眼失明的祖母在水泥樓梯前踩到一個輪式溜冰鞋；一個警察的馬踩到一個街頭手風琴演奏者的猴子；一個假釋的銀行搶犯在他所住閣樓的皮箱裡發現了一張價值九百美元的郵票。現在我要請教各位——運氣真的是上帝所慣用的手法嗎？」

倫法德把他那根已呈半透明的食指豎起來。「各位信徒，下次當我再度和你們相遇的時候，」他說，「我將會告訴你們一則寓言，內容大致是一些人自認為做了全能的上帝所希望他們做的事。為了使他們對於那則寓言的背景有所了解，在這段期間，你們應盡可能地搜集並閱讀有關於西班牙宗教法庭的資料。」

「下次當我們再度見面的時候，」倫法德說，「我會帶一本經過修改以適合當今時代潮流的聖經給你們。此外，我還會帶一本《火星簡史》給你們。在那本書裡，記載了一群聖人為了使世界上的人類能如同手足般相處在一起而不惜犧牲性命的真實故事。那一本《火星簡史》一定會使每一個有良知的人類在閱讀後都傷心不已。」

倫法德和他的狗突然消失了。

‧
‧
‧

從火星起飛，搭載著老表和寶哲準備飛往水星的那艘太空船上的全自動導航設備設定現

在船艙裡又是白天。

那是老表告訴寶哲他口袋裡那個東西再也不能傷人的那個夜晚過後的清晨。

老表坐在他的行軍床上酣睡著。他那支裝滿子彈的毛瑟槍擱放在膝蓋上。

寶哲沒有睡著。他躺在老表對面的那張行軍床上。寶哲甚至沒有閉過眼睛。現在，假如

他有意的話，隨時都可以很輕易地解除老表的武裝並且將他殺死。

不過，經過一番深思熟慮之後，他需要一位友伴，而不需要一個能聽命於他的工具。更

何況，經過那個夜晚之後，他也不很確定想要命令人們做些什麼事。

他突然領悟到，不再寂寞及不再害怕是人生最重要的兩件事。一個真正的好朋友可以提

供無限的協助。

船艙裡充滿了一種奇怪且沙啞的咳嗽聲。那是笑聲。是寶哲的笑聲。那種聲音之所以那

麼奇怪，主要是因為寶哲從來沒有用那麼奇特的方式笑過。他也從來沒有對他現在所笑的東

西笑過。

他正對著他所處的狼狽情況大聲地嘲笑著——他嘲笑過去在軍中生活裡他自認為對於每件發生的事都能瞭若指掌，而每件發生的事也都很好沒有任何差錯。

他也嘲笑自己是那麼無知，以至於被人利用。

「老兄，我真的不知道我們在太空做什麼？」他大聲地說，「我們穿著這些衣服做什麼？我們為什麼會爬到這個錫罐裡？為什麼當我們抵達目的地的時候必須射殺別人，而為什麼別人也必須射殺我們？為什麼？」寶哲說。「老兄，」他又說，「你能不能告訴我為什麼？」

老表醒過來，並且把他的毛瑟槍口對著寶哲搖晃著。

寶哲又繼續大笑著。他從口袋裡拿出控制盒，並且重重地把它摔到地板上。「老兄，我不需要它了。」他說。「你儘管把它裡面的東西摔壞，我已經不需要它了。」

然後他大聲吼叫：「我再也**不**需要這種東西了！」

【第八章】 在好萊塢的夜總會裡

哈莫尼安——水星裡唯一為人所知的生物。哈莫尼安是一種居住在洞穴裡的生物。根本很難想像還有比他們更為和藹可親的生物。

——《兒童百科全書》

水星這個行星的響聲很像水晶高腳杯。

它無時無刻不在發出響聲。

水星有一面正對著太陽。而且那一面一直都面對著太陽。那一面是一望無際的白色細沙沙海。

另外一面則面對著無垠的太空。那一面總是面對著無垠的太空。那一面是由淡藍色巨大且嚴寒的水晶石陸塊所形成。

也就是因為燠熱無止境白晝的那一面和嚴寒無止境黑夜的那一面之間的張力，才使水星

不時地發出響聲。

由於水星四周並沒有被大氣所包圍，因此，它所發出的響聲只有經過觸摸才能感覺出來。

水星所發出的響聲相當低沉。它所發出的一種音調很可能持續長達一千個地球年。有些人認為那是各種不同音質的組合——迅速、狂傲、燦爛。或許是如此。

水星的深層洞穴裡住著生物。

由於這些生物是由振動所滋養，因此，水星所發出的響聲對牠們來說就顯得格外重要。

牠們靠機械動能維生。

牠們黏在牠們所居住的洞穴牆上。

如此一來，牠們就能夠食用水星所發出的響聲。

水星深層洞穴的牆壁會發磷光。

洞穴裡的生物呈半透明狀態。當牠們爬到洞穴裡的牆壁並黏在上面的時候，由磷灰岩所組成的牆壁所發出的光芒穿透牠們的身體。不過，牆壁所發出的淡黃色光芒在穿透那些生物的身體之後，就變成鮮明的藍綠色。

大自然真的非常奇妙。

洞穴裡的生物看起來很像沒有骨架的小型風箏。當牠們發育成熟之後，身體呈菱形狀，

長度有一英尺，寬度則爲八英寸。

牠們的厚度和玩具汽球的外殼差不多。

牠們各有四個柔軟的吸吮器，各長在每一個菱形的角上。這些吸吮器使牠們像尺蠖般爬行，黏在牆壁，並且感應出水星發出最佳聲響的地方。

當牠們找到最爲可口的佳餚之後，就會像壁紙般緊貼在牆上。

那些生物的身上並不需要循環系統。由於身體相當薄，這使得牠們體內的細胞能不經由任何的媒介物，就能感應到水星所發出的響聲而隨之震動。

這些生物並不排泄。

這些生物藉由薄片剝落的方式繁殖。當此種幼小的生物從父母親身上掉落的時候，幾乎和頭皮屑沒有兩樣。

這種生物只有單性。

這種生物的每一個體讓自己身體上面的薄片剝落下來，而牠們和其他個體所剝落的薄片並無二致。

這種生物並無幼兒期。每一薄片在剝落三個地球小時之後，自己也開始剝落薄片。牠們並不像其他的生物，在完全發育成熟之後，就開始退化，然後死亡。牠們在完全發育成熟之後就一直維持著最佳生理狀態，也就是說，只要水星持續地發出響聲，牠們就不會

退化也不會死亡。

這種生物的某一個體不可能會去傷害另外一個個體，其實，也沒有傷害另一個體的動機。

飢餓、猜忌、野心、恐懼、憤怒、宗教和性慾在牠們當中根本不可能出現。

這種生物只有一種感官——觸覺。

牠們有非常微弱的心電感應能力。牠們所能傳送和接收的訊息幾乎和水星所發出的聲響一樣地單調。牠們只可能發出兩種訊息——第一種訊息是對於第二種訊息的自動反應，而第二種訊息則是對於第一種訊息的自動反應。

第一種訊息是：**我在這裡，我在這裡**。

第二種訊息是：**很高興你在這裡，很高興你在這裡，很高興你在這裡**。

這種生物最後還具有一種沒有實用價值的特性尚未被說明：這種生物似乎很喜歡將牠們自己以非常醒目的方式排列在由磷灰岩所組成的牆壁上。

雖然這種生物對於任何人的注視顯得冷漠及毫無知覺，不過牠們還是經常地自我排列，以便呈現出一種由帶有令人頭暈目眩的淡黃和鮮明藍綠色的菱狀物所排列而成的醒目形狀。至於藍綠色則是由牆壁所發出的顏色穿透這種生物的身體而形成的淡黃色來自於洞穴的牆壁。至於藍綠色則是由牆壁所發出的顏色穿透這種生物的身體而形成的。

由於這種生物不僅熱愛音樂，而且還樂意為了呈現美感而自我排列，這使得地球上的人類給牠們取了一個很可愛的名字。

牠們被稱為哈莫尼安❶。

．．．

從火星乘坐太空船出發的老表和寶哲，終於在七十九個地球日之後降落在水星面對無垠太空黑暗的那一面。他們並不知道所降落的星球就是水星。

他們認為太陽系實在是巨大得可怕──

可是，他們並沒有因此認為所降落的地方不是地球。

在太空船緊急減速的期間他們暫時失去了知覺。不過現在，他們都已再度恢復了知覺──而且還被一種冷漠卻又可愛的景象所吸引。

對於老表和寶哲來說，好像他們所搭乘的太空船正緩慢地降落在頂端有探照燈的眾多摩天大樓當中。

❶ 哈莫尼安的原文是harmoniums，由harmony和諧和ium金素元素的字尾所組成。

【第八章】在好萊塢的夜總會裡

「沒有聽到任何槍擊的聲音，」寶哲說：「要不是戰爭已經結束，就是戰爭根本還沒有開始。」

那些令他們神魂顛倒的燈光並不是由探照燈所發出，而是由介於火星明亮的一面和黑暗的一面當中的巨大水晶所發出的。太陽的光線照在水晶上，分成炫爛的彩色，轉折到暗處的水晶，再傳到其他的水晶。

不過，由水晶所折射或傳射的光線的確很容易使人誤以為是由高度文明所研發之探照燈所放射出來的光芒。此外，那些巨大美麗的淡藍色水晶林也很容易使人誤以為是摩天大樓。

站立在一個汽門前面的老表靜靜地落淚。他為了愛、家庭、友誼、真理，以及文明而落淚。由於他的記憶力只能容納一些片斷且印象深刻的面孔和事件，因此，他所為之落淚的，都是極為抽象的事物。一些人的姓名在他的腦中斷斷續續地出現……史東尼‧史蒂文生，一個朋友……碧，……一個妻子……克諾洛，……一個兒子……老表，一個父親……

當他的腦中閃出馬拉吉……坎斯坦特這個名字的時候，他不知道接下來要賦予他什麼身分。

老表陷入一種漠然的幻想，一種對於建造這些頂端有探照燈的摩天大樓之人們的漠然敬佩。毫無疑問地，在這裡，那些他已記不起臉龐的家人和朋友，以及說不出具體名稱的希望都能興盛起來，像是──

突然間出現的興盛景象使得老表感到相當地困惑。

他幻想有一座引人注目的噴泉，由上而下地由直徑依次增長的碗狀物所形成的圓錐狀噴泉。它無法噴出任何泉水。它是座乾涸的噴泉，很多碗狀物裡都可發現鳥巢的遺跡。

噴泉的景象消去了。

再度地，老表幻想有三個絕世美女。她們示意他把手上那把毛瑟步槍放下。

「老兄！」寶哲說，「每個人都睡著了。」——不過他不會睡得太久！」他不斷地喃喃自語，雙眼閃閃發光。「當年長的寶哲和年長的老表進城的時候，」他說，「每個人都會醒來，而且會不睡覺地醒著好幾個星期！」

太空船被全自動導航系統巧妙地掌握著。這套系統正焦急地對著自己講話——不斷循環地發出搭搭、嗡嗡，以及呼呼的聲音。它正在感應及避免船身兩側遭到危險，同時，它也在找尋一個理想的降落地點。

全自動航裝置的設計師當初在建造此設備的時候心中只有一個想法——替它所載送的軍隊和武器裝備找尋避難的處所。這個全自動導航裝置將會把軍隊和武器裝備載送到它所能發現最爲深層的洞穴裡。目的是，它能夠在激烈無情的砲火中著陸。

經過二十個地球分鐘之後，這個全自動的導航裝置仍然只對著自己喃喃自語，似乎一直在找尋更多東西來談論。

【第八章】在好萊塢的夜總會裡

而他們所搭乘的那艘太空船依然快速地下降。

太空船外面那些看起來很像摩天大樓及探照燈的東西已經看不見了。唯一所能看見的只是一片漆黑。

太空船裡面則是寂靜得只有儀器運轉的聲音。老表和寶哲已察覺到他們將面臨到什麼遭遇，可是卻又說不出口。

他們發覺自己可能被活活地埋起來。

那艘太空船突然向一邊傾斜，把老表和寶哲摔到太空船艙的地板上。

經過激烈的晃動之後，終於獲得紓解。

「到家了，」寶哲大叫地說，「歡迎回家！」

然後，如同落葉般恐怖的掉落感覺又再度地出現。

經過二十個地球分鐘之後，那艘太空船仍然持續地下降著，不過，速度已稍微減緩。

但是，它左右搖晃的次數卻增加了。

為了保護自己不因太空船左右搖晃而受到傷害，老表和寶哲都各自躺在行軍床上。他們的臉部朝下，雙手緊抓著支撐行軍床的鐵管。

為了使他們更有大難臨頭的感覺，自動導航裝置設定船艙裡現在是夜晚。

從圓蓋引擎室裡傳來一陣陣激烈磨擦的聲音，使得老表和寶哲被覆蓋在枕頭下面的眼睛

不得不睜開並朝著舷窗凝視。船艙外現在有一道淡黃色的光線。

老表和寶哲很興奮地大叫起來。他們立即朝著舷窗的方向跑，想一探究竟，可是，當他們抵達舷窗前的時候，太空船正好也才剛解脫一個障礙物的束縛，又再度往下降落，因此，他們兩人又被摔到地板上。

經過一個地球分鐘之後，下降終於停止。

全自動導航裝置發出了一個輕微的卡搭聲。由於它已經如同指示地完成把貨物和人員從火星安全運抵水星的任務，因此現在它已自動地關閉。

它把所載運的人員和貨物運抵位於水星地表一百二十六英里下面的地板上。它在彎曲的隧道中一路地往下墜落，直到無法再往下降落時才停止。

寶哲最先抵達舷窗，因此也最先看到由黏貼在牆壁上的哈莫尼安形成的諸多淡黃及藍綠色的菱狀物。

「老表！」寶哲說，「我的天哪，我想我們一定是降落在好萊塢一家夜總會！」

這時，史基里曼呼吸技巧又重現在他們眼前，使得接下來將要發生什麼似乎都已了然於心。待在加壓船艙裡的老表和寶哲一直都由小腸裡的氧氣丸而獲得呼吸所需的氧氣。不過，由於是待在一個加壓的環境裡，因此他們就用不著塞住耳朵和鼻孔，也用不著緊閉著嘴巴。只有在真空或有毒的環境裡才需要這麼做。

寶哲對太空船外的第一個印象直覺地就認為那一定是他過去的出生和居住地——地球的環境。

事實上，太空船外除了真空什麼也沒有。

由於寶哲被太空船外閃爍著淡黃及藍綠色燈光的景象所吸引，因而不假思索地就用力地把內部門和外部門的氣閥打開。

他做出這個舉動之後，使得船艙內加壓的空氣和船艙外真空因接觸而發生爆炸。

雖然他立即把內部門關上，可是卻已經來不及。他和老表都已因張口大叫而內出血。

他們昏倒了。體內的呼吸系統大量地出血。

幸好太空船內一個全自動的緊急事件應變系統在察覺另一個爆炸之後，馬上將船艙的壓力恢復到原來的狀況。

「我的媽呀！」寶哲醒來，心情緩和後說，「這裡不是地球，應該是地獄才對。」

老表和寶哲並沒有因此嚇得驚惶失措。

他們藉助食物、休息、飲水、以及氧氣丸來補充體力。

此外，他們把耳朵和鼻孔都塞緊，也緊閉著嘴巴，並且，還對太空船周邊的環境審視一番。最後，他們獲得以下的結論——這個既深且彎曲的隧道不僅永無止境而且還沒有任何供人呼吸的氧氣，因此絕對不可能適合任何人類居住。

他們也注意到有許多哈莫尼安黏貼在洞穴的牆上，可是，這種生物的存在對他們來說似乎產生不了任何正面的意義。牠們看起來似乎非常恐怖。

老表和寶哲心裡極不願意相信他們是處於這樣一個地方。他們更不願相信那些哈莫尼安所製造出來的光芒能使他們毫不恐懼。

他們回到太空船裡。

「看起來似乎有些錯誤，」寶哲鎮定地說。「我們一直墜落到離地表很深遠的地方。我們必須往上飛回有很多巨大建築物的地方。老表，說實在的，我認為我們降落的地方很可能不是地球。就像我剛才所說的，似乎有些錯誤，因此我們必須問住在那些巨大建築物裡的人，我們到底是在什麼地方。」

「好吧，就依你所說的，」老表說。他用舌頭舐著雙唇。

「只要把那個貼有『開』的按鈕輕輕一按，」寶哲說，「那我們就會像小鳥般地飛起來。」

「好吧，」老表說。

「我的意思是說，上面建築物裡的人們或許也不知道這麼深的洞穴裡到底是什麼景象。」

「那當然，」老表說，他的心可以感覺到上面那些巨大石塊的壓力。他可以感覺到他們

或許我們所發現的景象能夠讓他們大吃一驚。」

所處的困境。不論是四周或頂端，都有很多大通道和小通道。而那些小通道又細分成許多錯綜複雜的小網路，其中有些甚至比人類的毛孔還小。

老表的心裡覺得這些至少有一千條以上的通道和網路並沒有一條可以通往地面。而事實上也真的是這樣。

由於太空船的底部裝有非常靈敏的感應器，因此，在下降的時候，即使路程多麼地彎曲複雜，也都能夠順利安全地著陸。

不過，當太空船要往上飛行時，全自動導航系統卻有一個先天設計上的缺失。設計師當初在設計和建造太空船的時候從來沒有想到升空飛行會遇到什麼困難。畢竟，所有的火星太空船都是從火星上一片毫無任何阻礙物的平坦地面起飛，並且，在飛抵地球之後就會遭到丟棄不用的命運。正因為如此，太空船上根本就沒有能夠測知其頂端危險物的感應器。

「再見了，古老的洞穴，」寶哲說。

於是，老表不經意地按下「開」的按鈕。

太空船上的全自動導航系統發出嗡嗡的聲音。

經過十個地球秒鐘之後，全自動導航系統已熱身完畢。

那艘太空船輕鬆地飛離洞穴的地面。當它緩慢地往上飛的時候，它的邊緣因和牆壁摩擦而產生撕裂的尖銳聲。然後，它的圓蓋汽室又撞擊到頂端牆壁的突出物，它往後退一些，接

著，圓蓋汽室又再度撞擊到突出物，又再往後退一些，又再擦撞到突出物，然後又往上飛行。接著，又再聽到尖銳的摩擦聲——這次船身四處都遭到摩擦。

往上飛的行動至此完全停止。

那艘太空船被嵌在堅硬的岩石裡。

全自動導航裝置發出嗚嗚叫的聲音。

船艙的地板上冒出一些芥末色的煙狀物。

全自動導航裝置不再發出嗚嗚叫的聲音。

它的熱度過高。而熱度過高也正是太空船脫離困境的前兆。它必須費事地進行這項脫困的工作——鋼鐵部分發出吱吱的響聲，鉸釘則像步槍發射般發出咔喳聲。

最後這艘太空船終於沒有任何束縛了。

那艘太空船往下掉落到洞穴的地面上，著地時還發出轟然巨響。

那個全自動導航系統已自動地把自己關掉。

老表又再度按「開」的按鈕。

那艘太空船又盲目地往上飛撞到岩石的突出物，於是再度撤退到地面上並自動地關掉推動器。

這樣的情形重複了十幾次，直到他們很明顯地了解，若持續這麼做，將使太空船撞成碎

片，於是才停止不再嘗試。這個時候，太空船的外殼已被撞得不成樣子。

當太空船第十二次降落在洞穴地板時，老表和寶哲已經完全崩潰。他們大聲痛哭。

「老表，我們死定了，我們死定了！」寶哲說。

「我記憶中我未曾活過，」老表斷斷續續地說：「原先我還以為我終會在某個地方生活下來。」

老表走到其中一個舷窗前面，雙眼不停流淚地看著外面。

他看見最靠近那個舷窗的牆壁上，有由哈莫尼安排列成的淡黃藍綠色英文字母「T」。

對於這些沒有頭腦的生物來說，或許只是無意間胡亂地排列成「T」的字母。不過，接著老表又看到「T」的前面有「S」的字母，而在「S」的前面又有「E」的字母。

老表把頭移到一邊並且緊貼著舷窗。這樣的舉動使他能夠清楚地看到約一百碼緊貼著哈莫尼安的牆壁。

老表很驚訝地發覺那些哈莫尼安正以排列出令人目眩的字母來傳達某種訊息。

這個以淡黃色為底，藍綠色所框成的訊息如下：

IT'S AN INTELLIGENCE TEST!

（這是一個智力測驗！）

【第九章】 未解的難題

最初，上帝變成天空和大地……然後上帝說：「讓我成為白天」，祂就變成白天。

——溫斯頓‧奈爾斯‧倫法德定的《聖經》修訂本

若想要可口的茶點，不妨試試由哈莫尼安捲成內含鬆軟白乾酪的捲餅。

——《碧翠絲‧倫法德的銀河系食譜》

若從他們靈魂的觀點來看，火星烈士並不是在攻擊地球的時候死亡，而是在被招募成火星戰爭機器時就已死亡。

——溫斯頓‧奈爾斯‧倫法德所著《火星簡史》

我發現了一個行善而不會造成任何傷害的地方。

——莎拉‧荷恩‧坎貝所著《在水星的老表和寶哲》裡寶哲的談話。

由溫斯頓‧奈爾斯‧倫法德定的聖經修訂本是最近最暢銷的書。假碧翠絲‧倫法德之名出版的《碧翠絲‧倫法德的銀河系食譜》則是第二暢銷書。溫斯頓‧奈爾斯‧倫法德所著《火星簡史》是第三暢銷書。而由莎拉‧荷恩‧坎貝所寫的兒童讀物《在水星的老表和寶哲》則是第四暢銷書籍。

在那本書的封面上，印著出版商對於坎貝太太的著作之所以成功的分析：「有哪個小孩不喜歡在一艘裝滿漢堡、熱狗、番茄醬、運動器材，以及汽水的遇難太空船上呢？」

法蘭克‧米諾特博士在他的著作《成人像哈莫尼安嗎？》一書中對於孩童為何那麼喜歡那本書有較為負面的看法。「我們是否認為，」他問，「當老表和寶哲正經八百且畢恭畢敬地和那些事實上是卑下、冷漠，及乏味的生物打交道的時候，他們和孩童每天從遊戲中所獲得的經驗是否非常相似呢？」米諾特先在人類的父母和哈莫尼安之間相互比較之後，又談到老表和寶哲及哈莫尼安之間的交易關係。在長達三個地球年的時間之內，哈莫尼安每隔十四個地球日就會替老表和寶哲拼出新的充滿希望的訊息或充滿玄機的嘲諷語。

其實，那些訊息都是溫斯頓‧奈爾斯‧倫法德每隔十四個地球日在水星短暫顯形時所寫上去的。他把牆上的一些哈莫尼安撕下來，又把其他的貼上去，因此就形成了英文書寫體的大寫字母。

在坎貝太太的故事中，作者所給的第一個暗示，是在倫法德不時出現在洞穴附近的那段

泰坦星的海妖

描述。而這和故事中最後一景——老表在塵土中發現一條大狗的足跡——非常類似。

假如是由一個成人對著一個孩子大聲唸這個故事，那當他唸到故事這個情節時，一定會以略帶沙啞的語氣問那個小孩，「那條狗是誰？」

那條狗是卡薩可。牠是曾經和溫斯頓・奈爾斯・倫法德一同前往漏斗狀時間區域的那條狗。

．．．

老表和寶哲在水星總共待了三個地球年，直到老表在一個洞穴入口處的地板上發現卡薩可的足跡之後，情況才有所改變。在這三個地球年期間，水星總共帶著老表和寶哲繞著太陽轉了十二又二分之一次。

老表在距離那艘外表早已不成形的太空船六英里的地方發現了卡薩可的足跡。老表和寶哲早已不住在那艘太空船裡。那艘太空船只被老表和寶哲當做補給基地，他們每隔大約一個地球月的期間，就會回到那艘太空船上拿取所需的食物。

老表和寶哲很少相遇。他們各自以不同的方式繞著圈子移動。

寶哲所繞的圈子很小。他的住所相當固定而且內部相當豪華，它和那艘太空船位於同一

水平面。住所和那艘太空船只有四分之一英里的距離。

老表移動所繞的圈子不僅很大而且幾乎是無休止的。他並沒有屬於自己的住所。當他移動的時候身上的行李不多，但所經過的路途相當長遠，他一直地往上爬，直到全身凍得無法忍受的時候才停下來。寒氣足以使老表停下來的地方也使得哈莫尼安被迫停下來。在老表所曾經過的較高水平面上，哈莫尼安的數量不像太空船殘骸附近那麼多。

寶哲所住的地方水平面較低，因此哈莫尼安的數量不僅很多，而且也成長得相當快速。

寶哲和老表在一同居住於太空船達一個地球年之後就分離了。在那生活在一起的日子裡，他們終於清楚地了解到，除非某人或某種東西前來援救，否則他們根本就無法逃脫。

雖然洞穴牆壁上的生物一直不斷地拼出訊息，強調老表和寶哲所接受的測驗是適切的，但他們仍然相當清楚，沒有某人或某物的援救，他們是沒有任何逃脫的希望。其實，假如他們多費點心思去思考，假如他們能思考得複雜些，或許他們真的能輕易地脫逃。

思考！哈莫尼安時常傳送出這種訊息。

在老表出現暫時性的精神異常之後，老表和寶哲分開了。老表曾經企圖謀殺寶哲。寶哲走進太空船的時候，後面跟了一個哈莫尼安，牠和任何一個哈莫尼安並無二樣。他對老表說：「老表，你看牠是不是很可愛？」

老表衝上前去用雙手猛按寶哲的頭部。

．．
．

當老表發現狗的足跡時，他身上沒有穿任何衣服。原先他身上所穿的青苔色制服和腳上所穿的黑色長統靴都因為在移動時和磷灰岩磨擦而損壞，最後終於被他丟棄。

當老表看到狗的足跡時，並不感到興奮。當他看見人類最忠實的朋友──狗的足跡時，心中並沒有因而充滿希望的曙光或是想要與之接近的衝動。即使是當他看見狗足跡的旁邊有人類的足跡時，他還是沒有非常興奮的感覺。

老表和他所處的環境相處得不好。他總是認為他所處的環境要不是充滿惡意就是管理不善。於是，他就以他僅有的武器──消極抵抗和公開表示輕蔑──來加以反擊。

對於老表來說，那些足跡似乎是他所處的環境所設計的另一種戲弄他的愚蠢遊戲。他還是會追蹤那些足跡，可是，他會不帶任何興奮之情且懶散地追蹤。他之所以會追蹤，主要是因為目前他沒有什麼計畫中的事要做。

他會追蹤那些足跡。

他想看看它們的終點是哪裡。

他走路的時候搖搖晃晃地。可憐的老表瘦了很多而且也掉了不少頭髮。他老化得相當快

速。他的雙眼相當灼熱，而他的骨架則顯得非常脆弱。

老表在水星的日子裡從來沒有刮過鬍子。當他的頭髮和鬍子的長度長到足以對他造成困擾的時候，他就會用屠刀把它們割短些。

至於寶哲則是每天都刮鬍子。而在每個地球星期裡，他總會選兩個地球日利用從太空船所拿到的一個理髮用小工具盒裡的理髮用品，替自己理頭髮。

比老表小十二歲的寶哲覺得此時是他一生中最快樂的時光。他不僅在水星的洞穴裡胖了很多，而且也獲得不少心靈上的平靜。寶哲所居住的地窖裡有一張行軍床、一張桌子、兩張椅子、一個拳擊訓練用的吊球、一面鏡子、一對啞鈴、一台收錄音機，以及好幾捲共錄有一千一百首歌曲的錄音帶。

寶哲所住的地窖有一扇門，旁邊有一個圓形石頭，只要把門帶上並且用那個圓形石頭頂住那扇門，就可以把他的地窖和外界隔離起來。由於哈莫尼安能夠經由他的心跳聲輕易地找到他，因此需要有那扇門。

假如他睡覺的時候沒有把門關上，那麼，當他睡醒的時候一定會發現自己被數萬隻崇拜他的哈莫尼安所壓制住。恐怕只有當他的心跳停止的時候，那些哈莫尼安才會離開他。

寶哲和老表一樣，身上也沒有穿任何衣服。可是他的雙腳卻還穿著鞋子。他那雙真皮長統靴子確實非常耐磨。沒錯，老表每走五十英里寶哲才走一英里，所以，寶哲所穿的那雙真

皮長統靴絲毫沒有受到磨損，它們看起來跟新鞋子一樣。

寶哲經常擦拭、上蠟，並且擦亮那雙長統靴子。

現在他正在擦亮那雙長統靴。

他所住的地窖的那扇門被一顆圓形石頭頂住。只有四隻他所鍾愛的哈莫尼安在他地窖裡和他做伴。其中兩隻停在他的手臂上。一隻只有三英寸長且尚未發育完成的哈莫尼安，牠是一隻只有三英寸長且尚未發育完成的哈莫尼安。至於第四隻則黏貼在寶哲左手腕上，以他脈搏的跳動聲維生，牠是一隻只有三英寸長且尚未發育完成的哈莫尼安，牠是一隻黏在他的大腿上。

每當寶哲發現他最喜歡的哈莫尼安時，他總是會這麼做──讓牠以他脈搏的跳動聲維生。

「你應該很喜歡這樣，」他在心裡暗自對著那隻幸運的哈莫尼安說。「這種感覺一定很好。」

他的身體從來沒有這麼舒暢的感覺，他的心裡從來沒有這麼舒暢的感覺，他的精神也從來沒有這麼舒暢的感覺。由於老表很喜歡扭曲事情的真相，使得每一個快樂的人在他的扭曲描述之下，都顯得非常愚蠢或瘋狂，因此，寶哲很高興能和老表分開。

「是什麼緣故讓人會**變成**那樣呢？」寶哲在心裡暗自問那隻尚未發育成熟的小哈莫尼安。「在和他所失去的相互比較之下，他認為他還能得到什麼呢？難怪他看起來就是一副有病的樣子。」

寶哲搖搖頭。「我一直努力地嘗試，想讓他對你們產生興趣，可是他只是愈來愈生氣。」

「一點效果也沒有。」

「我實在不知道到底是怎麼一回事，」寶哲心裡想，「可能我不夠聰明，以致無法理解，也希望有人能夠將這種情形解釋給我聽。我所知道的是，有一個比我們聰明的人或事物藉由某些方法來測試我們。而我所能做的，就是表現出友善的態度，並且鎮定自如地讓自己心情愉快，以期待這個測試能早日結束。」

寶哲點點頭。「我的好友，這就是我的哲學，」他對著黏貼在他身上的哈莫尼安說，「和睦相處的緣故。」

「假如我猜得沒錯的話，這也應該是你們的哲學才對。我認為，這也正是我們之所以能如此和睦相處的緣故。」

寶哲正在擦拭的真皮長統靴像紅寶石那麼地發亮。

「老兄，嗯，現在，老兄，老兄，」寶哲自言自語地說，一方面還凝視著像紅寶石的皮靴。當他在擦拭皮靴的時候，他也曾幻想能夠從這兩顆巨大紅寶石當中看到許多事情。

就在這個時候，寶哲注視著其中一顆紅寶石。他看見在火星的閱兵廣場上，老表正用著雙手勒緊和石柱綁在一起的史東尼‧史蒂文生的脖子。這種可怕的景象並不只是偶然出現在他的腦海中而已，它早已在寶哲和老表的關係中形成一條難以磨滅的心理鴻溝。

「不要告訴我**真相**，」寶哲心中回憶著⋯「我也不會告訴你**真相**。」過去他曾經好幾次

如此地對老表懇求。

這個懇求是寶哲自己所捏造的，它的含意是——由於寶哲深愛著那些哈莫尼安，因此他希望老表能好心地不要再把他對於哈莫尼安的看法說出來；至於寶哲也不會把能使老表感到不悅的真相說出來。

老表自己並不知道他曾把自己最要好的朋友史東尼・史蒂文生勒死。老表堅信史東尼現在依然活生生地居住在宇宙的某個地方。老表一直生活在有一天終能和史東尼團聚的夢想中。

呈現在紅寶石中的可怕景象已經消失了。

「是的，上帝。」寶哲心裡如此地說。

黏貼在寶哲左臂上的那隻發育成熟的哈莫尼安蠕動著身體。

「你是不是在要求寶哲開一場音樂會呢？」寶哲在心中問著那個生物。「你的意思是不是這樣？你是不是想說：『寶哲我的老友，我知道，能那麼地靠近你的心臟是一件非常光榮的事情，因此，我實在不想聽到抱怨的聲音。有時候我會不停地想念我那些被擋在門外的朋友，我一直希望牠們也有好的東西可以讓牠們維生。』你是不是想這麼說？」寶哲心想：「你是不是想說…『寶哲老爹，請你為門外那些可憐的朋友們開一場音樂會。』」那是不是你想說的話呢？」

「你實在用不著如此地巴結我，」寶哲微笑地對那隻哈莫尼安說。

黏貼在他手腕上的那隻小哈莫尼安先生是將身軀彎起來，然後又再度地展平。「你有什麼事想要告訴我嗎？」他對著牠問，「你是不是想告訴我：『寶哲叔叔脈搏跳動的次數對於我這樣的一個小孩來說太過於豐盛。寶哲叔叔，請你只要播放一些甜美柔和的音樂給我吃就好。』你是不是想告訴我這些呢？」

寶哲把他的注意力轉移到他的右手臂。那隻哈莫尼安都還沒有移動過。「你是不是天生好靜呢？」寶哲心裡如此地問那個生物。「不要說太多話，但是要有經常思考的習慣。我猜，你一定是在想，寶哲叔叔不經常播放音樂實在有點差勁，是不是？」

黏貼在他左手臂的哈莫尼安又再度地抖動。「你想要說什麼呢？」寶哲心中如此地說。

雖然在他所居住的那個真空的環境裡聲音是無法傳送的，但他還是豎起耳朵，假裝很注意地聆聽。「你是不是想說：『寶哲大爺，能不能請您播放一八一二號序曲？』寶哲起先非常震驚，接著神情又顯得非常地嚴肅。「不要只因為某件事物使你覺得舒暢就認為它一定對你有所助益。」他的心裡如此地說著。

. . .

研究火星戰爭的學者，對倫法德時而周密、時而簡陋的戰前準備，大惑不解。在某些方面，他定的計劃，簡直是不堪一擊。比如說，他配給常備軍的靴子，幾乎和在火星臨時搭建的基地一般偷工減料。建立火星社會的目的，卻是在打地球統一戰爭時，能夠同時自我毀滅。

倫法德個人花了很多時間替老表和寶哲那個連隊的補給船挑選音樂錄音帶。不過，有人認爲，倫法德精心挑選足具代表性的錄音帶並且還放置在補給船上，其目的就是希望它們能被保存達一千個地球年之久。聽說倫法德花在挑選和戰爭沒有多大關連的音樂帶的時間，遠超過他花在砲彈和戰地衛生勤務部署的時間。

如同某位不知名人士所曾說過頗富機智的話語：「火星軍隊抵達地球之前曾連續播放三百個小時的音樂，可是，他們抵達地球後所停留的時間卻無法將小步舞曲從頭到尾聽完。」

其實，倫法德之所以一再強調讓那些音樂帶由火星的連隊補給船運送，其道理非常簡單：倫法德對於優美的音樂幾乎已達到愛不釋手的瘋狂程度。附帶說明的是，倫法德之所以對音樂那麼地如痴如狂，還是在他飛越漏斗狀時間區域之後才開始的。

生長在水星洞穴裡的哈莫尼安也對於優美的音樂如痴如狂。牠們曾經因爲喜好水星所發出響聲中的某個旋律而靠那個旋律維生達數個世紀之久。當寶哲第一次讓牠們嚐到音樂的滋味之後，一些哈莫尼安竟因狂喜而猝死。

死亡的哈莫尼安的屍體起先變得枯萎，經過水星洞穴中淡黃色光芒照射之後，就呈現出橘黃顏色。枯萎的哈莫尼安看起來很像乾枯的杏子。

哈莫尼安第一次接觸音樂的地方是在那艘太空船的船艙裡。那時候那台收錄音機還放在船艙，而寶哲也並沒有事先做播放音樂的安排。由於有些哈莫尼安將身體直接黏貼在船身鋼鐵的地方，播放音樂時，聲音傳震到鋼鐵，使得牠們因狂喜而猝死。

˙˙˙

兩個半地球年後的現在，寶哲已經知道如何播放音樂給哈莫尼安聆聽，又不會使牠們喪命。

寶哲帶著那台收錄音機和預定播放的錄音帶，離開他那個地窖。在外面的走道裡，有兩塊鋁製的熨衣板，底部墊著兩塊墊子。它們相隔六英尺，以鋁棒和青苔纖維織成的帆布相連接。

寶哲把那台收錄音機放在那張帆布的中央，如此一來，就能一再地吸收錄音機播放音樂時的振幅。那些振幅在抵達磷灰岩地板之前必須先穿越那張帆布，然後再穿越鋁棒，接著又穿越鋁製熨衣板，最後才抵達墊在底部的纖維墊子。

這種稀釋作用是一種安全措施，它能確保哈莫尼安不致於因吸取過量音樂的振幅而猝死。

現在，寶哲把音樂卡帶放到收錄音機裡並且把收錄音機打開。在整個音樂會過程當中，寶哲一直站在那些器具旁監視著。他的責任就是使哈莫尼安不要太靠近那些器具。當任何一隻哈莫尼安爬得太靠近的時候，他必須把牠從地板或牆壁撕下來責罵一番之後，再把牠黏貼在一百碼或更遠的地方。

「假如你不理性的話，」他的心裡會對著有勇無謀的哈莫尼安說，「那麼你每一次都會被放在最遠的地方。好好地想一想吧！」

事實上，即使牠們被安置在距離收錄音機一百碼遠的地方仍然有豐富的音樂可以享用。洞穴裡的牆壁其實具有極佳的傳導能力，因此，黏貼在牆上的哈莫尼安即使距離收錄音機好幾英里之遠，也可以經由洞穴的壁石而享用音樂會所發出的振幅。

一直在追蹤足跡的老表即使是在距離很遠的洞穴裡，仍然能夠從哈莫尼安的行為舉止得知寶哲正在舉行音樂會。他已經抵達一個較為溫暖的平面，在那個地方，到處可以發現哈莫尼安一個接一個厚厚地黏貼在牆壁上。受到音樂的影響，哈莫尼安過去黃綠交替的鑽石狀標準外形，已經瓦解退化成凹凸不平的塊狀物、煙火和閃電。

老表把他身上的行李放下，然後躺下來休息。

除了黃色和藍綠色之外，老表夢見其他各種顏色。

接著，他夢見他的好朋友史東尼·史蒂文生在下一個轉彎處等待著他。當他一想到遇見史東尼後將要說的事情，他整個心就充滿了活力。

「多麼搭配的一對呀！」老表自言自語地說。這裡老表是指他和史東尼兩人通力合作的話將是無敵的。

「你知道嗎？」老表很得意地自言自語，「他們不計任何代價，就是想把我們兩人拆散。假如史東尼和老表再度通力合作的話，那他們可就得格外小心了。當史東尼和老表再度通力合作的時候，任何不可能的事情都可能發生，而且通常就是如此。」

老表暗自地輕笑著。

害怕老表和史東尼將再度通力合作的人，正是住在上面那些美麗高大建築物裡的人。這三年來，老表一直對那些建築物做過很多的幻想，他並不知道其實那只是一些堅硬冰冷的高大水晶石塊而已，根本就不是什麼建築物。老表的幻想力使他確信，設計那些測試的人就住在那些建築物裡。他們是老表和寶哲（可能也包括史東尼在內）的獄卒。他們正針對洞穴裡的老表和寶哲做實驗。他們利用哈莫尼安將訊息寫出來。只不過，其實哈莫尼安和訊息並沒有任何關係。

老表當然知道那些事情的真相。

老表也知道許多其他事情的真相。他甚至知道上面那些建築物裡有豪華的家具。那些家具都沒有腳。只是藉由磁力而飄浮在房間裡。

建築物裡面的人從來都用不著工作，也用不著擔憂任何事物。

老表很厭惡他們。

他也很厭惡那些哈莫尼安。他從牆上扯下一隻哈莫尼安，然後把牠撕成兩半。牠馬上枯萎變成橘黃色。

老表用手指把那兩片屍體彈向天花板。而當他往上看著天花板的時候，他看到上面寫著新的訊息。由於音樂的緣故，使得訊息的字母無法很整齊地排列。不過，這並無損於他對訊息的了解。

這個訊息總共使用五個字，告訴老表如何輕鬆快速地逃離洞穴。在花費了三個地球年找尋難題的解答但還是不得要領之後，老表最後不得不承認，難題其實並不難而且也很適切。

老表急忙地在洞穴通道往下跑，直到抵達了寶哲為哈莫尼安而開的音樂會場才停下來。

老表因為獲得了難題的解答而驚訝地張大雙眼。由於在真空的狀態中不能講話，於是他把寶哲拉到太空船裡。

在太空船的船艙裡，老表把意味著得以逃出洞穴的訊息告訴寶哲。

現在，卻輪到寶哲做出冷淡的反應。寶哲對於哈莫尼安的智力曾經大加讚賞，而現在，

在聽到將被從監獄裡釋放出來的時候，寶哲的心態卻多所保留。

「你所獲得的訊息正好可以用來解釋另外一個訊息，」寶哲平穩地說。

「什麼另外一個訊息？」老表不解地問。

「大約四個地球日之前，」寶哲說，「我所住的地窖外牆上出現了『寶哲，不要走』的訊息。等到我再往下看的時候，又出現了『寶哲，我們愛你』的訊息。」

寶哲轉身背對著那些哈莫尼安，他這麼做好像是要避開那些令人無法抗拒之美麗生物的樣子。「我看見那個訊息之後，」寶哲說，「臉上不禁露出笑容。我看了看牆上那些甜美柔順的好朋友，然後我對自己說：『我的好友們，寶哲還能去什麼地方？寶哲還會在這裡待上一段時間！』」

「那是個圈套！」老表說。

「你說那是什麼？」寶哲說。

「一個圈套！」老表說。「一個把我們套在這裡的圈套！」

寶哲前面那張桌子上放著一本名叫《特蒂和席爾維斯特》的漫畫書。寶哲並沒有立刻回答老表的問題。他翻閱著那本已經極為老舊的漫畫書。「希望如此，」他最後說。他大笑著。他認為，假如黏貼在牆上沒頭沒腦的薄膜竟然還能談愛，那這一場惡夢的結尾倒也真夠歇斯底里

了。

寶哲突然抓住老表，並搖動著老表那瘦骨如柴的身軀。「老表，假如你能讓我好好地思考一下牠們是如何地愛我，那我一定會很感激你。」寶哲緊張地請求。「我是說，」他又繼續地說，「你知道的，」他說，「或許這對你來說並沒有多大的意義。我是說——」他說，「你知道的——」他說，「不管怎麼說，並沒有任何人或事物要求你對某項事情表達意見。我的意思是說，」他說，「你知道——」他說，「這些生物和你並無任何關係，因此你用不著喜歡牠們，或了解牠們，或是對牠們表示任何意見。我的意思是說——」寶哲說，「你知道的——」寶哲說，「那個訊息的對象並不是指向你。牠們說牠們所愛的人是我。所以你和那個訊息並沒有任何關係。」

他不再抓住老表之後又轉身注意桌上那本漫畫書。他那寬大、曬成健康膚色，以及肌肉結實的背部使老表大為震驚。自從和寶哲分開各自生活之後，老表一直都自以為在生理方面足以和寶哲互相較量。如今他終於了解那是一個多麼愚蠢的妄想。

寶哲背部的肌肉隨著他手指翻動漫畫書的動作而振動。「你似乎對於圈套那方面的事知道得特別多，」寶哲說，「可是，你又怎麼知道，假如我們逃出洞穴之後，外面不會有某些更為險惡的圈套在等著我們呢？」

在老表還沒來得及回答之前，寶哲突然想到他沒有把那台收錄音機關掉，現在，不僅音

樂仍持續地播放著，而且沒有人在旁監視著。

「竟然沒有人在一旁監督著！」他大叫地說。他離開了老表後匆忙地跑去拯救那些哈莫尼安。

當寶哲離去之後，老表著手擬定把那艘太空船翻轉倒置的計畫，而這就是解決那個難題——如何逃出洞穴——的答案。以下就是那些哈莫尼安在天花板上所拼成的字句：

UNK, TURN SHIP UPSIDE DOWN（老表，把船倒置過來。）

毫無疑問地，把船倒置的理論是相當合理可行的。那艘太空船的感應器裝在船的底部。當船被倒置之後，就能夠利用靈敏的感應器來使它飛出洞穴外，就如同當初沒有倒置時藉著底部靈敏的感應器順利飛進洞穴內，其原理是一樣的。藉由一具自動絞盤和水星裡微弱的地心引力，在寶哲回來之前，那艘太空船已經被他翻轉倒置了。現在，只消把「開」的按鈕按下，那艘被倒置的太空船就會在靈敏的感應器導引之下，順利地飛出洞穴。

雖然事實上太空船是往上飛行，但它的感應器和全自動導航裝置卻認為船是在往下降。

毫無疑問地，太空船將會飛出洞穴外面，不過，它的感應器和全自動導航裝置卻還認為船在飛往洞穴更深的地方。

太空船最後所抵達洞穴最深的地方就是一望無垠的太空。

寶哲走進那艘被翻轉倒置的太空船裡，他的手臂上到處都黏貼著哈莫尼安的屍體。他的身上帶著大約一公升左右類似曬乾杏葉的東西。當然，無可避免地，先前也曾掉落一些哈莫尼安的屍體。而在他企圖彎身撿起來的時候，則又掉落更多。

兩行眼淚如下雨般從他的臉上掉落。

「你看到了嗎？」寶哲很傷心地說。「老表，你看到了嗎？」他說，「你有沒有注意到，當企圖逃走並且忘掉事情的時候，將會發生什麼情況嗎？」

寶哲搖搖頭。「這些只是少數哈莫尼安而已，」他說，「這些只是**少數**哈莫尼安而已。」

他找到一個曾經用來裝糖果的空盒子，把哈莫尼安的屍體放進去。

他站直起身，然後又把雙手放在臀部上。就如同老表曾經被寶哲強健的身體所震驚一樣，老表現在被寶哲的高貴氣質所震驚。

當寶哲把自己整理完畢之後，就好像一個聰明、高尚、憂鬱、皮膚黝黑的海格力斯❶。

相較之下，老表看起來就顯得瘦骨如柴、無所寄託，以及容易發牢騷。

「老表，你來做分配的工作好嗎？」寶哲說。

❶海格力斯（Hercules）是希臘神話中的大力士。

【第九章】未解的難題

「分配?」老表說。

「把氧氣丸、食物、汽水、糖果加以分配,」寶哲說。

「全部都分配嗎?」老表說,「天哪——這些東西足夠我們使用五百個地球年。」他們過去從來沒有談論過分配東西的事情。他們一直都沒有短缺任何東西,也從來就用不著擔心會短缺任何東西。

「你帶一半走,另外一半則留在這裡供我使用,」寶哲說。

「**留在這裡給你使用?**」老表簡直不敢相信地說,「難道——難道你不和我一起走嗎?」寶哲舉起他那巨大的右手,示意老表安靜下來,那是一個偉大的人類所做出來的手勢。

「老表,不要把真相告訴我,」寶哲說,「而我也不會把真相告訴你。」他用手掌擦拭臉上的眼淚。

老表從來就無法漠視寶哲對於不說出真相的懇求。每當寶哲做出這種懇求的時候,他總是覺得有點害怕。他的某部分記憶似乎在告訴他,寶哲並不是在故弄玄虛,相反地,寶哲真的知道有關老表的一個真相,而這個真相若是揭開的話,將會使他完全崩潰。

老表張開嘴巴後又緊閉。

「你來到我這裡並且告訴我那個天大的好消息,」寶哲說。「『寶哲,』你說,『我們將要獲得自由了!』」我聽完之後相當興奮,我就把我手邊的事情放下不管,我很高興終於可以

獲得自由。」

「然後，我一直對著自己說我將要獲得自由，」寶哲說，「然後，我又一直思考，獲得自由之後將會是什麼樣子？最後，我所能看見的就是人們。他們把我推向這裡，又把我推向那裡──可見，這樣還是無法滿足他們，他們變得愈來愈生氣，因為，再也沒有任何事物可以使他們快樂。由於我無法使他們快樂，因此他們不僅對我大發牢騷，而且更加地對我推拉。」

「接著，突然之間，」寶哲說，「我又記起了那些小動物，牠們因為我播放音樂之後，就變得那麼地快樂自如。然後，就只因為寶哲聽到可以獲得自由就興奮地忘記了牠們，使得我發現有好幾千隻哈莫尼安已躺在地上奄奄一息。假如我的心中一直記得我正在做什麼事的話，那牠們是不可能會死去的。」

「然後，我又對著自己說，」寶哲說，「我從來沒有善待過別人，而別人也從來就沒有善待過我，因此，我重獲自由回到人群中做什麼呢？」

「老表，當我回到這裡的時候，我已經知道要對你說什麼了。」寶哲說。

現在，寶哲把它說出來：

「我找到一個能夠使我行善而不會造成任何傷害的地方──就是這個洞穴裡。我知道我對牠們很好，而牠們也知道我對牠們很好。老表，牠們是那麼全心全意地愛我。老表，我終

於找到一個可以讓我安身立命的家。」

「有一天當我在這裡死去的時候，」寶哲說，「我將會對自己說：『寶哲——你使幾萬個生命認為生活是快樂的。你應該知道，從來沒有任何人能散播那麼多歡樂。在整個宇宙裡，你已經沒有任何敵人了。』」寶哲讓自己成為和藹可親的爸爸和媽媽，這是他從來沒有過的經驗。」「現在你可以去睡覺了，」他對著自己說，幻想著自己躺在洞穴裡的一個病榻上。「寶哲，你真是個好孩子。」他說。「晚安。」

【第十章】 充滿奇蹟的年代

至高無上的主，宇宙的創造者，電磁波的靈魂，無限真空的過濾器，火光與岩石的噴出器——我們要怎麼做才能比得上您億萬分之一的好呢？我們要怎麼做才能夠使您對我們感到興趣呢？我們根本就做不到。我們要怎麼做才能夠使您對我們感到興趣呢？我們根本就做不到。噢，世間的人類，讓我們在造物者的冷漠當中展開笑顏吧，因為，這將使我們在最後獲得自由、真理和尊嚴。再也不會有像馬拉吉‧坎斯坦特這樣愚蠢的人會指著一個可笑的偶發事件然後說：『上面有人喜歡我。』再也不會有任何一個獨裁者能夠說：『上帝的意旨就是要這個或那個發生，而任何一個人假如不協助這個或那個發生，就是和上帝作對。』至高無上的主，您的冷漠是項絕佳的武器，因為，我們已經讓這把武器出鞘，拿著它用力地揮砍著，曾經使我們受到束縛或是發狂的嗓頭已經一動也不動地死在地上！

—— 赫納‧李德懷恩牧師

那是個星期二的下午。在北半球正值春季。

地球一片綠意盎然而且雨量充沛。地球的空氣非常適宜呼吸。

降落在地球的雨水非常純淨，可以立即生飲。它的味道有一些辛辣。

地球非常暖和。

地球的表面曾經堆積了很多屍體。死亡越多的地方，土地就越肥沃。

．．．

略帶辛辣味道的雨水降落在曾經埋葬過許多屍體而現在卻是一片綠地之處。雨水降落在一個新世界的鄉村教堂墓地裡。那個教堂的墓地位於美國麻薩諸塞州凱德角的西伯恩史帝伯地區。教堂的墓園裡到處都是光榮戰死者的墳墓。每一個火星人墳墓的旁邊就是地球人的墳墓。

世界上幾乎每一個國家都有埋葬火星人和地球人類的墳墓。同樣地，世界上幾乎每一個國家都曾參與對抗火星人入侵的戰爭。

每個人都受到寬恕。

每一位活著的都是如兄弟般友愛著，而每一個戰死的更親如兄弟。

那麼將諸多墓石包圍在中央好像一隻古代巨鳥的教堂，過去有很多次曾經是長老會、公理會、唯一神教會等教派的教堂，如今則已經成為漠然上帝教會的教堂。

一個看起來相當鹵莽的男子站在教堂墓地裡，很驚訝地發覺到附近的空氣是如此地怡人，雨量是如此地充沛，以及土地是如此地綠意盎然。

他的全身上下幾乎沒有穿任何衣服，他那深藍色的鬍子和頭髮留得很長，不但糾纏在一起，而且其中有些是灰白色的。他身上所穿的唯一一件衣服是由螺旋板和黃銅電線所織成的丁字褲。

那件衣服正好可以遮住他的羞愧。

雨水降落在他那長滿皺紋的臉頰上。他抬起頭來喝著雨水。他把一隻手放在一個墓石上，目的並非倚靠而是去感覺，他非常習慣於摸著石頭的感覺——對於乾燥和粗糙的石頭感受尤其深刻。可是，他已經很久沒有觸摸過潮溼、長著青苔，並且由人類在上面刻上文字的方形石頭。

石頭上寫著一句拉丁文：「為了祖國」。

這個人就是老表。

在去過火星和水星之後，他終於又回到他的家鄉——地球。他所搭乘的那艘太空船自己降落在教堂墓地旁邊的小樹林裡。他是一個把一生都浪費掉的人。

老表已經四十三歲。

若他現在衰老甚或死去其實也不爲過。

他之所以還屹立在人間，主要是因爲他有一個很強烈的願望，而這個願望的感情成分不大，反而機械式的成分居多——**他很強烈地希望能夠和他的伴侶碧、他的兒子克諾洛，以及他最要好且僅有的朋友史東尼·史蒂文生再度團聚。**

．
．
．

在那個下著雨的星期二下午，赫納·李德懷恩牧師站在他的教堂講道壇上。李德懷恩走上講道壇最主要的目的就在於使自己能夠盡可能地快樂。在逆境中他一直無法得到快樂的感受。由於他是一個因能創造奇蹟而極受人尊重的宗師，因此，只有在極爲快樂的情況和氣氛之下，他才會有非常快樂的感覺。

他的教會——漠然上帝教會伯恩史帝伯第一教堂——還有一個小副題：**疲憊太空流浪者的教堂**。這個小副題曾提出以下的預言，以便證實其合理性——有一天，一位孤單的火星軍隊殘兵將會抵達李德懷恩的教堂。

這個教堂早就準備好並且期待著這個奇蹟的出現。在講道壇的後面有一根上面有許多尖

釘的橡木柱子。這根柱子支撐著屋頂巨大的桁，其中一個尖釘上掛了一個鑲有鑽石的掛衣架。上面掛著一套用透明塑膠袋裝著的衣服。

根據預言，那個身心疲憊的太空流浪者將裸露著身體，而塑膠袋裡那件衣服由他穿著起來將非常合身。當初那件衣服就是專門針對他的身材而設計。那是一件由淡黃色經過橡膠處理的布料做成的，完全沒有鈕扣，只有一條拉鍊，當拉起拉鍊之後，衣料和他的身體會相當緊密且貼身。

那件衣服和當今流行的衣服款式大不相同。它是專為此一奇蹟而設計。

在那件衣服的前面和後面各縫了一個約一英尺大的問號。這也正意味著那個太空流浪漢將不會知道自己是誰。

必須等到漠然上帝教會的溫斯頓‧奈爾斯‧倫法德向世人宣佈那位太空流浪漢的名字之後大家才會知道他是誰。

當那位太空流浪漢抵達的時候，李德懷恩必須使勁地搖教堂的鐘。

當教堂的鐘被使勁地搖動而響聲大作的時候，教區的居民將會心醉神迷地把手邊的工作放下，並且大哭大笑地跑到教堂。

西伯恩史帝伯義務消防隊的消防車將會載著坐滿李德懷恩教堂的教徒，前往迎接那個太空流浪漢，他們認為，這樣的迎接方式才顯得盛大壯觀。

位於消防大隊駐紮地上方的火警警鐘也具有傳遞教堂鐘響歡愉聲的作用。火警警鐘響一次意味著草地或林地失火。響兩次意味有房子失火。響三次意味著必須參與緊急救援工作，至於響十次則意味著太空流浪漢已經來了。

．．．

雨水從一個窗戶的窗框裡滲出來。雨水從屋頂一個鬆開的蓋屋板之縫隙裡掉落，形成一條小水柱後，終於掉落在李德懷恩的頭上。雨水先把教堂尖塔的大鐘弄溼後，又順著大鐘的繩子滴下來，使綁在繩子末端的木娃娃也被弄溼，然後，再從木娃娃的腳滴到火石板上，還形成一個小水坑。

那個木娃娃有一個宗教性的象徵。它象徵著一個令人厭惡的生活方式不復存在。它的名字叫**馬拉吉**。李德懷恩的信徒在家裡某個地方，一定都會吊掛一個馬拉吉木娃娃。

正確吊掛馬拉吉木娃娃的方式只有一個——就是吊掛在它的脖子上。至於正確吊掛所打的結也只有一種——那就是將人處以絞形的結。

雨水從李德懷恩的教堂尖塔大鐘繩子末端那個馬拉吉木娃娃的腳上滴下來——

生長蕃紅花的春天季節已結束了。

生長水仙花的春天季節也結束了。

人類的春天已經來臨了，而李德懷恩的教堂外之紫丁香涼亭到處盛開著紫丁香的花朵。

李德懷恩聆聽雨聲，幻想它正在講著喬塞❶時代的古英文。他用同等的音量，高聲附和雨聲吟道：

當四月帶著陣雨的時候

三月的乾旱已經離去

每一受到雨水滋潤的藤蔓，

滋生出美德的花朵——

一小滴閃亮的雨水從屋簷掉落，使李德懷恩左邊眼鏡和左臉頰變得有點潮溼。

歲月對於李德懷恩非常仁慈。雖然他已經四十九歲，但當他站在講道壇上的時候，看起來就像是一個臉色紅潤、帶著一副眼鏡的鄉下報童。他把手舉起來擦乾潮溼的左臉頰，並且整理一下用皮帶綁在手腕間那個裝有鉛彈的小帆布袋。

❶喬塞（Chaucer）為英國詩人。

他的腳踝和另外一個手腕也繫著相類似的小帆布袋。至於他的肩膀則掛著兩片鐵板，一片垂掛在胸前，另一片則垂掛在背部。

這些東西是他在人生競賽中必須背負的重量。

它們總共有四十八磅重——他不但一點也不抱怨，反而很高興地承受。較爲強壯的人可能會承受較多的重量，較爲體弱的人則承受較少的重量。李德懷恩的教堂裡每一個信徒也都欣然地承受這些負擔，而且，不論到哪個地方，都會驕傲地攜帶著。

最後，連最爲體弱的人也不得不承認，這是一場非常公平的人生競賽。

雨水所形成的旋律在空無一人的教堂中顯得格外適合當做李德懷恩背誦時的背景音樂。

這次，他背誦了住在新港的溫斯頓・奈爾斯・倫法德所曾寫過的東西。

李德懷恩在雨中旋律的襯托之下，即將朗誦倫法德所寫過的文章，內容則是對於他自己和他的牧師們之關係，他的牧師們和他們的信徒間之關係，以及每個人和上帝的關係等都加以定位。在每個月的第一個星期天，李德懷恩都會把這一段文章朗讀給信徒們聽。

「我並不是你們的父親，」李德懷恩說，「或許，叫我兄弟還比較好些。不過，我並不是你們的兄弟，叫我兒子或許還比較好些。不過，我並不是你們的兒子。叫我是狗或許還比較好些。不過，我並不是你們的狗。或許，叫我是你的狗上面的跳蚤還比較好些。可是，我並不是一隻跳蚤。或許叫我是你的狗上面的跳蚤上的細菌還比較好些。我一直很渴望像你的

狗上面的跳蚤上的細菌一樣，盡己所能地來服務你們。而這其實就像你們很樂意服務宇宙創

造者同時也是全能的上帝一樣。」

李德懷恩將他的雙手相互拍擊，把那些想像中存在的跳蚤細菌加以擊斃。每個星期日，

所有前來做禮拜的教徒都會一同擊掌拍打那些想像中的跳蚤。

另外一個小雨滴從屋簷上掉落，又再度地使李德懷恩的臉頰因而潮溼。李德懷恩不斷地

點頭，感謝那個小雨滴，感謝教會，感謝和平，感謝新港的倫法德，感謝地球，也感謝那個

對每件事都很冷漠的上帝。

他從講道壇上走下來的時候，身上小帆布袋帶裡的鉛狀小球前後移動地發出沙沙聲。

他順著走道一直走並穿越尖塔底下的拱門。他在鐘塔繩子下面所形成的小水坑前停了下

來後，以虔誠的心情向上看雨水流下的路徑。他認為，就春雨來說，這是相當可愛的路徑。

假如由他負責整修這間教堂的工作，那他一定會讓這個地方在下雨的時候，仍能用同樣的方

式流出水來。

除了在尖塔下面的拱門之外，還有另外一個上面長滿了紫丁香葉子的拱門。

李德懷恩現在正站在第二座拱門下面，他看見樹林裡有一艘太空船，他也看見教堂墓地

裡有一個裸露著身體，滿嘴鬍子的太空流浪漢。

李德懷恩很興奮地大叫起來。他跑到教堂裡，然後，就像一隻酒醉的猩猩般地使勁搖動

著尖塔大鐘的繩子。當大鐘發出吵雜的響聲時，李德懷恩似乎聽到倫法德說話的聲音。

「苦難不再有！」鐘聲似乎這樣地說著。

「苦難不再有，」

「苦難不再有，」

「苦難不再有！」

．．．

老表被鐘聲所震驚。對於老表來說，那個鐘聲聽起來好像非常憤怒而且恐怖。於是，他急忙地朝著太空船跑，途中被一塊石頭絆倒而使脛骨嚴重地受到傷害。而當他正要把氣閘關起來的時候，他聽到因應鐘聲而響起的警報的聲音。

老表以為地球仍然在和火星交戰當中，而鐘聲和警報聲正在招喚地球人來追殺他。老表於是急忙地按了「開」的按鈕。

全自動導航設備不但沒有立即回應，反而還似乎和自己在爭論般地發出含糊不清的聲音。那股爭論聲消失了，不過，這是因為全自動導航裝置把自己關掉的緣故。

老表又再度按「開」的按鈕。這次他很生氣地用腳踢按鈕。

全自動導航裝置又很愚蠢地和自己發生爭執，它試著想可以自己關掉。不過，當它發覺自己已經無法關掉的時候，它排出骯髒的黃色煙幕。

由於煙幕不僅愈來愈稠密，而且毒性也不斷地加劇，這使得老表不得不趕緊吞下一顆氧氣丸並且再重做一次史基里曼呼吸的各項準備工作。

接著，全自動導航裝置又發生一個巨大的響聲之後，就一命嗚呼哀哉了。

現在，它根本就無法起飛。當全自動導航裝置一命嗚呼哀哉的時候，也正是整艘太空船壽終正寢的時候。

老表很快地穿過那陣有毒的黃色煙幕抵達舷窗後向外看。

他看到一輛消防車。那輛消防車飛奔似地開抵太空船前面。男女老幼都攀爬在那輛消防車上。他們全身被雨水淋溼，但臉上卻露出心醉神迷的樣子。

赫納‧李德懷恩牧師走在那輛消防車的前面。他的一隻手拿著裝有一件檸檬黃顏色衣服的透明塑膠袋，另外一隻手則拿著一束剛剪下來的紫丁香。

女士們經由舷窗向老表拋飛吻，還用雙手將小孩舉起來，以便能清楚地看見裡面那個為大家所敬仰的人。至於男士們則仍然停留在消防車上逗弄老表，互相逗弄，也互相逗弄每一事物。這時候，消防車駕駛卻讓內燃機逆火，拉響警報器，並搖起鈴來。

每個人的身上都繫著某些負擔物。大多數的負擔物都屬於一眼就可明顯地看出來的東西

【第十章】充滿奇蹟的年代

——平衡錘、小鉛球袋、老舊的壁爐架等，它們都是被用來造成行動上的不便。不過，在李德懷恩的教區居民當中，卻也有好幾個忠實的信徒選擇了更爲吃重的負擔物。

那些忠實的信徒當中有一些婦女很幸運地擁有美麗的面孔和迷人的身材。爲了去除她們天生所擁有美麗面孔和迷人身材的優勢，這些婦女穿著老舊不堪入目的衣服，故意擺出不端莊的姿勢，口中嚼著口香糖，塗上化粧品的臉好像一張鬼臉。

其中也有一個老年人，他唯一的優勢就是擁有一雙視力良好的眼睛。爲了使他的視力不再那麼良好，於是他戴起了他太太的眼鏡。

有一位年輕的黑人，他那強健誘人的身材已成爲男性性感的象徵。由於他即使穿上毫不起眼的衣服而且表現出下流的舉止也都不能絲毫減低他的魅力，於是他就娶了一名性冷感的女性爲妻子，以便成爲他的負擔。

至於那位性感年輕黑人的妻子，她曾經是美國成績優秀大學畢業生所組成榮譽學會的會員，但她卻嫁給一個只會看漫畫書的無知丈夫，以便讓他成爲她的負擔。

李德懷恩的教堂裡的教徒並不特殊。他們也不是狂熱的宗教分子。事實上，整個地球據估計總共有幾十億樂意使自己承受負擔的人。

而他們之所以能這麼地快樂，主要是因爲沒有人能從別人身上占到便宜。

現在，消防隊員們又想出另一種表達快樂的方式。在那輛消防車腹部的地方有一個水管

的管嘴，它能夠像機關槍般自由旋轉地噴水。他們把那條消防水管的水打開。頓時間，一道噴泉向天空噴出，直到無法再往更高的地方噴時才掉落下來。由於它的嘴管能夠向四周噴水，因此，大量的水落在太空船的船身，不僅使消防車隊員全身溼透，也使得靠近太空船的婦女和孩童溼得像落湯雞。而這使得他們更為興奮了。

水之所以在歡迎著老表時扮演著如此重要的角色實在是出乎意料之外。沒有人事先計畫要這麼做。不過，使每一個人在水的饗宴中忘掉自己倒真是件非常完美的事情。

當赫納‧李德懷恩牧師全身上下的衣服都濕透之後，他覺得自己很像異教徒眼中的裸體小精靈。李德懷恩把手上那束紫丁香灑在一個舷窗上，然後把他那張虔敬的臉緊靠在舷窗的玻璃上。

李德懷恩看到玻璃內的景物之後感到相當的震驚──裡面那個人的臉簡直像極了動物園裡人猿的臉。老表的前額有幾道很深的皺紋，他的雙眼則充滿了期望被了解的無助神情。

老表已經下定決心不再害怕。

他也不急著讓李德懷恩進入太空船。

最後，他終於走到氣閘前，把內部門和外門的門閂打開。他往後站，等待著有人把門推開。

「先讓我進去並且讓他把這件衣服穿上！」李德懷恩對著他的教徒說。「然後，你們就

可以看到他本人了！」

...

在那艘太空船裡，老表穿上那件簡直就像塗上去般合身的檸檬黃衣服。而在胸前和背後的橘色問號則絲毫沒有任何皺褶。

老表還不知道世界上沒有任何一個人穿得像他那樣。他以為很多人都穿著像他那樣的衣服——胸前和背部各有一個橘色問號。

「這裡——這裡是地球嗎？」老表對著李德懷恩說。

「沒錯，」李德懷恩說，「我的好兄弟，這裡是美國麻薩諸塞州的凱德角。」

「感謝上帝！」老表說。

「為什麼？」李德懷恩皺起眉頭，略為帶點惡作劇味道地說。

「很抱歉我沒聽懂，能不能請您再說一次？」老表說。

「為什麼要感謝上帝呢？」李德懷恩說，「祂並不在乎你的身上將發生什麼事。祂不但不幫你安全地抵達這裡，反而還處心積慮地想殺害你。」他高舉著雙手，以便展現出他那堅定不移的信仰。他手腕上兩個小帆布袋裡的小鉛球因搖動而發出沙沙聲。這吸引了老表的注

意力。接著那兩個小型帆布袋之後，老表又把他的注意力轉移到李德懷恩胸前那片厚重的鐵板。李德懷恩知道老表正在注視什麼東西之後，就舉起他胸前那片鐵板。「很重，」他說。

「嗯，」老表說。

「當我們將你改造之後，我想，你大概需要攜帶五十磅重的東西，」李德懷恩說。

「五十磅？」老表說。

「你不要覺得難過，反而該覺得高興有機會帶這笨重的東西，」李德懷恩說。「從此以後，就不會有人說你，只會扯順風帆，占盡便宜了。」自從漠然上帝教會成立之初，自從地球火星戰爭，人們總是不安地竊竊私語之後，李德懷恩就不曾再用這種軟中帶硬的口氣說話了。在那段期間裡，李德懷恩和他的信徒總是用「你有理由生氣！」作號召，威脅人們改信他的宗教。而自那時起，人們就安於現實了。

而今，世界各地到處都可看到信奉漠然上帝教會的人。其會眾的人數相當多，大約有三十億人。原先什麼都不相信的年輕小伙子在接受教義的洗禮之下，現在也會把諸如雨水從大鐘繩子上滴下來的事情當作神祕事物來看待。漠然上帝教會的教義之手已觸及每個地方的人群當中。

「我必須警告你，」李德懷恩對老表說，「當你走出太空船外進入人群當中的時候，你千萬不能說出任何暗示上帝對你有所眷顧，或者是你想侍奉上帝等的話語。例如，你要是

說：『感謝上帝幫助我脫離險境。我想，上帝一定是挑選我來侍奉祂，』那麼將會變得很糟糕。」

「太空船外那些友善的群眾雖然現在正因你的到來而興奮不已，但假如你說了不該說的話語，他們將會馬上反目成仇。」李德懷恩繼續說。

老表原先所打算要說出的話幾乎和李德懷恩警告他不要說的話語相差無幾。老表原先以為那是唯一最適合的話語。「那麼——那麼我應該說些什麼才好呢？」老表說。

「你將要說的話早就被預言了，」李德懷恩說，「我已經對你所要說的話語詳加思考和研究，我可以很堅定地告訴你，話語中完全沒有任何一個字詞需要修改。」

「可是，除了『哈囉』、『謝謝』等字詞之外，我實在想不出有任何字可以說——」老表說：「那你想要我說什麼呢？」

「你所要說的，」李德懷恩說，「太空船外那些群眾長久以來已經聽過很多次了。他們將會向你問兩個問題，而你也要盡己所能地回答他們。」

他帶領著老表穿過氣閘後走到太空船外。那輛消防車上所噴出的水已被關掉。群眾的手舞足蹈聲也停下來。

李德懷恩的教區信徒們形成一個半圓形，把老表和李德懷恩圍在中間。教徒們都靜靜地屏息以待。

李德懷恩做出一個聖者的手勢。

信徒們一齊大聲地說：「你是誰？」

「我——我不知道我真正的名字是什麼，」老表說，「不過，大家都習慣叫我老表。」

「能否把你的遭遇告訴我們？」信徒們說。

老表輕搖著頭。在這麼一個充滿宗教儀式的氣氛裡，他實在想不出任何適切的話語來將他的遭遇濃縮式地加以說明。很顯然地，大家都期待著能從他身上發現一些偉大的東西。他身上沒有任何偉大的東西。他大聲地呼出一口氣，目的在於讓信徒們知道，由於他的平凡乏味，使他們的期望落空，他對此感到非常抱歉。「我是一連串意外事件的受害者，」他說。

他聳了聳肩。「其實，我們都是受害者，」他說。

信徒們又開始手足舞蹈了。

老表被簇擁著登上那輛消防車，並且被載送到教堂的門口。

李德懷恩親切地指著教堂大門上面迎風招展的木製捲軸，上面寫著以下幾個鍍金的字體：

IWAS A VICTIM OF A SERIES OF ACCIDENTS, AS ARE WE ALL

（我是一連串意外事件的受害者，其實，我們都是受害者）

老表坐在那輛消防車裡，直接地被從教堂大門載往位於羅德島的新港。那個地方將舉行一場顯形。

根據一個幾年前就擬妥的計畫，凱德角的其他消防設備都被加以改裝，以便保護將有一陣子沒有消防車的西伯恩史帝伯。

太空流浪漢來到地球的消息已迅速地傳遍了整個地球。在那輛消防車所經過的每個鄉村、城鎮和都市，老表都受到群眾沿途拋擲花朵以示歡迎之意。

老表高高地坐在那輛消防車駕駛座頂端由一塊二英尺長六英尺寬的木板所架成的座位上。

至於赫納·李德懷恩牧師，則坐在駕駛座裡。

李德懷恩在駕駛座裡控制著那輛消防車上的警報鈴。繫在鈴舌上的，是一個由耐撞塑膠所製成的馬拉吉娃娃。那個娃娃的樣子非常特殊，只有在新港才買得到。在消防車上吊掛著一個馬拉吉娃娃，其目的就在於告訴世人，那是一輛前往新港朝聖的消防車。

西伯恩史帝伯的義消大隊裡，除了兩個不信仰漠然上帝教會的隊員之外，其他的人也都前往新港朝聖。他們是義消大隊隊上的基金來購買那一個馬拉吉娃娃。

從新港地區賣紀念品的小販的談話中得知，義消大隊所購買的那個由耐撞性極佳塑膠所製成的馬拉吉娃娃，是一個真正經由授權而製成的馬拉吉娃娃。

老表非常快樂，因為，能夠再度回到人群中而且又能再度地呼吸到空氣，真是令人興

奮。此外，每個人又似乎是那麼地崇拜他。

有那麼多可愛的吵雜聲，而每件事物也都那麼地美好。老表希望每件美好的事物都能永遠地持續下去。

「能不能把你的遭遇告訴我？」群眾大叫大笑地對他說。

為了能和廣大的群眾溝通，老表把他曾經使太空船外群眾興奮的答案加以簡化。「一切都是意外！」他大叫地說。

他大笑著。

我的天哪！

管他的。他大笑著。

‧
‧
‧

在新港，倫法德的房產擠滿了已經等候八小時的群眾。警衛們已經把數千名民眾推出房產的牆外。至於牆內則根本用不著警衛，因為，牆內的群眾都是意志堅定的忠實信徒。即使是全身塗油的鰻魚，也無法擠進牆內。

至於牆外數千名的朝聖者也虔誠地相互推擠著，以便能靠近架在牆角附近的擴音器。

倫法德的聲音從擴音器裡傳出來。

由於這一天是太空流浪漢被預言將出現的日子。因此群眾相當踴躍，也顯得相當興奮。每個地方都可看到各種最富幻想力及最有效的負擔物。群眾因為受到負擔物的阻礙而行動不甚靈敏。

老表在火星的伴侶碧也在新港。而碧和老表所生的兒子克諾洛也在新港。

· · ·

「嘿！到這裡買一個真正經由授權而製成的馬拉吉娃娃吧，」碧聲嘶力竭地說：「嘿！到這裡來買一個馬拉吉娃娃吧。必須買一個馬拉吉娃娃來對著太空流浪漢揮舞示意，」碧說：「到這裡買一個馬拉吉娃娃，這樣，當太空流浪漢來的時候，可以對它加以祝福。」

她在倫法德新港房產圍牆一個小鐵門對面的小亭子裡。面對著那個小鐵門總共有二十間小亭子，碧所在的那個小間是第一間。二十個小亭子共用一個屋頂，由及腰的矮牆隔開。

她所叫賣的馬拉吉是一些具有活動關節及人工水晶眼睛的娃娃。碧以每個二十七分的價錢向一家宗教用品供應商購得，然後她再以每個三元出售。她是個極為優秀的女生意人。

表面上，碧給世人勤快亮麗的印象；在內心，她卻有銷售第一的偉大信念。她的外形固

然吸引了朝聖者的目光，但促使他們到她的小亭子來買馬拉吉娃娃的原則，則是從碧身上散發的那股氣息。那股氣息意味著碧在追求一種更崇高的生活，但她也能隨遇而安。

「嘿！趁著現在還有時間，買一些馬拉吉吧！」碧說：「當顯形正進行的時候就不能買馬拉吉娃娃了。」

確實如此。根據規定，場外的販賣業者必須在溫斯頓·奈爾斯·倫法德和他的狗顯形前的五分鐘把窗簾拉下來。而且，在倫法德和卡薩可的形跡消逝十分鐘之後，才能把窗簾打開。

碧轉身對著正在打開一個裝有馬拉吉娃娃盒子的克諾洛說：「離哨子響聲還有多久的時間？」位於房產內的那個哨子是個巨大的汽哨。在顯形開始的前五分鐘，它會發出哨子聲。顯形開始的時候，一具三英寸的加農砲會發出砲聲。

至於顯形結束的時候則會放出一千個玩具汽球。

「還有八分鐘，」克諾洛看著他的手錶說。他現在已經有十一個地球年的年齡。他的膚色較深，臉上則露出憂鬱的神情。他是騙人高手，而且專精於撲克牌。他的談吐粗俗，身上帶著一把六英寸的彈簧刀。克諾洛不會主動地和其他小孩打交道。而且，由於他直言不諱的個性早已惡名昭彰，因而只有幾位愚蠢而討人喜愛的小女孩才會被他吸引。

克諾洛之所以沒有被送進少年感化機構，主要是因為他擁有全世界最優秀的律師——漠

然上帝教會的行政人員。在倫法德的授意之下，那些法律人員替克諾洛所有的官司提出有力的辯護。

克諾洛最常被起訴的官司大致有：竊盜罪、私藏槍械罪、在城市裡鳴槍砲罪、販售色情書刊罪等。

有關當局認為這個小孩最大的問題就在於他的母親。他的母親對他相當溺愛，一切都順著他的意思。

「買馬拉吉娃娃的時間只剩下八分鐘，」碧說，「趕快，趕快，趕快！」

碧前面的上排牙齒是金牙，而她的膚色和他兒子的膚色相同——金色橡樹的顏色。

當碧和克諾洛搭乘太空船由火星駛往地球的途中，不幸墜落在亞馬遜河雨林的甘寶地區。碧前排上面的牙齒就是在那個時候掉落的。她和克諾洛是僅有的兩名生還者，自從那次墜機之後，他們就在叢林裡流浪達一年之久。

基本上，碧和克諾洛的膚色是不會變的，但是他們的肝臟起了變化，膚色也隨之改變。在經過連續三個月只喝生水和吃白楊樹之後，他們的肝臟終於發生病變。而他們之所以採用這樣的飲食，完全是為了能夠加入甘寶部落的行列。

在他們加入甘寶部落行列的儀式中，碧和克諾洛被用繩子綁在村莊中央的木樁頂端。此時克諾洛代表太陽，而碧則代表月亮。當他們具有象徵意義時，才被甘寶部落的人了解。

由於共同遭遇許多經歷的緣故，使得碧和克諾洛洛遠比其他的母子關係要來得更為親密。

最後，他們終於被一架直昇機救起。那完全是溫斯頓‧奈爾斯‧倫法德在適當的時機和適當的地點完成的傑作。

溫斯頓‧奈爾斯‧倫法德同意讓碧和克諾洛洛擁有獲利極佳的攤位販售權。他也代為支付碧的牙齒醫療費用，他同時還建議她前排假牙必須是金的。

‧‧‧

在碧的攤位旁的攤位主人名叫哈利‧布萊克曼。他曾經是老表在火星部隊裡的排士官長。布萊克曼現在的身體相當肥胖，而且頭也禿了大半。他身上有一隻軟木塞義肢和一隻由不鏽鋼製成的右手。他那隻腳和手是在博卡‧瑞頓戰役中失去的。他是那個戰役中唯一的生還者。其實，要不是因為傷勢非常嚴重，那他也很可能會連同他那一排的其他生還者一樣被活活地處死……

布萊克曼所販賣的商品是由塑膠所製成的倫法德房產內的噴泉模型。那些噴泉模型有一英尺高。它們的底部有能使水噴出來的幫浦。這些幫浦從底部的大碗汲水後，從頂端的小碗將水噴出來。然後，小碗裡的水再流到下面較大碗裡，如此依序由小碗而到大碗的過程。

布萊克曼攤子前的櫃台上同時擺放著三具噴泉模型。「各位先生女士，裡面的噴泉模型和前面這三具都是一樣的，」他說，「您可以帶任何一個噴泉模型回家。把它放在家裡的落地窗前面，好讓您的鄰居知道您來過新港。把它放在廚房餐桌的中間，裡面裝滿粉紅色的檸檬汁，好讓您的小孩舀之歡欣不已。」

「多少錢一個？」一個鄉巴佬說。

「十七元，」布萊克曼說。

「哇！」那個鄉巴佬說。

「老兄，這是一個神聖的廟祠，」布萊克曼語氣平穩地看著他說，「這不是個玩具。」

他把手伸到櫃台底下，從裡面拿出一具火星太空船模型。「假如你想要一個玩具的話，這裡就有一個。四十九毛錢。我只賺你兩毛錢。」

那個鄉巴佬的樣子使他看起來像是一個可笑的購物者。他把那個玩具和它所要代表的真實物品加以比較。那個真實的物品是停放在一個九十八英尺高圓柱子的真正太空船。那個圓柱和那艘太空船位於倫法德房產內的一個角落裡——那個角落曾經建有一個網球場。

倫法德還沒有向大眾解釋為何支撐那艘太空船的圓柱是用全世界各地所有學校孩童口袋捐出的銅幣建造而成的。那艘太空船還保持著可以經常使用的狀態。有史以來最長的長梯，就斜倚在圓柱旁，通往那艘船隻讓人目眩的艙門。

在那艘太空船的燃油箱裡，仍然可以看到火星企圖運用「變動宇宙的能量」攻擊地球的痕跡。

「啊哈，」那個鄉巴佬說。他把那個模型放回櫃台上。「假如您不介意的話，我想再四處看看。」目前為止，他只買了一頂羅賓漢帽子。那頂帽子的左邊貼有一張倫法德的照片，右邊貼有一張帆船的照片，至於帽子上的那根箭羽，則繡著他的名字——**戴爾伯特**。「不論如何，還是要感謝您，」戴爾伯特說，「或許等等兒我還會再回來。」

「戴爾伯特，你一定會回來的，」布萊克曼說。

「你怎麼會知道我的名字是戴爾伯特？」戴爾伯特以一種夾雜著愉悅和懷疑的眼光說。

「難道你認為這裡只有溫斯頓・奈爾斯・倫法德擁有超自然的能力？」布萊克曼說。

圍牆裡面噴出一道蒸氣。不久之後，巨大、傷感，但卻又顯得意洋洋的蒸氣哨子聲對那些警衛室產生震撼。這是倫法德和他那條狗即將在五分鐘之後顯形的信號。

這也是那些獲得授權販賣商品的小攤子必須結束販賣假貨並把窗簾關上的信號。

那些窗簾立刻被垂放下來。

當那些小亭子的窗簾被垂放下來之後，那些販賣商品的小攤位頓時成為一條微暗的小隧道。

由於這個隧道裡的人都是火星的生還者，這使得隧道裡那些小攤位的業者具有一股令人

感到極爲毛骨悚然的氣息。是倫法德堅持要這麼做的——讓生還的火星人擁有取得新港小攤

位的優先權。這是他個人向人表達謝意的特殊方式。

其實，生還者並不算多——其中的五十八位在美國，至於全世界才只有三百一十六位。

而在美國境內的那五十八名生還者當中，有二十一位取得了新港地區的小攤位販賣權。

「小鬼，我們又碰面了。」布萊克曼士官長把他的雙手擱放在介於他和碧中間的隔牆

上。他用眼睛偷瞄著正躺在一個蓋子沒有打開的盒子上睡覺的克諾洛。那是個裝馬拉吉娃娃

的盒子。

「小鬼，該死嗎？」布萊克曼對克諾洛說。

「是真的該死，」克諾洛同意地說。他正在用一個彎曲得很奇怪而且上面還有鑽孔的金

屬片挖指甲裡面的污垢。那個金屬片曾經是他在火星時的幸運符。如今，在地球上，他仍然

把它當做是他的幸運符。

或許，是那個幸運符在叢林中救了克諾洛和碧的性命。甘寶地區的部落居民把那塊金屬

片看成是個具有極大威力的東西。也就是因爲他們對那塊金屬片的崇敬，才使得他們非但沒

有把它的主人吃掉，反而還讓他們兩人加入他們的部落行列。

布萊克曼神情親切地笑著。「這裡有一個火星人，」他說，「他甚至不願意爲了看一看

太空流浪漢而離開那個裝有馬拉吉娃娃的盒子。」

並非只有克諾洛對於太空流浪漢感到冷漠。那些被授權在小攤位販賣商品的人都很驕傲地不願觀看顯形的場面——也就是說，他們會一直待在他們的小亭子裡，直到倫法德和他那一條狗離去為止。

並不是那些擁有在小攤位上販賣商品權利的人真的很輕視倫法德的宗教。其實，他們當中絕大多數的人認為這個新的宗教很可能相當不錯。他們之所以待在拉下窗簾的小亭子裡，主要目的是要展現出——就身為火星的生還者來說，他們已經竭盡所能地協助漠然上帝教會的成立和擴充。

他們所要展現的事實是——他們都已被利用殆盡。

倫法德在鼓舞群眾士氣的時候，還很愛憐地把他們說成是「……在小亭子窗簾後的聖戰士們。他們之所以如此冷漠，」倫法德說，「是因為他們曾遭受到重大的創傷，而也正是因為他們的創傷，我們才能活得更為生氣蓬勃，更為敏銳，以及更為自由。」

對於那些擁有在小攤位上販賣商品的權利的火星人來說，他們也非常想一睹那位太空流浪漢的真面目。倫法德房產的牆內和牆外都架設很多擴音器，而倫法德在顯形會場所講的話都可透過這些擴音器傳送到半徑四分之一英里內每個人的耳朵裡。他的話語一再重複說明，當那位太空流浪漢出現的時候，就是神聖的真理來臨的時刻。

虔誠的信徒們一直期待著這個偉大時刻的來臨。當它來臨的時候，他們將會發現，自己

的信仰更為擴展，更為明確，而且也更為真實。

現在，這個偉大的時刻終於來臨。

載送著那位太空流浪漢的消防車已經從凱德角駛抵現場，它在那些小亭子外發出叮噹及尖銳的聲音。

在小亭子裡微暗燈光下的火星生還者拒絕偷瞄窗簾外的一景一物。

牆內的加農砲已發射，產生了巨大的響聲。

這個時候，倫法德和他那條狗已經顯形，而那位太空流浪漢也已走進那個小鐵門裡。

「這可能是他從紐約僱來的失意演員，」布萊克曼說。

可是，卻沒有任何人對他這一句話有所反應，即使是連自認為是那一排小亭子中最會冷嘲熱諷的克諾洛也沒有絲毫的回應。其實，布萊克曼也對於自己的質疑──那個太空流浪漢可能是個騙子──也不太在意，他並不打算認真追究。那些經營小攤位的火星生還者太了解倫法德一向有喜好寫實的傾向。當倫法德製作一齣受難劇時，他都會使用真實的人物和真實的背景。

·
·
·

在這裡要特別強調的是，雖然倫法德一向偏愛特殊壯麗的景觀，但他卻從來不會受誘惑

而自稱是上帝或是自稱很像上帝。

就連他的頭號敵人也承認這一點。莫瑞斯・羅森奧博士在他的《泛銀河系的騙徒和三十

億蠢蛋》一書中就曾如此地描述：

溫斯頓・奈爾斯・倫法德這個星際間的宗教偽善者，一直聲稱他並不是全能的上帝，也

不是全能上帝的親人，更沒有從全能的上帝那裡獲得任何啟示。對於此，我們唯一所能對這

個新港人士說的話就是「阿門！」我們還要補充說明的是，倫法德絕對不可能是全能上帝的

親人或是職務代理人，而且，倫法德也絕對不具有和上帝溝通的能力！

一般來說，窗簾拉下的小亭子裡的火星生還者之間的談話都是相當快活的。他們時常愉

快地談論著如何引誘那些笨蛋來向他們購買毫無用處用的宗教用品。

現在，由於倫法德和那個太空流浪漢即將相遇，那些火星生還者也覺得很難不引起興

趣。

布萊克曼伸出他那隻完好的手摸著他的頭頂。這是火星生還者一個非常特有的手勢。他

正觸摸著裝有天線的頭部部分，那個天線曾經擔任著替他思考的角色。可是，現在他卻收不

到任何訊息。

「把那個太空流浪漢帶到這裡！」倫法德的聲音透過擴音器清楚地傳送出來。

「或許──或許我們也應該去看看，」布萊克曼對碧說。

「你說什麼？」碧輕聲地回答。她背對著窗簾站立著。她緊閉著雙眼。她把頭低下來。

她看起來非常地冷靜。

過去，每當顯形發生的時候，她總是會全身顫抖。

克諾洛正用他大姆指頂端慢慢地擦拭著他的幸運符。他看到那塊金屬片上微微地散發出光環，把他的大姆指環繞起來。

「克諾洛，他們那些人該死嗎？」布萊克曼說。

那位販賣會發出顫動聲音的機械鳥的人，懶散地拿著一個他所販賣的東西在他的頭上飛舞。在英格蘭塔丁頓所發生的戰役中，有一位農村婦女用草耙刺他，使他自此成為一個行動遲緩的人。

國際火星傷殘者復健暨確認委員會在驗明他的指紋後，終於查出他的身分。他的名字是伯納多·溫斯洛，曾經是一個到各地幫助種雞交配的人。他從倫敦一家醫院的戒酒病房逃出來。

「非常感謝你們提供這麼多資料給我，」溫斯洛對委員會的人說，「現在，我已經不再

泰坦星的海妖

有失落的感覺。」

布萊克曼士官長曾經被那個委員會驗明，證實他是法蘭西斯·湯普森二等士兵。某個深夜，當他獨自一個人在美國北卡羅萊那州的布萊格堡矗值行守衛勤務時，突然失蹤。

至於碧的身分則使委員會大為困惑。該委員會認為，她要不是佛羅倫絲·懷特——紐約州柯河鎮的一個平凡且極不友善的女孩，於一家乾洗店前失蹤，就是達琳·辛普金森——一位相貌平凡且態度不友善的女孩，她最後一次被看見是在德州布朗斯爾地區，那時她接受一位皮膚黝黑男子的邀請，一同騎馬兜風。

從布萊克以及克諾洛和碧的兩個小亭子為開端而接連下去的小攤位經營者都是一些較不為人所熟知的火星生還者。那個委員會也分別驗出他們的真正身分，例如，麥倫·華特森，是一個酒鬼，他在清掃尼瓦克機場洗手間的時候失蹤……夏琳海勒，她是俄亥俄州戴頓市史佛高中自助餐廳的營養師……克里西納·葛蘿，是印度加爾各答地區的排版工人，曾經因重婚、賣淫，以及不履行義務等而被起訴……克特·史基耐德，也是一名酒鬼，是德國布萊曼市一家面臨倒閉的旅行社經理。

「偉大的倫法德，」碧說。

「很抱歉，我沒聽清楚，能不能請妳再說一遍？」布萊克曼說。

「他把我們的生命奪走，」碧說，「他使我們睡著。他挖空我們心靈的方式和我們將南

瓜挖空製成燈籠的方式並無兩樣。他把我們像機器人般地裝上發條——訓練我們，替我們設定目標，重新改造我們，以便擔當重要的任務。」她聳了聳肩。

「假如由我們自己在主控我們的生命，會比由他來控制我們的生命要好嗎？」碧說。

「我們會變得更好——還是更壞呢？我想，我很高興他挑選並且改造了我。我想，不管我是佛羅倫絲‧懷特，或是達琳‧辛普金森，或是什麼人，經過倫法德改造過後的我，一定是比較好才對。」

「雖然如此，我還是恨他，」碧說。

「這是妳的特權，」布萊克曼說，「倫法德曾經說過，憎恨他是每一個火星人的特權。」

「你用不著安慰我，」碧說，「我們都已被利用殆盡。對他來說，我們將沒有任何利用價值。」

* * *

「太空流浪漢，歡迎光臨。」倫法德如同男高音的聲調透過架在牆上的擴音器傳送到每個人的耳朵裡。「你能搭乘著一輛紅色消防車前來此處和我們相見，真是一件令人高興的事。我認為，實在沒有任何東西比紅色的消防車更能激發起人與人之間的關愛。太空流浪

漢，能不能請您告訴我，這裡有哪一樣東西——任何一樣東西，能夠使您回憶起曾經來到過這個地方？」

那個太空流浪漢喃喃自語地說出一些令人無法理解的話來。

「能不能請您大聲一點？」倫法德說。

「噴泉——我想起來了，那個噴泉，」那個太空流浪漢說，「只不過——只不過——」

「只不過怎樣？」倫法德說。

「那個時候，那座噴泉——或者，不管那是否噴泉——乾涸得沒有半滴水。不過現在，它是潮溼的，」那個太空流浪者說。

靠近那座噴泉的麥克風這個時候已被打開，這使得泉水的潺潺聲和濺灑聲也都可以伴隨著那個太空流浪者講話的聲音而出現在擴音器裡。

「太空流浪者，是不是還有其他使您感到熟悉的事物呢？」倫法德說。

「有的，」那個太空流浪者羞怯地說。「就是你。」

「您覺得我看起來很熟悉嗎？」倫法德狡猾地說，「你的意思是不是說，我有可能曾經在你的生命當中扮演過一個小角色嗎？」

「我記得你曾經到過火星，」那位太空流浪漢說，「你和你那條狗在我們的太空船將要起飛之前出現在我們的面前。」

「你們一起飛後遭遇到哪些事情呢?」倫法德說。

「一些事情出了差錯,」那個太空流浪漢說。他的語氣充滿了抱歉的意味,好像一連串發生的不幸事件都是他的過錯。「很多事情都出了差錯。」

「你有沒有思考過這個可能性,」倫法德說,「有可能每件事物都完全正確,沒有差錯嗎?」

「沒有,」那個太空流浪漢不加思索地說。由於倫法德所提出的哲思遠超過他的思考能力範圍,因此那個哲思並沒有嚇著他,也根本不可能嚇著他。

「您能不能認出您的伴侶和小孩?」倫法德說。

「我──我不知道,」那個太空流浪漢說。

「把在那扇小鐵門外販賣馬拉吉娃娃的婦女和男孩帶到我的面前,」倫法德說,「把碧和克諾洛帶到這裡來。」

・・・

那個太空流浪漢和溫斯頓・奈爾斯・倫法德以及卡薩可,都站在那棟倫法德大樓前的一個鷹架上。那個鷹架的高度正好是那些站著圍觀的群眾眼睛水平可及的高度。倫法德房產裡

有一個由狹小通道、傾斜道路、梯子、講道壇、樓梯，以及鷹架所組成的相連接到房產各個角落的通路系統，而大樓前的那個鷹架只不過是整個通路系統的一小部分而已。

這個通路系統使倫法德可以自由自在且引人注目地走動而絲毫不會受到群眾的阻礙。此外，這個通路系統也使倫法德可以瞥見地面上的每一個人。

雖然那個飄浮的通路系統看起來似乎是一個奇蹟，可是它絕不是由磁力而浮掛起來的。

那個看似奇蹟的現象是藉由巧妙地使用塗料而導致。通路系統的底部塗上了色調均勻的塗料，而它的上部構造則塗上了發出亮光的金黃色塗料。電視攝影機和音感靈敏的麥克風能偵測到那個通路系統的各處。

若是顯形發生在晚上的話，那個通路系統的上層構造則掛滿了和人類膚色相似顏色的電燈。

．．．

那個太空流浪漢是第三十一位被邀請和倫法德站在同一個通路系統的人。

已經有一位助手被派遣到小鐵門外販賣馬拉吉娃娃小攤位前，邀請第三十二位和第三十三位被允許站在顯著的通路系統上的人。

倫法德的氣色看起來並不太好。他的臉色很難看。而且，雖然他還是和往常一般地笑著，但他的微笑臉龐背後，似乎正在咬牙切齒。他那自鳴得意的笑臉已變成一個意味著似乎每件事情都不對勁的滑稽臉龐。

不過，他那出了名的微笑依然掛在臉上。那位極為勢利但卻又很能夠取悅群眾的人，用一條狗鍊來控制他的狗卡薩可。那條狗鍊故意被弄扭曲以便於對卡薩可的喉嚨發出抓捏等警告性的動作。由於那條狗並不喜歡那個太空流浪漢，因此有必要對牠發出警告。

倫法德的微笑突然遲疑了一會兒，這倒提醒群眾們倫法德替他們承擔很多東西，而這也使得群眾們警覺到，或許他無法永遠替他們承擔。

倫法德的手掌裡拿著一個麥克風以及一個像一便士銅幣大小的無線電發報器。當他不想讓他的聲音傳送到群眾的耳中時，他只消把手掌中的那個一便士大小的發報器用手掌全部包起來即可。

現在，那個發報器已被他的手掌全部包起來，他正在對著那個太空流浪漢說一些諷刺的話語。其實，縱使群眾們能聽得到他們講話的聲音，也會相當地迷惑，不知道他們到底在說些什麼。

「今天真是你最得意的一天，不是嗎？」倫法德說，「當你一抵達的時候，就有一場愛的饗宴在等著你。群眾們對你非常崇拜。你崇拜那些群眾嗎？」

今天一天下來那麼多令人驚喜的事物，使得那個太空流浪漢變得像個孩子般地天真，而也正由於他處於那種天真的狀態，使得諷刺或冷言冷語早已無法對他發生任何作用。當他在受苦受難的時候，他曾經是很多事物的俘虜。現在，他則是一群認為很了不起的群眾的俘虜。「當然啦，他們一直都很好，」為了回應倫法德上一個問題，他只好這麼說。「他們一直都非常崇高。」

「他們是很崇高的一群人，」倫法德說，「這是一點也錯不了的。我一直絞盡腦汁地想找一個適切的詞語來描述他們，而今，你從外太空把那個適切的詞語帶給我。沒錯，正是如此，他們是**崇高**的一群人。」顯然地，倫法德的心思已放在別的地方了。他並沒有多大的興趣要把那個太空流浪漢當成一個人來看待——他幾乎很少正眼看他。他似乎也沒有對於那位太空流浪漢的妻子和孩子即將到來一事感到興奮。

「他們在哪裡？他們在哪裡？」倫法德對底下一個助手說，「讓我們繼續進行。讓我們繼續進行。」

那個太空流浪漢發覺他這一個奇遇不但非常令他滿意而且也非常刺激。由於每一件事情都安排得那麼地美好，使他非常羞於詢問問題——他很擔心一旦問問題會使自己看起來像個忘恩負義的人。

他非常清楚，自己必須講究禮儀，因此，他的最佳策略就是少開尊口，只在被要求講話

的時候才講話，而且，對於別人的問話應該以簡短且毫無保留的方式來回答。

那個太空流浪漢的心裡並沒有很多問題要問。他所要遵守的禮儀的基本架構非常明顯

——和只有三隻腳的擠牛乳用矮凳同樣地明顯。他曾經遭受很多苦難，如今他的苦難總算有了代價。

命運的突然轉變本來就是拍成戲劇的好題材。他微笑著，似乎了解群眾為何那麼地愉悅

——他想像自己置身在群眾當中，分享著群眾的愉悅。

倫法德看出那個太空流浪漢的心思。「你知道嗎？若用相反的方式進行，他們也會同樣地喜歡，」他說。

「用相反的方式？」那個太空流浪漢不解地說。

「我是指假如先嚐到愉悅的代價，然後才遭受一連串的苦難，」倫法德說。「他們所在意和喜歡的是**對比**。至於事件發生的前後次序對他們來說倒是沒有多大的關係。他們最在意的還是**快速的大逆轉**——」

倫法德把他的手掌張開，讓那個麥克風顯露出來。他用他另外一隻手做出主教式的手勢。他正在對碧和克諾洛做手勢。碧和克諾洛才剛被送上那個通路系統上面。「請往這裡走。你們應該知道，我們的時間並不多，」倫法德以近似女教師的口吻說。

在這當中，那個太空流浪漢終於感受到他在地球應該會有一個很好的未來。由於每個人

是那麼地仁慈、熱誠和祥和，在地球上不僅可以過良好的生活，而且應該可以過個完美的生活才對。

那個太空流浪漢現在已穿著一件上好的衣服並擁有一個極具殊榮的生活地位，況且，幾分鐘過後，他還將和妻子及兒子團聚。

唯一覺得缺憾的，就是少了一個要好的朋友，當那個太空流浪漢想到這裡的時候，全身就不禁開始顫抖。他之所以顫抖，是因為他知道，他最要好的朋友史東尼·史蒂文生藏身在某處，正排隊等候出現。

那個太空流浪漢的臉上露出笑容，因為，他正幻想著史東尼出現的情景。史東尼將會從一個傾斜的路面大笑且微醉地走下來。「老表，你這個渾小子──」史東尼一定會對著麥克風大聲說：「我找遍了地球每一家營業中的酒館，可是卻沒有發現你的行蹤──而今，我才發現你一直都待在水星上！」

當碧和克諾洛抵達倫法德和那個太空流浪漢所站立的鷹架上的時候，倫法德自己一個人走到一旁。其實，他只要將自己和碧、克諾洛，以及那個太空流浪漢三人保持一個手臂的距離，別人就可以了解他的用意。可是，他還是裝出一副很尊敬他們的樣子，和他們三人保持相當遠的距離──那不僅是個普通的距離，而是一種象徵著害怕災禍臨身而保持的長遠距離。

雖然整個過程毫無疑問地是一齣精彩絕倫的好戲，但莫瑞斯‧羅森奧博士還是做了以下

吹毛求疵的評論：「當溫斯頓‧奈爾斯‧倫法德在他位於新港由金黃色鐵桿所搭成的舞台上

手舞足蹈時，台下那些以虔敬心情看待他的群眾其實和在玩具店裡以虔敬心情購買玩具火

車、紙製隧道、紙製橋樑和紙製城市的白痴沒有兩樣。那些小車或是溫斯頓‧奈爾斯‧倫法

德將會再度出現嗎？說也奇怪地，溫斯頓‧奈爾斯‧倫法德像進入紙製隧道的玩具小火車

般，還是會再度地出現。」

倫法德大樓前的那座鷹架四周有由白楊木所做成的木柵。木柵的一邊有一個狹小通道可

以通往十英尺外的一株紅棕色的山毛櫸。那株山毛櫸樹幹的直徑有四英尺。鍍金的階梯被木

螺絲牢牢地釘在那株山毛櫸的樹幹上。

倫法德把卡薩可綁在最底部的那一階，然後，就像爬上豆莖的傑克般地爬上那株山毛櫸

上而終至不見人影。

他在那株樹上的某個地方說話。

但是，他的聲音並不是來自那株山毛櫸，而是由架在牆上的擴音器裡傳送出來。

群眾們不再把眼睛盯著那株枝葉茂盛的山毛櫸，他們把目光轉而集中在距離自己最近的

擴音器上。

只有碧、克諾洛和那個太空流浪漢還是持續地抬頭看著那株山毛櫸，企圖發現他真正所

在的地方。藉著抬頭找尋倫法德，這個小家庭也可以避免互相看著對方。

他們當中的每一個人都找不出任何可以使他們對團聚感到興奮的理由。

碧對於骨瘦如柴、滿嘴鬍子，且身著檸檬黃連身內衣褲的太空流浪漢根本就沒有興趣。

她原先以為她的丈夫應該是位高大、豪邁，且自傲的宗教自由思想家。

年輕的克諾洛對於那位即將硬闖入他和母親之間親密關係的太空流浪漢可說是極為憎恨。克諾洛親吻著他的幸運符，希望他的父親——假如他真是他父親的話——會掉落到鷹架下面而死去。

至於那位太空流浪漢他自己，雖然他誠心誠意地努力嘗試，但是他的自由意志卻似乎還是無法容忍自己去喜歡那對心腸狠毒的母子。

無意間，那位太空流浪漢的雙眼和碧那隻健全的眼睛不期而遇。必定有人要說些話才對。

「妳好嗎？」那個太空流浪漢說。

「你好嗎？」碧說。

他們兩人又再度抬起頭看著那株山毛櫸。

「喔，我那快樂地承受著負擔的教友們，」是倫法德的聲音，「讓我們感謝上帝，祂就好像壯觀的密西西比河感謝一滴雨水般地感謝我們。讓我們感謝祂沒有使我們像馬拉吉‧坎斯

坦特那樣。」

那位太空流浪漢的脖子背面感到有些疼痛。他稍微地放低他的頭部。他的雙眼看到不很遠的地方有一道又長又筆直的通路。他的雙眼緊盯著那條通路。

那時通路的最盡頭和地球上不用任何東西支撐的最長梯子相連接。那個梯子也塗上了金黃色。

那個太空流浪漢雙眼所注視的焦點順著那道梯直接移動到那艘太空船大門的門口。他懷疑有誰有足夠的勇氣或充分的理由使得他甘願爬那麼危險的梯子而到達太空船的門。

那個太空流浪漢又再度地看著台下的群眾。或許，史東尼・史蒂文生就在人群當中的某個地方。或許，他會等到這整齣戲完全結束之後，才會出來和他在火星唯一且最要好的朋友見面。

【第十一章】我們憎恨馬拉吉‧坎斯坦特因為……

把你一生中曾做過的一件善事告訴我。

——溫斯頓‧奈爾斯‧倫法德

以下就是那場講道的內容：

「我們非常**厭惡**馬拉吉‧坎斯坦特，」溫斯頓‧奈爾斯‧倫法德在樹頂上說，「因為，他運用他的好運來資助一個永無止盡的實證——證明人類是豬。他耽迷於奉承者當中。他耽迷於卑賤的女色當中。他耽迷於色情的娛樂和酒精及毒品當中。他耽迷於肉慾的不道德生活當中。」

「當他的好運達到顛峰的時候，他的資產是猶他州和北達科達州兩州資產的總和。可是，我敢說，他的道德還不如兩州最為墮落的小野鼠。」

「我們對於馬拉吉‧坎斯坦特感到非常氣憤，」倫法德在樹頂上說，「因為，他根本沒

有付出任何心血就擁有數十億美元的資產，也因為他從來就沒有無私無我地運用其中少數的資產來回饋社會大眾。他和瑪麗‧安東尼特❶一樣地心狠手辣，又和停屍間的一位化妝師一樣地富有創意。」

「我們憎恨馬拉吉‧坎斯坦特，」倫法德在樹頂上說，「因為他毫無愧疚地接受他的好運所帶來的成果，好像命運是由上帝操控管理。對於信奉漠然上帝教會的我們來說，沒有任何事物會比讓一個人相信命運——不論是好或是壞——是由上帝所掌控要來得更為危險且瀆神的了。」

「命運，不論是好或是壞，」倫法德在樹頂上說，「並不是由上帝所掌控。」

「所謂命運，」倫法德在樹頂上說，「就是風吹起漩渦的方式以及當上帝經過後所揚起的灰塵。」

「太空流浪漢！」倫法德從樹頂上大聲地叫著。

那位太空流浪漢並沒有非常專注於他的叫聲。他很難將他的注意力集中起來——也許這是因為他在洞穴裡待太久，長期服用氧氣丸，或待在火星軍隊太久的緣故。

他的雙眼正凝視著天上一朵朵的雲。它們是非常可愛的東西，對於一向對顏色相當飢渴

❶瑪麗‧安東尼特（Marie Antoinette）為法皇路易十六之妻，後被處死於斷頭台。

的太空流浪漢來說，雲朵所飄浮進入的天空是一片令人興奮的藍色。

「太空流浪漢！」倫法德再度大叫著。

「你這個穿著黃色衣服的人，」碧說。她用手肘輕輕地推他。「醒醒！」

「很抱歉，能不能請妳再說一遍？」那個太空流浪漢說。

「太空流浪漢！」倫法德又大叫著。

那位太空流浪漢終於開始注意了。「是的，有什麼事嗎？」他對著樹上枝葉茂盛的地方說。他的語氣顯得純真、愉悅，且可愛。從鷹架上的欄木盡頭忽然擺動著一個麥克風，最後靜止不動地懸吊在他的面前。

「太空流浪漢！」倫法德大叫著。由於整個過程顯得被阻礙，這使得他開始焦慮了。

「我在這裡，」那個太空流浪漢也大叫地回應著。他的回應聲透過擴音器而傳出了震耳欲聾的聲音。

「你是誰？」倫法德說，「你真正的名字是什麼？」

「我並不知道我真正的名字是什麼，」那個太空流浪漢說，「不過，大家都習慣叫我老表。」

「老表，在你回到地球之前，曾經遭遇過哪些事情呢？」倫法德說。

那個太空流浪漢的臉上露出了笑容。他曾經在凱德角一再地重複述說一句簡單的話語，

使人聽後了引來了很多笑聲、歡唱聲，和手舞足蹈的聲音。「我是一連串意外事件的受害者，你們也都是，」他說。

可是，這次卻沒有引來任何的笑聲，歡唱聲，和手舞足蹈的聲音。不過，毫無疑問地，群眾還是喜歡那個太空流浪漢說出這一句話來。群眾的下巴抬起，眼睛張大，鼻孔也展開，但是，卻絲毫聽不到任何喧囂聲，因為，群眾們都想仔細地聽清楚那位太空流浪漢和倫法德之間對話的內容。

「你當真的是一連串意外事件的受害者嗎？」倫法德在樹頂上說，「在所有的意外事件當中，你認為哪一個意外事件的影響最為重大？」

那個太空流浪漢微抬起頭。「我必須想一想——」他說。

「讓我來替你節省腦力吧，」倫法德說，「你的出生就是發生在你身上最為重大的意外。你想不想讓我來告訴你，當你出生之後，被取名為什麼嗎？」

那個太空流浪漢遲疑了一會兒，而他之所以遲疑，主要是害怕若說出不當的話來，會將一個原本非常令人愉悅且充滿禮貌的經歷加以破壞。「請你告訴我，」他說。

「你被命令名為馬拉吉·坎斯坦特，」倫法德在樹頂上說。

...

有時候，群眾也未嘗不會帶來好事，例如被溫斯頓·奈爾斯·倫法德吸引到新港的群眾，就是能帶來好事的群眾。他們並不具有群眾的意識。他們當中的每一個成員都擁有自己的意識，而且，倫法德也絕對不是邀請他們前來做出如大聲喝采或喝倒采的同一舉動。

當大家知道原來那個太空流浪漢正是極為令人厭惡的馬拉吉·坎斯坦特之後，群眾當中的每一個成員都做出了相當沉默不語且低聲嘆息的反應。大體而言，他們對他都相當同情。畢竟，在他們的家中或辦公的地方都吊掛著坎斯坦特的肖像。更何況，雖然吊掛坎斯坦特肖像時他們都覺得非常高興，但他們當中卻很少有人認為坎斯坦特應該遭到吊刑的嚴厲處罰。

在樹頂上倫法德並沒有說出任何足以使群眾的同情心減低的話語。「坎斯坦特先生，你經歷了一個非常奇妙的意外，」他頗富同情心地說，「而那個事件使你成為一個信徒眾多的教派之重要象徵。」

「假如我們沒有對你產生某種程度的同情心，」他說，「那你將不會吸引我們，更不會成一個重要的象徵。由於你所犯的那些顯而易見的錯誤都是人類自古以來就曾犯過的錯誤，因此，我們**才必須**對你產生同情心。

「坎斯坦特先生，再過幾分鐘，」倫法德在樹頂上說，「你將會利用這些狹小通道以及彎曲的立體道路，走到那座金黃色的梯子前，然後，你將會爬上那座梯子並且走進那艘太空

船裡，最後，你將會搭乘那艘太空船飛到泰坦星——屬於土星的一個氣候溫和且土壤肥沃的衛星。你在那裡將會過得非常安全舒適，不過，對於你所生長的地球來說，你是個被放逐的人。」

「坎斯坦特先生，你必須志願做這件事，這麼一來，漠然上帝教會才能夠擁有一個高貴的自我犧牲的戲劇，可供人們經常思考並永誌於心。」

「為了使我們能獲得心靈上的滿足，」在樹頂上的倫法德說，「我們將會想像：你對於運氣的意義完全曲解，對於自身所擁有的財富和權勢完全濫用，並且從事著令人噁心的消遣。」

那個曾經是馬拉吉‧坎斯坦特，曾經是老表，曾經是太空流浪漢，而現在再度成為馬拉吉‧坎斯坦特的男子，對於自己又變成馬拉吉‧坎斯坦特一事似乎沒有什麼多大的感受。假如倫法德所安排的時機有所不同，或許，他還會覺得某些事情相當有趣。可是，當倫法德告訴他，他是馬拉吉‧坎斯坦特不到數秒鐘的時間之後，卻又馬上將他所要遭遇到的考驗說出來，使得坎斯坦特所有的注意力都集中在那個極為嚇人的考驗上。

那項考驗並不是在數年或數月，或數天後才發生，而是在幾分鐘之後即將發生。而且，就像是個被宣告有罪的罪犯般，除了他接受考驗時將用到的工具之外，他身上再也沒有其他東西了。

說也奇怪，他最擔憂的，竟是他將會絆倒——他將會把走路想成非常困難的事，這使得他的雙腳無法正常且自然地運作，最後終將絆倒。

「坎斯坦特先生，你不會絆倒的，」在樹頂上的倫法德看出坎斯坦特的心事後說，「你用不著到其他地方，也用不著做其他的事。當你把一隻腳放在另外一隻腳前面走動時，我們會寂靜無聲專注地看著你，而你也將成爲現代史上最令人懷念且最有意義的人物。」

坎斯坦特轉身看著他的伴侶和兒子。從他們清楚明確的凝視中，坎斯坦特終於了解到，倫法德所說的一點也沒錯——除了搭乘那艘太空船之外，他再也沒有什麼別的路可以走了。雖然碧翠絲和年輕的克諾洛對於喧鬧的慶祝活動抱持著冷嘲熱諷的態度，但對於整個活動當中的一些英勇行爲則持肯定的態度。

他們慫恿馬拉吉‧坎斯坦特做出良好的表現。

坎斯坦特不斷地用他的左手姆指和食指相互摩擦。他用了大約十秒鐘的時間對他所要從事的冒險行動加以思索。

然後，他把雙手垂放到身體兩側，他抬起頭，步伐沉穩地朝著那艘太空船走。當他的左腳踩在立體彎曲的小路上時，他的頭裡充滿了一種他已有三個地球年之久沒有聽過的聲音。那個聲音是從他頭頂下的天線所傳來的。在樹頂上的倫法德正用他口袋裡的小盒子來傳送訊號到坎斯坦特的天線上。

為了讓坎斯坦特更能忍受那段漫長且孤單的步行路程，倫法德讓坎斯坦特的腦中充滿了饗弦鼓的聲音。

那個響弦鼓的聲音如下⋯

租一座帳篷，一座帳篷，一座帳篷，

租一座帳篷，一座帳篷。

租一座帳篷！

租一座帳篷！

租一座，租一座帳篷！

當馬拉吉・坎斯坦特的手第一次觸摸到全世界最高大的懸浮梯時，響弦鼓的響聲停止了。他抬起頭來往上看，那座梯子的頂端像針一樣地細小。坎斯坦特把他的額頭放在他的手所緊握的梯級上略為休息了一會兒。

「坎斯坦特先生，在你爬上梯子之前，有沒有什麼話要說？」倫法德在樹頂上說。

突然間，坎斯坦特的眼前又懸吊著一個麥克風。坎斯坦特舔了舔雙唇。

「坎斯坦特先生，你是不是想要說些什麼？」倫法德說。

「假如你想要說話，」掌理麥克風的人對坎斯坦特說：「請用正常的語調說話，而且，請將你的雙唇和麥克風保持六英吋的距離。」

「坎斯坦特先生，你是不是想對我們說話？」倫法德說。

「我想要說的或許並不值得說出來，」坎斯坦特沉穩地說，「可是，我仍想說，自從我抵達地球之後，我對於發生在我身上的每一件事都無法了解。」

「難道你完全沒有參與的感覺？」倫法德在樹頂上說，「你是不是這個意思？」

「那我倒不在乎，」坎斯坦特說，「我還是必須爬上那座梯子。」

「這樣好了，」倫法德在樹頂上說，「假如你認為你在這裡遭受到不公的待遇，那就請你把自己曾在人生中某個時刻所做過的某件真正美好的事告訴我們，好讓我們決定那件美好的事是否足以使我們將你從這個早已擬定的計畫中除去。」

「美好的事？」坎斯坦特說。

「沒錯，」倫法德聲音宏亮地說，「把你一生當中曾經做過而且至今還記得的一件美好的事告訴我。」

坎斯坦特努力地回想。他的記憶力快速地穿越過洞穴中無盡的隧道。他曾經擁有一些能夠使寶哲和哈莫尼安成為他記憶中美好的事的機會。不過，坎斯坦特自己也無法誠實地說他到底有沒有利用那些機會來做出美好的事。

【第十一章】我們憎恨馬拉吉‧坎斯坦特因為……

接著，他又想到火星，也想到寫給他的那封信裡列舉的內容。當然在那麼多項目中，他確實會參與做過一些美好的事。

然後，他又回想起史東尼‧史蒂文生——他最要好的朋友，而那當然是件極為美好的事。「我有一位朋友，」馬拉吉‧坎斯坦特對著麥克風說。

「他叫什麼名字？」倫法德說。

「史東尼‧史蒂文生，」坎斯坦特說。

「只有一個朋友？」倫法德在樹頂上說。

「只有一個，」坎斯坦特說，當他了解到，人不能沒有朋友，朋友是人生中不可或缺的一部分時，他那貧瘠的心靈充滿了愉悅。

「那麼，你認為美好的事物，」在樹頂上的倫法德說，「完全取決於你和史東尼‧史蒂文生的友情囉？」

「沒錯，」坎斯坦特說。

「坎斯坦特先生，」你是否還記得在火星上的一場死刑處決中，你是擔任執行者的角色？」在樹頂上的倫法德說，「你當著三個火星軍團的面前，把一個被綁在石柱上的人勒死。」

這是坎斯坦特一直極力想去除的記憶之一。大致上來說，他做得相當成功——他毫不保留地在他的腦中努力搜尋著。不過，他還是不很確定那場死刑是否真的執行了。「我——我

想我還記得，」坎斯坦特說。

「那個被你勒死的人就是你最要好的朋友史東尼·史蒂文生，」溫斯頓·奈爾斯·倫法德說。

當馬拉吉·坎斯坦特爬那座梯子的時候，他的雙眼不停地掉下眼淚。他爬到中途時突然停下來，倫法德藉由擴音機叫他。

「坎斯坦特先生，你現在是不是覺得自己很像個非常熱中的參與者？」倫法德說。

坎斯坦特確實是這麼覺得。現在，他已經徹底了解到自己的卑賤和無用。而且，他也對於那些以欺凌他為樂事的人深感同情。

當他爬到梯子頂端的時候，倫法德告訴他還不要把氣閘關起來，因為，不久之後，他的伴侶和孩子也會爬上來。

坎斯坦特坐在梯子的頂端，也就是那艘太空船氣閘的入口處，聽著倫法德對他的妻子——也就是叫做碧的獨眼金齒深膚色女人——講道。坎斯坦特並沒有仔細地聆聽那個講道。

他的雙眼看見底下遠處位於群島海灣邊一個城鎮裡一場更為令人欣慰的講道。

那場他由空中鳥瞰所看見的講道的內容大致是——任何人即使在宇宙裡連一個朋友也沒有，仍然可以發覺他所生長的星球是一個非常美麗的地方。

「我現在要把碧的經歷告訴你們，」在樹頂上但距離馬拉吉·坎斯坦特已經很遠的倫法

德說：「碧就是那個在小鐵門外販賣馬拉吉娃娃的婦人。她和她的兒子現在正對著我們怒目而視。」

「多年前在她由地球前往火星的途中，馬拉吉．坎斯坦特把所有的心力都投注在她身上，而她也替他生下了這個兒子。在這之前，她曾經是我的妻子而且也是這一座房產的女主人。她的真正姓名是碧翠絲．倫法德。」

從從人群中發出嘆息聲。不知是否因為其他宗教的崇拜神像都忘了信眾的需求，才使人們將所有的眼光轉而投注在新港上？漠然上帝教會的教主不僅具有預測未來及對抗因運氣而帶來不平等待遇的能力，他還能一直不斷地提供使人啞然的轟動事件。

當他向群眾宣佈那個獨眼金齒的婦人曾經是他的妻子，以及他被馬拉吉．坎斯坦特戴綠帽的時候，他的聲音變得此許微弱。

「現在，我要請你們以輕蔑馬拉吉．坎斯坦特一生的方式來輕蔑她的一生。」他在樹頂上語氣溫和地說。「假如你們願意的話，也可以把她的肖像和馬拉吉．坎斯坦特娃娃一同吊掛在窗簾旁或是燈飾旁。

「碧翠絲的胡作非為完全是她對於很多事物的嫌惡而引起的，」倫法德說，「當她還是個年輕女孩的時候，她覺得自己被細心地呵護、教養，因此，為了害怕被外界所污染，她什麼事也不想做，也不允許別人替她做任何事。對於年輕的碧翠絲來說，人生充滿了太多令人

無法忍受的病菌和粗俗。」

「我們漠然上帝教會的信徒應該以譴責馬拉吉‧坎斯坦特耽迷於酒色中的方式來譴責碧翠絲之不願讓自己幻想的潔癖被生活中的事物污染。」

「碧翠絲一直認為自己是上帝心目中不論就智慧、道德或生理等方面來說，最為完美的人選，而其他的人類大概要花一萬年的時間才有辦法趕得上她。在這裡我們又再度地看到一個既平凡且毫無創意的人企圖取悅上帝。其實，碧翠絲自認為上帝賜予她純潔精緻的教養和馬拉吉‧坎斯坦特自認為上帝賜予他財富一樣，都是頗為令人質疑的。

「倫法德太太，」溫斯頓‧奈爾斯‧倫法德在樹頂上說，「現在，我要請妳和妳的兒子追隨在馬拉吉‧坎斯坦特的後面，搭乘那艘即將飛往泰坦星的太空船。在妳離開地球之前，是否有什麼話要交代或說明？」

整個場面寂靜了很長一段時間，在這當中，那個母親和小孩兩個人互相靠近對方，肩併著肩地看著台下的群眾。

「倫法德太太，妳是不是有什麼話要對我們說？」在樹頂上的倫法德說。

「是的，」碧翠絲說，「不過，我要說的話非常簡短。我相信，你所說的每一項有關於我的事情都是真實的，因為，你很少說謊。但是，當我和我的兒子一齊爬上那座梯子時，我們並不是為了你，或是你那些可笑的群眾而這麼做。我們之所以這麼做，完全是為了我們自

【第十一章】我們憎恨馬拉吉‧坎斯坦特因為……

己，而且，我們也將向自己以及觀察我們的人證明，我們什麼也不怕。當我們離開這個星球的時候，我們一點也不會傷心。在你的指導之下，我們已對這個星球感到厭煩。」

「你說我曾是這個房產的女主人，你也曾說我無法忍受做任何事或是別人對我做任何事。對於這些，我都記不得了。」碧翠絲說，「可是，當你告訴我有關於我過去的種種行為之後，我就深深地愛上了我自己。」人類非常地下流，整個地球，甚至是你也同樣地下流。」

碧翠絲和克諾洛很快地經過狹小通道和彎曲的立體交叉路到達那座梯子前面並且向上攀爬。他們在氣閘入口處和馬拉吉·坎斯坦特擦身而過，但卻連一句問候的話也沒說。他們走進船艙裡，消失在群眾的視線當中。

坎斯坦特尾隨在他們後面也走進那艘太空船裡，並且把船艙當成是棲身處所。

對他們來說，他們現在的棲身處所真是個令人驚訝的地方，尤其是對馬拉吉·坎斯坦特來說。這一艘駕駛艙頂端似乎有人看守的太空船顯然曾經是一個甚至是多個瘋狂舞會的舉辦場地。

所有的臥床都還沒有整理，床單被扭成一團，而且上面還沾了口紅及鞋油的遺漬。整個船艙裡到處可見到威士忌和香檳酒的空瓶子以及雷戈啤酒的空罐子。地板上則散佈著烤過後遺留下來的蚌殼。

艙門上有用口紅寫的兩個名字：**包德和西爾微亞**。在船艙的中央還吊著一個黑色的胸

罩。

碧翠絲把酒瓶和啤酒罐收集之後全數丟到門外。她把那個黑色胸罩拿下來，放在門外等待著風勢讓它飛揚起來。

還在為史東尼‧史蒂文生悲傷不已的馬拉吉‧坎斯坦特用他的雙腳來當拖把使用。他用雙腳摩擦著地板的方式，把那些蚌殼踢向門去。

年輕的克諾洛坐在一張臥床上，擦拭著他的幸運符。「媽咪，我們出發吧，」他緊張地說。「請我們大聲呼喊：我們出發吧。」

碧翠絲鬆開手中的黑色胸罩。一陣風吹過來，把它吹到群眾的上方，最後吊掛在倫法德坐著的那株樹頂上。

「再見了，純潔、聰敏、可愛的人們，」碧翠絲說。

【第十一章】我們憎恨馬拉吉‧坎斯坦特因為……

【第十二章】來自特拉法馬鐸的紳士

應該適時地說再見。

——溫斯頓‧奈爾斯‧倫法德

土星有九個衛星，其中最大的是泰坦星。

泰坦星只略比土星小一點而已。

泰坦星是太陽系中唯一擁有大氣的衛星。也就是說，在泰坦星裡有充足的氧氣可供呼吸。

泰坦星的大氣就像春天早晨地球上麵包店後門外的大氣。

泰坦星的中心點有一座天然的化學熔爐，它使泰坦星的氣溫一直維持在華氏六十七度。

泰坦星上面有三個海洋，每一個海洋相當於密西根湖的大小。這三個海洋都是淡水的，而且顏色相當翠綠。這三個海洋的名字分別是溫斯頓海、奈爾斯海，以及倫法德海。

泰坦星上面還有由九十三個池塘和湖泊所組成的第四個海。它的名字是卡薩可湖。

溫斯頓海、奈爾斯海、倫法德海，以及卡薩可湖是由三條大河所串連。

這三條大河和它們的支流都非常地不穩——有時波濤洶湧，有時又流量稀少。它們的流量大小完全取決於其他八個衛星狂暴的牽引力量，以及比地球體積大上九十五倍的土星巨大的感應力量。這三條大河的名字分別是溫斯頓河、奈爾斯河，以及倫法德河。

泰坦星上面也有樹林、草地，和山丘。

最高的山是倫法德山，它的高度是九千五百七十一英尺。

環繞著泰坦星的光環是整個太陽系中最令人讚不絕口的美麗光環。這些令人眼花撩亂的光環長度總共有四萬英里，但它們的寬度大約只有刮鬍刀片大小。

這光環被稱爲倫法德彩虹。

土星繞著太陽做圓形的運轉。

它每繞一圈必須花費二十九‧五個地球年的時間。

泰坦星繞著土星做圓形的運轉。

結果是，泰坦星繞著太陽做螺旋狀的運轉。

溫斯頓‧奈爾斯‧倫法德和他的狗卡薩可就像波潮現象般有規律地在扭曲變形的螺旋形狀中來回穿梭，他們的起點是太陽，終點則是參宿四星。每當太空中任何一個物體中途攔截

在螺旋狀的路線中，倫法德和他的狗就會在那個物體上顯形。

至於倫法德和卡薩可的螺旋狀行進路線為何能和泰坦星繞行的軌跡相契合，其原因至今仍是個謎。

倫法德把他自己的家命名為**丹蘿敏**。

它是由火星工人所建造完成的。

他們的家簡直就是地球上印度的泰姬瑪哈陵的翻版。

倫法德和卡薩可居住在溫斯頓海的一個小島上。他們的住所距離溫斯頓海的海岸有一英里。

也正因為如此，使得倫法德和他的狗能永遠地顯形於泰坦星上。

仍是個謎。

．．．

在馬拉吉·坎斯坦特、碧翠絲，以及克諾洛三人抵達泰坦星之前，泰坦星上只住著另外一個人。這個人叫做**沙洛**。他已經活了一千一百萬個地球年之久。

沙洛來自於另外一個銀河系——小麥哲倫星系。他身高四·五英尺。

沙洛皮膚的膚色和構造與地球上的橘子極為相似。

沙洛有三隻像鹿一般的腳。他的腳設計得相當巧妙有趣——每隻腳都具有膨脹功能。當

沙洛的三隻腳掌膨脹到像德國棒球那麼大時，他就能在水面上行走。當他的腳掌洩了氣後變成像高爾夫球那麼小時，他就能夠在堅硬的地面上快速地行走。當沙洛的腳掌完全洩氣後，他的腳掌就變成可吸住平滑表面的杯形橡皮。這時候的沙洛能用腳在牆上行走。

沙洛沒有手臂。沙洛有三隻眼睛。他的眼睛不但能夠察覺一般人可以看見的光譜，而且還能察覺紅外線、紫外線，以及X光線。沙洛對於時間相當敏銳──也就是說，他一次只生活在一個時刻裡──而且，他也時常告訴倫法德，他寧願看光譜最遠處的顏色而較不喜歡看過去或未來的世界。

同處於一個時期，但沙洛曾經見過有關宇宙的過去和宇宙本身的事物要比倫法德所見的還要多，因此，這倒是一件非常詭異的事。此外，沙洛所記得的比他所看過的還要多。

沙洛的頭是圓的，而且上面還懸掛著平衡環。

他的聲音好像是腳踏車前警鈴所發出的吵雜聲。他能夠說五千種語言，其中有五十種是地球上的人類至今還使用的語言，另外有三十一種則早已不再使用。

雖然倫法德曾經爲沙洛建築一棟雄偉華麗的房子，但沙洛並沒有住進裡面。沙洛住在一個寬闊的平地上，非常靠近那艘二十萬個地球年前載他到泰坦星的太空船。他所搭乘的那艘太空船是一個飛碟，也正是火星侵略部隊所搭乘的那種太空船。

沙洛個人的歷史相當有趣。

在地球公元前四八三四四一年的時候，他那族群的人基於精神感應而將他選爲族人當中最英俊、最健康、頭腦最單純的人。他們這麼做，是爲了要慶祝他的生長地方的政府成立一億地球年。那個政府位於一個名叫特拉法馬鐸的行星上，而那個行星則屬於位於小麥哲倫星系中的一個行星。年長的沙洛曾經將「特拉法馬鐸」的兩種意思——**我們全部及第五四一號**——翻譯給倫法德。

根據沙洛自己的估算，他生長的行星上每年的時間大約是地球每年時間的三‧六一六二倍——因此，他所參加的那個慶祝政府成立一億週年紀念大會換算成地球年則是三億六千一百六十二萬年。有一次沙洛曾經當著倫法德的面將其政府解說成半睡眠的無政府狀態，但他卻拒絕解說那個政府的實際運作情形。「史基普，除非你能立即了解半睡眠的無政府狀態是什麼，」他告訴倫法德，「否則再怎麼說也沒有任何意義。」

當他被推選爲特拉法馬鐸的代表時，他的任務就是攜帶一則密函從「宇宙的一個邊緣地區到另外一個邊緣地區」。負責規劃那個慶祝大會的人員並不相信沙洛計畫中的行程竟然延伸觸及整個宇宙。沙洛的遠征和其含意都是極富詩意而不易爲人所了解。沙洛唯一所要做的，就是帶著那個密函，搭乘著特拉法馬鐸的科技所能製造出來最爲精良的交通工具，極速往目的地前進。

沙洛並不知道那封信函的內容是什麼。不過，沙洛曾經告訴倫法德，那則信函是由「某

所大學所擬妥的」，而那是一所「沒有任何人去就讀的大學。它的校園裡沒有任何建築物，也沒有任何教職員工。可以說每個人都在那間大學裡——也可以說那間大學裡一個人也沒有。它就像是朵雲，每個人都曾為它的形成貢獻過一己的心力，然後，等到雲形成之後，那朵雲卻又替每個人從事深度思考的工作。我的意思並不是意謂**真**的有一朵雲。我只是意味它**很像**雲那種東西。史基普，假如你還是不了解我的意思，那再怎麼對你解說也是毫無用處的。」

那則信函是裝在一個長寬各五英吋，厚度有八分之三英吋的信封裡。至於那個信封本身則是被放在一個掛在船艙機械軸上的網狀袋裡。

沙洛奉命令在抵達目的地之後才能開那個網狀袋和那個信封。他的目的地並不是泰坦星。他的目的地距離泰坦星有一千八百萬光年。負責規畫那個慶祝大會的人員並不知道沙洛將在銀河系裡找什麼東西。他所接到的指示是——在某處找到一些生物，在精通牠們的語言之後，把那個信函打開，然後把信函內容翻譯給牠們。

由於沙洛和其他的特拉法馬鐸人一樣，都只不過是一部機器，因此他絲毫不質疑自己為何會被賦予這樣的任務。做為一個機器的唯一任務就是做它應該做的事。

在沙洛起飛之前所接受的諸多命令當中，最為重要的一項就是：**不論在任何情況之下，他都不能在途中將那個信函打開。**

由於這項命令如此重要，使得它成為這位身材嬌小的特拉法馬鐸人信差此行的中心任務。

在地球公元前二〇三一一七年的時候，經過機械方面一番艱苦的操作，沙洛終於被送到太陽系裡，由於他所搭乘的那艘太空船的發電機有一小零件解體，使得他被迫停在太陽系裡，那個解體的小零件只有啤酒開罐器那麼大。由於沙洛對於機械方面的東西一向不感興趣，因此他對於那個分解的部分應該怎麼做，都沒有概念。沙洛所搭乘的那艘太空船是用「變動宇宙的意志」所推動的，所以對於一個機械的門外漢來說，真不知道將如何修理那個發電機。

沙洛所搭乘的那艘太空船也並非完全無法使用。它仍然能夠飛行，只不過是搖搖晃晃地飛行，而且每小時的速度只有六萬八千英里。雖然處在這種搖搖晃晃的狀態之下，那艘太空船也足以勝任太陽系裡各星球之間的飛行，而且，它同類型的機種也在火星發動戰爭時，提供適時的援助。不過，對於沙洛原先被賦予的任務來說，那艘搖搖晃晃的太空船速度實在太慢了。

於是，年老的沙洛就在泰坦星把太空船停下來，並且還將他所遭遇到的困境傳送回特拉法馬鐸。他是以光速來傳送那個訊息的，而這也就是說，必須花費十五萬個地球年，才能將訊息傳送到特拉法馬鐸。

於是，沙洛在這一段等候回音的長久時間當中，發展出許多嗜好。這些嗜好當中最主要的有雕刻、培育泰坦雛菊，以及觀看地球上所發生的各種活動。他能夠藉由自己所搭乘的那艘太空船裡的儀器板上的觀測器來觀看地球上所發生的活動。由於那個觀測器的放大倍數相當驚人，因此，假如沙洛想觀看地球上螞蟻的活動情形，也是件輕而易舉的事。

其實，也正是藉由這一台觀測器，他才能夠收到由特拉法馬鐸所傳來的回音。那個回音是被書寫在現今英格蘭的一個大平原之巨石上。那個回音的遺跡現在仍然有跡可循。那個回音現在大家所熟知的史前巨石柱。從特拉法馬鐸所傳來的回音，若從太空鳥瞰的話，那就是：

正以最快的速度運送替換的零件。

沙洛並不是只有從英格蘭大平原上的史前巨石柱上獲得回音。

他還從另外四個地方獲得回音，而且這些回音也都出現在地球上。

若從太空鳥瞰的話，中國的長城以特拉法馬鐸語來看，意思是：**請耐心等候，我們並沒有忘記你。**

羅馬皇帝尼洛所建造的黃金屋上面寫著特拉法馬鐸語，它的意思是：**我們正使盡一切力量。**

當莫斯科的克里姆林宮被建造完成的時候，它的意思是：**不久之後你就會再度上路了。**

位於瑞士日內瓦的國際聯盟大廈，它的意思是：**將你的行李整理好，隨時準備在通知後**

【第十二章】來自特拉法馬鐸的紳士

出發。

經過簡單的算術推算後可以發現，這些回音都以比光速還要快的速度抵達地球。沙洛以光速將他遭受困境的訊息傳送到特拉法馬鐸，而這得花上十五萬年的時間。不過，他卻在不到五萬年的時間之內，就收到了由特拉法馬鐸所傳送來的回音。

對於地球上的人類來說，他們實在無法解釋為何這種傳播如此迅速。特拉法馬鐸人不但能夠利用「變動宇宙的意志」中的某種推動力而發展出比光速還要快三倍的傳送工具，他們還能夠將這些推動力加以集中和調整，以便影響遠方的生物並且促使牠們做一些對特拉法馬鐸人有益的事。

能夠在距離特拉法馬鐸很遠的地方把事情完成，確實是件非常不可思議的事。更何況完成的速度又是如此地快。

不過這可不便宜。

即使是年長的沙洛也從來沒有想過在短距離內準備好以這種方式傳送訊息並且將事情完成，他當然更沒有想過那麼長的距離竟然也能輕易地傳送訊息及完成事情。整個過程中使用的器具相當巨大而所使用的「變動宇宙的意志」之動力也相當龐大。此外，還必須運用數千名技術人員。

雖然特拉法馬鐸人所使用的器具動力、人員相當充分，結構也相當堅固，但卻並非完全

正確無誤。年長的沙洛就曾經看過許多和地球之間通訊失敗的情形——地球上將會展現出許多文明，而每位參與展現文明的人也將根據特拉法馬鐸語的訊息，開始建造巨大的建築物，然後那些文明又都會因筋疲力盡而無法完成那些訊息裡的內容。

年長的沙洛已經看過這種情形發生過好幾百次了。

年長的沙洛也曾經告訴倫法德一些有關於特拉法馬鐸文明裡有趣的事情，但他卻從來沒有把訊息的傳播及其相關的技術告訴倫法德。

他只告訴倫法德，他曾經對他的老家特拉法馬鐸星發出陷於困境的訊息。而他現在正等待早日收到替換的零件。由於沙洛的心智和倫法德極為不同，因此倫法德完全無法了解沙洛的意思。

其實，沙洛倒覺得他和倫法德之間的思想無法溝通未嘗不是件可喜的事。因為，他非常擔心，假如倫法德發覺到沙洛的族人和地球的發展有密切關係時，不知道倫法德會怎麼想。

雖然倫法德曾多次穿越漏斗狀的時間區域，他可能因而擁有較為廣大的視野，但沙沙發現倫法德的內心深處仍然相當地球化。

年長的沙洛並不想讓倫法德發現特拉法馬鐸人曾對地球做了哪些事，因為，他非常確定，倫法德將會大為震怒，甚至還會因而對沙洛和特拉法馬鐸人懷有恨意。沙洛並不認為他能接受倫法德對他懷有恨意這個事實，因為，他是那麼地深愛著溫斯頓・奈爾斯・倫法德。

這種愛並不會令人感到不愉快。也就是說，這並不是同性戀之愛。其實，根本就不可能是同性戀之愛，因為，沙洛是沒有性別的。

他和所有的特拉法馬鐸人一樣，都只是機器而已。

他是由開口銷、長管夾、螺帽、螺釘，以及磁鐵組合而成的。沙洛的橘子色皮膚是他情緒受到干擾時顏色會更加明顯，而且，也能夠像地球上人類所穿的皮製風衣般很容易地脫下來。沙洛的橘子色皮膚是由具磁性的拉鏈和沙洛的身體緊綁在一起。

根據沙洛的說法，特拉法馬鐸人互相製造對方。不過，他們當中卻沒有任何一個人知道第一個機器是如何被製成的。

以下是特拉法馬鐸人的傳奇史：

很久以前，特拉法馬鐸星球上有很多跟地球人類似的生物，不能信賴、缺乏效率、不可預測、也不耐久。這些生物堅持所有的事物存在都一定要有目標，而目標有高下之分。

這些生物一輩子都在尋找自己存在的目標，但每次發現一個可能的目標，他們就覺得這種目標太卑賤，配不上他們。

於是他們自己不去完成這種目標，反而製造一種機器來完成那種卑賤的目標，以便自己有時間去貫徹更崇高的目標。可是不論找到什麼樣更崇高的目標，他們總覺得還不夠崇高。

於是又製造機器來完成更崇高的目標。

機器把所有的事做得很完美，到頭來特拉法馬鐸的生物決定用機器找出他們生存的最高目標。

機器誠實地回報，這些生物實在沒什麼存在的目標。

特拉法馬鐸的生物於是開始互相殘殺，因為他們最恨毫無目標而存在的東西。

然後他們又發現自己連殺毀這種事都做不好，所以他們把這份工作也交給機器。機器只用了還不夠把「特拉法馬鐸」這幾個字唸完的時間，就把工作做完了。

年長的沙洛現在藉著他那艘太空船裡儀器板上的觀測器，清楚地看到載著馬拉吉·坎斯坦特、碧翠絲·倫法德，以及他們的兒子克諾洛的那艘太空船正駛近泰坦星。他們所搭乘的太空船早就被設定好自動降落在溫斯頓海的海岸。

那艘太空船將降落在兩百萬座和真人大小一致的雕像上。沙洛一直以每一個地球年十個雕像的速度來製造雕像。由於這些雕像是由泰坦星的泥炭所製成，因此它們的生產地區大多集中在溫斯頓海附近。溫斯頓海岸附近距離地表僅兩英尺的地底蘊藏著豐富的泰坦星泥炭。

泰坦星泥炭是一種非常奇妙的物質，它對於手藝靈活的雕刻師尤其具有極大的吸引力。

當泰坦星泥炭剛被挖出來的時候，它的黏度和地球灰泥的黏度差不多。

在暴露於泰坦星的光線和空氣一個小時之後,它的硬度和強度和熟石膏一樣,必須用冷鑿才有辦法在上面雕刻東西。

在暴露達兩個小時之後,它的硬度變得和花崗岩不相上下,只有鑽石才能夠在泰坦星泥炭上刮出痕跡。

沙洛學會了地球上人類那種愛現的行為,因而製造出那麼多座雕像。

地球上的人類之所以一直都力求表現,是因為他們認為天空中好像有一隻巨大的眼睛,而那隻巨大的眼睛非常渴望看到餘興節目。

那隻巨大的眼睛很希望看到一個巨大的戲院。不論巨大的戲院裡上演的是喜劇、悲劇、鬧劇、諷刺劇,或是輕鬆歌舞劇,那隻巨大的眼睛都毫不在乎。

它的唯一要求就是所表演的戲劇必須場面壯觀。

由於這種要求的力量非常地強烈,使得地球上的人類除了日以繼夜、甚至在夢中也不斷地表演之外別無他法。

地球上的人類唯一在乎的觀眾就是那隻巨大的眼睛。沙洛所見過最為奇特的演出是由一些地球上的人類所表演的。那想像中的巨大眼睛仍然是他們唯一的觀眾。

沙洛曾經企圖把那些為想像中的巨大眼睛做出最有趣表演的人類的部分心理狀態保持在他所雕塑的雕像裡。

幾乎和那些雕像同樣令人驚訝的是溫斯頓海岸邊生長茂盛的泰坦星雛菊。當沙洛於地球

公元前二○三一一七年抵達泰坦星的時候，泰坦星雛菊黃色且像星狀的小花朵的直徑大約只

有四分之一英寸。

然後，沙洛就開始挑選一些泰坦星雛菊加以繁殖。

當馬拉吉‧坎斯坦特、碧翠絲‧倫法德，以及他們的兒子克諾洛抵達泰坦星的時候，最

具代表性的泰坦星雛菊已經擁有直徑四英尺的莖，而且，還具有重量可達一公噸由淡紫色和

粉紅色組成的花朵。

‧‧‧

當沙洛看見搭載馬拉吉‧坎斯坦特、碧翠絲‧倫法德，以及他們的兒子克諾洛的那艘太

空船正駛近特拉法馬鐸星的時候，他的腳掌立即膨脹到像德國棒球那樣大。他站在倫法德海

翠綠且清淨的海水上，橫跨著海水到溫斯頓‧奈爾斯‧倫法德所搭建的仿印度泰姬瑪哈陵的

房子前。

他走進那座四周都有圍牆的宮殿前院，將他腳掌裡的空氣排放出來。被排放出來的空氣

發出嘶嘶響聲。從四周的圍牆裡又可聽到那嘶嘶聲的回音。

溫斯頓・奈爾斯・倫法德位於池邊的淡紫色椅子空著沒有人坐。

「是史基普嗎?」沙洛叫著史基普的名字。雖然他知道使用這個名字會惹來倫法德的怨恨,但他還是使用倫法德童年的名字——史基普,因為他認為這樣會顯得親切些。他使用這個名字並不是要嘲弄倫法德。他之所以使用這個名字,最主要的還是在於讓倫法德知道他很重視他和倫法德的友誼。此外,他也想藉此考驗這一段友誼,並且看這個友誼如何承受此一考驗。

沙洛之所以讓這個友誼接受這種考驗是有原因的。在他抵達太陽系之前,他從來沒有看過,甚至也沒有聽過友誼這回事。對他來說,這是一項非常令人神往的新奇事物。他很想藉此然與其事。

「是史基普嗎?」沙洛又再度地呼叫他。

空氣中有一股不尋常的強烈味道。沙洛認為這可能是臭氧。不過,他還是無法說出個所以然來。

倫法德那張椅子旁邊的菸灰缸上還有一枝冒煙的香菸,因此,倫法德離開那張椅子的時間應該不會太久。

「是史基普嗎?是卡薩可嗎?」沙洛又再度地呼叫。這個時候的倫法德不坐在他的椅子上打盹,這個時候的卡薩可不在椅子的旁邊打盹,實在是相當反常。他和他那條狗絕大多數

的時間都待在那個水池的旁邊，追蹤著另外的自己穿越時空後所發出的訊號，通常倫法德會

靜止不動地坐在他那張椅子上，把他那軟弱無力的手指放在卡薩可的身上。至於卡薩可則在

一旁半夢半醒地低吠著。

沙洛低著頭看著那正方形水池中的水。在那個水池的底部，也就是水深八英尺的地方，有

三個泰坦星女妖。這三個女妖正是很久以前馬拉吉・坎斯坦特照片上那三位美麗的女郎。

她們都是沙洛利用泰坦星泥炭所製成的雕像。在沙洛雕塑的數百萬具雕像中，只有這三

具的身體塗有栩栩如生的眞人膚色。塗上眞人的膚色是必須的，因爲，這麼一來，才能在倫

法德所建造的這棟華麗且極具東方色彩的宮殿中顯現出她們的重要性。

「是史基普嗎？」沙洛又再度地呼叫。

太空之犬卡薩可回應那個呼叫聲。卡薩可笨拙地從一棟半圓形且蓋有尖塔的建築物裡走

出來。那棟建築物在那個水池上留下了倒影。

卡薩可看起來好像中毒了。

卡薩可全身顫抖，牠的眼睛一動也不動地凝視著沙洛旁邊的地方。那個地方什麼東西也

沒有。

卡薩可停止抖動，牠似乎意識到牠的下一步將會使牠遭受到非常可怕的疼痛。

然後，卡薩可將會因身上著了聖艾爾摩之火❶而起火燃燒並發出劈啪聲。

聖艾爾摩之火是釋放電能時所產生的火光。任何生物如果被這火燒到，頂多感到被一根羽毛搔過般的不適。同時，這彷彿著了火的生物就不會再感到憂慮。

從卡薩可身上發放出來的火光看起來相當恐怖。而且這還使臭氧的惡臭味道更爲濃厚。

卡薩可並沒有移動。很久以前牠就不再對身上著火這種事感到震驚了。牠只是悲傷地忍受著聖艾爾摩之火。

火焰消失了。

倫法德出現在拱廊下。他看起來相當地慵懶和沉悶。顯形結束後一條大約有一英尺寬的透明條飾從他全身上下通過。緊緊跟隨在後的是兩條只有一英寸寬的透明條飾。

倫法德高舉著他的雙手，並且把手指張開。從他的指尖散發出好幾道粉紅色、紫羅蘭色，及淡綠色的聖艾爾摩之火。他的頭髮上出現了好幾道金黃色的火光。這些使他整個人看起來像是個會發出燦爛光芒的光環。

「停止，」倫法德有氣無力地說。

倫法德身上的聖艾爾摩之火消失了。

沙洛看得目瞪口呆。「史基普──」他說。「史基普，到底是怎麼一回事？」

❶聖艾爾摩之火（St. Elmo's fire）爲常發生在雷雨中，因空氣中強大的電場作用所造成的一種放電現象。

「是太陽黑子，」倫法德說。他拖著雙腳走到那張淡紫色的椅子前，然後整個身子靠坐

在那張椅子上面，並用一隻鬆軟無力且蒼白如溼巾的手將雙眼蓋住。

卡薩可躺在他的身邊。卡薩可全身在發抖。

「我——我從來沒有見過你這個樣子，」沙洛說。

「太陽上也從來沒有出現過像這樣的風暴，」倫法德說。

對於太陽黑子影響了他那曾多次穿梭於漏斗狀時間區域朋友一事，沙洛一點也不驚訝。

他曾經多次看到倫法德和卡薩可因受到太陽黑子的影響而生病——其中最嚴重的症狀就是暈

眩。不過，這次倫法德指尖上和頭髮所發出的光芒則是他首次見到的。

當沙洛現在正看著倫法德和卡薩可的時候，他們卻在頃刻間變成兩度空間的物體，好像

是塗在波浪狀旗幟的圖案。

他們又鎮定下來，不再搖搖晃晃。

「史基普，有什麼需要我幫忙的嗎？」沙洛說。

倫法德低聲地呻吟著。「人們什麼時候才會停止問這個討厭的問題？」他說。

「很抱歉，」沙洛說。他的腳掌現在已完全洩氣變成凹狀的杯形橡皮。他的腳掌在擦亮

的走道上發出吸吮的聲音。「難道你**非得**發出這種吵雜聲音不可嗎？」倫法德不高興地說。

年長的沙洛真想死掉算了。這是他的朋友溫斯頓·奈爾斯·倫法德第一次用這麼嚴苛的

話語對他說話。沙洛實在無法忍受。

年長的沙洛將他三隻眼睛當中的兩隻閉起來。第三隻沒有閉著的眼睛則瞄著天空。快速

飛翔的知更鳥在天空中形成兩個小圓點。

這一對知更鳥發現了一股上升的氣流。

牠們都沒有鼓動翅膀。

牠們身上羽毛的動作相當和諧一致。對牠們而言，生命就是一個往上攀升的夢。

「葛洛，」其中一隻泰坦星知更鳥叫著。

「葛洛，」另外一隻泰坦星知更鳥也回應地叫著。

這兩隻知更鳥同時緊縮著牠們身上的翅膀，然後就像石頭般從高空掉落下來。

牠們似乎筆直地掉落在倫法德所建的那棟大理石宮殿的牆外並且當場死亡。可是，過了

一會功夫，牠們又開始快速地往上飛，企圖做另一次的攀升。

這一次牠們飛進的那個天空裡正好還留有那艘載著馬拉吉‧坎斯坦特、碧翠絲‧倫法

德，以及他們的兒子克諾洛的太空船所發出的蒸氣軌跡。那艘太空船正準備要著陸。

「史基普——」沙洛說。

「你非得要那麼叫我不可嗎？」倫法德說。

「當然不是，」沙洛說。

「那麼，就不要這樣叫我，」倫法德說，「除非和我從小一起長大的人以外，我並不喜歡別人使用那個名字。」

「我認為——我也是你的朋友——」

「我們是不是應該揭開那個友誼的面紗了？」倫法德說。

沙洛把他的第三隻眼睛也閉起來。他整身皮膚不禁緊縮起來。「面紗？」他說。

「你的腳掌又在製造噪音了！」倫法德說。

「史基普！」沙洛大叫地說。他要糾正倫法德這種令人難以忍受的舉動和言語。「**溫斯頓**，你用這樣的方式對我講話就好像是一場惡夢。我一直認為我們是朋友。」

「我想，我們應該說是曾經都互相地被對方利用過。這樣的說法或許會較為貼切。」倫法德說。

沙洛的頭在它頭上的平衡環裡徐緩地搖晃著。「我想，我們的關係應該不只那樣而已吧，」他想了一會兒後終於說了這句話。

「或許，我們可以這麼說，」倫法德露出相當不悅的語氣，「我們發現了能夠互相滿足對方需求的方法。」

「我——我很高興能夠幫助你——而我也真的很希望能對你有所幫助，」沙洛說。他把他的眼睛都打開。他必須看倫法德會有什麼反應。他認為倫法德應該會再像以前那樣友善地

對待他，因為，沙洛真的曾經無私地幫助過他。

「難道你忘記了我曾經把我一半的『變動宇宙的能量』送給你嗎？」沙洛說，「難道你忘記了我曾經讓你仿造我的太空船嗎？難道你忘記了是我把第一批在地球上招募到的人員載到火星的嗎？難道你忘記了，是我幫你想出如何控制火星人使他們不會造反的點子嗎？難道你忘記了，是我日復一日地幫你設計那個新宗教的嗎？」

「沒錯，」倫法德說。「可是，你知道你最近做了什麼令我傷心的事嗎？」

「你所指的是什麼？」沙洛說。

「算了，不提也罷，」倫法德說，「那是地球上一則古老笑話裡結尾的一句話，可是，在那種狀況之下，卻一點也不好笑。」

「喔，」沙洛說。他倒是知道很多地球上人類的笑話，可是，他卻不知道倫法德所指的是哪一則。

「你的腳！」倫法德大叫地說。

「很抱歉！」沙洛說，「假如我能像地球上的人類一樣哭泣，那我也會哭泣的！」他已經無法控制他那些沉重的腳掌。它們依舊製造出倫法德所討厭的噪音。「我實在覺得非常遺憾。我所知道的是，我已經盡到一個真正的朋友所應盡的責任，而且，我也從來不要求對方做出**任何**回報。」

「其實你用不著那麼做！」倫法德說。「你也用不著要求任何東西。你只要坐著等待，就會有一樣你一直想要的東西掉到膝蓋上。」

「有什麼我一直想要的東西會掉到我的膝蓋上呢？」沙洛半信半疑地說。

「你那艘太空船的替換零件，」倫法德說。「它已經快到這裡了。坎斯坦特的兒子身上就帶著那個替換零件。或許你並不知道，那個小男孩一直把它當成他的護身符。」

原本坐著的倫法德這個時候站起來，他的身體變成綠色。他示意不要再說了。「很抱歉，」他說，「我又要生病了。」

溫斯頓・奈爾斯・倫法德和他的狗卡薩可再度地生病，而且，這次病得比以前都還要來得嚴重。年老可憐的沙洛認為這一次他們要不是被火烤得變成灰燼，就是耐不住高溫而爆炸。

卡薩可終於因為受不了一團聖艾爾摩之火而狂吠起來。

倫法德則挺直地站立著，他的眼睛睜得很大，他的身體已經變成一個燃燒起火的圓柱。

這次的侵襲結束了。

「很抱歉，」倫法德還故意裝出一副非常高雅的樣子說。「您剛才想說的是──？」

「什麼？」沙洛垂頭喪氣地說。

「您剛才好像說些什麼──或者，好像正想說些什麼，」倫法德說。從他額頭前的汗水

就可輕易地看出他剛才曾經遭受某種極為悲慘的事。他把一根香菸放在一個由骨頭做成的長型菸嘴上，然後點燃了那根香菸。他把他的下巴盡量地往上抬，這使得那根菸嘴垂直地指著天空。「在接下來的三分鐘之內，我們都不會再受到干擾，」他說，「您想要說的是？」

沙洛努力地回想剛才和倫法德交談的主題。當他回想起那主題的時候，卻使他更為沮喪。最不可能發生的不幸事件終於發生了。倫法德不僅發現特拉法馬鐸人對地球上人類的諸多事務有很大的影響力，當然這已經足夠使倫法德生氣，而且，倫法德似乎還將自己視為造成那種影響力的要素之一。

沙洛曾經很焦慮地懷疑倫法德可能也受到特拉法馬鐸人的影響，不過，後來他又打消了這種懷疑的念頭，因為，即使真如他所疑，那他也沒有任何能力去改變這個事實。他甚至沒有和倫法德討論過這件事，因為，要是這麼做的話，那將會立即毀損他們之間美好的友誼。

現在，他將要試探倫法德的口風，希望最後自己能發現，原來倫法德並沒有如他想像中知道那麼多事情。「史基普——」他說。

「拜託——」倫法德說。

「倫法德先生——」沙洛說，「你是不是認為，就某方面來說，我曾利用過你？」

「不是你，」倫法德說，「我是指你那些在特拉法馬鐸星上的同族機器人。」

「嗯，」沙洛說，「史基普，你——你認為你——你曾經被利用過嗎？」

「特拉法馬鐸人進入太陽系之後，」倫法德苦澀地說，「就挑選我，並且像一把削皮器般地利用我！」

「假如你可以預知自己將被特拉法馬鐸人利用，」沙洛憐惜地說，「那你以前爲什麼都沒有提起過？」

「沒有人喜歡把自己想成是個被利用的人，」倫法德說，「一般人都會一再地延緩，直到最後時刻才不得不承認『自己被利用』這個事實。」他苦笑著。「或許，你會驚訝地發覺，不管我所自傲的是多麼地愚蠢和錯誤，我卻一直對於能夠自己做決定感到相當地自傲。」

「這我一點也不感到驚訝，」沙洛說。

「喔，是這樣嗎？」倫法德不悅地說。「我想，對於一部**機器**來說，它應該很難理解這樣的心態。」

這當然是他們兩人關係當中的最低潮。由於沙洛是被設計和製造而成的，因此他無疑地是一部機器。他也從來沒有隱藏這個事實。不過，倫法德以前卻不曾拿這個事實來侮辱他。

現在，可以極爲確定的是，他正拿這個事實來侮辱沙洛。倫法德還自以爲好心地讓沙洛了到，做爲一部機器本來就是要毫無感覺、毫無想像力、非常粗俗，而且還應該行事果斷根本不能帶有絲毫的良心——

沙洛很容易地就受到這種指控的傷害。他覺得非常感傷。原先以為一五一十地把自己的

情形告訴倫法德將有助於提升他們之間的友誼親密度，卻沒想到如今，就因為倫法德知道太

多有關他的祕密，使倫法德能夠很輕易地傷害他。

他又再度把他三隻眼睛當中的兩隻緊閉著，然後用那沒有閉著的第三隻眼睛觀看泰坦星

的知更鳥。這種知更鳥和地球上的老鷹的體形不相上下。

沙洛希望他是一隻泰坦星的知更鳥。

那艘載著馬拉吉・坎斯坦特、碧翠絲・倫法德，以及他們的兒子克諾洛的太空船在那棟

宮殿上低空飛過，並且在溫斯頓海的海岸上降落。

「我敢向你擔保，」沙洛說，「我並不知道你曾經被利用過，而且，我一點也不知道，

你曾經是——」

「你這部機器，」倫法德不悅地說。

「請告訴我，你曾經被如何地利用，」沙洛說，「我敢向你擔保——，我一點也不知道

——」

「你這部機器，」倫法德說。

「史基普——溫斯頓・倫法德先生，」沙洛說。「在我一直為了這段友誼而努力不懈及

多方嘗試之後，假如你對我的觀感還是那麼地惡劣，顯而易見地，我再怎麼做也無法改變你

的心意。」

「這正是一部機器會說的話，」倫法德說。

「那是一部機器以前會說的話，」沙洛低聲下氣地說。他把腳掌膨脹到和德國棒球一樣大小。他準備在走出倫法德的宮殿之後就在溫斯頓海的海面上行走，而且再也不回來了。只有當他的腳掌完全膨脹之後，他才能領會倫法德所提出的質詢。而那個質詢似乎又清楚地暗示著，年老的沙洛依然能夠以某種的方式來使錯誤事物再度恢復正確。

即使沙洛是一部機器，他也足以敏銳地察覺到，他必須搖尾乞憐，才能問出他該做的某種事究竟是什麼。他硬起頭皮。為了那段友誼，他心甘情願地去搖尾乞憐。

「史基普——」他說，「告訴我該怎麼做。不管是什麼事，無論如何請你告訴我。」

「在很短的時間之內，」倫法德說，「有一場爆炸將會把我炸離整個太陽系。」

「天哪！」沙洛大叫著，「史基普！」

「不，不，**請**不要可憐我，」倫法德說。他往後退，深怕被碰觸。「這是一件非常好的事。真的。我將會看到很多新的東西以及很多新的生物。」他勉強地微笑著。「你應該知道的，在太陽系裡單調規律的生活很容易使人倦怠。」他發出刺耳的大笑聲。「畢竟，」他說，「我又不是將死去或怎樣。任何一個曾經存在的事物將永遠存在，而任何一個將要存在的事，其實也一直存在著。」他迅速地搖了搖頭，一滴眼淚因而被他甩掉，不過，他並不知

道原來他的眼裡有那滴眼淚。

「不過，由於我曾經好幾次地來回穿梭於漏斗狀的時間區域，」他說，「因此，我仍然很想知道，太陽系這一段插曲的主題是什麼。」

「你——你曾經在你的《火星簡史》那一本書裡很清楚地記載和描述了此一插曲。」沙洛說。

「我所寫的那本《火星簡史》，」倫法德說，「並沒有提到我曾經深深地被特拉法馬鐸星的人所影響這件事。」他咬緊牙根說。

「在我和我的狗像瘋子手中的蒼蠅拍般胡亂地飛離太陽系的天空時，」倫法德說，「我很想知道你所攜帶的那封信函的內容是什麼。」

「我——我對於信函的內容實在一無所知，」沙洛說，「它的信封口被牢牢地封住。而且，他們還命令我——」

「不要再聽從由特拉法馬鐸傳來的命令，」溫斯頓·奈爾斯·倫法德說，「就像任何一部機器，你不應相信你的本能。不過，沙洛，看在我們友誼的份上，我希望你現在能夠將那封信函打開，並且把裡面的內容唸給我聽。」

...
...

馬拉吉‧坎斯坦特、碧翠絲‧倫法德，以及他們那個年輕粗暴的兒子克諾洛三個人在溫斯頓海岸一株泰坦星雛菊的樹蔭底下悶悶不樂地野餐。這個家庭裡的每一位成員都各自將身體靠在一個雕像上。

曾經是太陽系裡的花花公子而現在則是滿臉鬍鬚的馬拉吉‧坎斯坦特仍然穿著前後各印有一個橘色問號的淡黃色衣服。這是他僅有的一套衣服。

坎斯坦特將他的身體靠在一尊聖方濟❷的雕像上。這尊聖方濟像一直想要成為兩隻兇猛可怕，很顯然像是禿頭鷹的巨鳥朋友。坎斯坦特無法很正確地分辨出這些鳥原來就是泰坦星知更鳥，因為，他尚未見過任何一隻泰坦星的知更鳥。一個地球小時前，他才剛抵達泰坦星。

看起來像是個吉普賽皇后的碧翠絲正把身體斜靠在一個年輕物理系學生的雕像上。乍看之下，這位身穿實驗衣的科學家似乎是一個追求真理的完美典範。每個人都深信，當他的眼睛凝視著試管的時候，只有真理才能取悅他。每個人都會認為，他對於地球上人類的關懷如同在水星洞穴般。那裡有一個腳踏實地、清心寡欲的年輕人。而且，每個人在看見沙洛在那尊雕像上所刻的主題——**原子能的發現**——之後，也都毫無異議地承認這個主題。

❷ 聖方濟（St. Francis of Assisi）成立方濟會，亦是天主教教會運動及自然環境的守護聖人。

往下看，這個年輕的真理追求者令人驚訝地是勃起的。

不過，碧翠絲還沒有發現這個事實。

年輕的克諾洛和他母親一樣具有深膚色及不安全感。克諾洛正企圖在他所斜靠的那座雕像的底部刻上一些地球上人類所使用的齷齪字句。他將使用他的幸運符較為銳利的一端來進行這項工作。

不過，結果卻是，這個由泰坦星泥炭所雕塑而成的雕像，由於它像鑽石般堅硬，因而反倒把克諾洛的幸運符尖銳的一端磨得較為圓滑。

現在正被克諾洛刻上地球文字的那尊雕像其實是一組家人——一個尼安德塔人、他的伴侶，以及他們的一個嬰孩。這是一件非常感人的作品。那些蹲著、毛茸茸的、充滿希望的生物雖然看起來很醜，但他們的內心卻非常美麗。

雖然沙洛洛賦予這一件雕塑作品一個非常諷刺的主題，但卻絲毫無損它的重要性和普遍性。沙洛對於他自己所雕塑出來的雕像都賦予極為可怕的主題。他這麼做好像是要向別人宣稱，他並不是個嚴肅的藝術家。他賦予那個尼安德塔人家庭的主題是源起於這個事實——那個嬰孩眼前，放在一個粗陋的叉子上烤的是一隻人類的腳。

主題是：**這隻小豬**。

．．．
．．．

「不論發生了什麼事，不論發生了什麼美好、悲傷、快樂，或是可怕的事，」馬拉吉・坎斯坦特在泰坦星上對他的家人說，「假如我有所反應，那就罰我下地獄。現在，看起來好像某人或某種事物想要我做出某種特別的反應，不過我會淡然處之。」他抬起頭來看著環繞土星周圍的光環，然後露出了撇嘴的輕蔑表情。「難道你們不認為這些光環美麗得難以用言語和筆墨來形容嗎？」他朝著地面吐了一口痰。

「假如有任何人想用某些巧妙的計謀利用我，」坎斯坦特說，「那他一定會大為失望。

那他最好先欺騙這些雕像當中的某一座雕像。」

他再度向地面吐痰。

「就我個人來說，」坎斯坦特說，「整個宇宙就好像是一座廢物堆積場，裡面的每一項東西的標價都過高。我現在正在一堆堆的堆積物當中，找尋廉價品。每一項所謂廉價品都和炸藥電線相接通。」他又再度向地面吐痰。

「我不做了，」坎斯坦特說。

「我放棄了，」坎斯坦特說。

「我不幹了，」坎斯坦特說。

【第十二章】來自特拉法馬鐸的紳士

坎斯坦特的小家庭成員表情冷淡地同意他的說法。坎斯坦特將要發表的華麗演說已是陳腔濫調。在從地球到泰坦星這一段長達十七個地球月的旅途當中，同樣的演說內容已被他發表過許多次。而裡面的內容對每一位曾在火星待了很久的火星人來說，根本就是一個老生常談的道理。

不過，坎斯坦特倒也並非真的是對他的家人發表演說。他用極大的音量演說，希望能讓他的聲音穿過這個雕像林立的地方傳到溫斯頓海的對面。其實，他是要對倫法德或是任何潛藏在附近的人發表一個對他們有利的政策演說。

「這是我們最後一次參加我們所不喜歡、不了解的實驗、戰鬥或是慶祝會。」坎斯坦特放大音量地說。

「了解──」這是從距離海岸有兩百碼的一個小島上的宮殿之圍牆所傳來的回音。那座宮殿當然就是為丹羅敏，也就是倫法德用白色大理石所建造的大型宮殿。當坎斯坦特看見那座宮殿豎立在那裡的時候，他並不感到驚訝，因為，就在他從太空船裡走出來的時候，就看到它了。他看到它在那座小島上閃閃發光，好像是聖奧古斯丁所建立的新耶路撒冷。

「接下來會怎樣呢？」坎斯坦特問那個回音。「所有的雕像都會甦醒過來嗎？」

「甦醒？」那個回音說。

「那只不過是個回音而已，」碧翠絲說。

「我當然知道那是個回音，」坎斯坦特說。

「我剛才不確定你是否知道那只是個回音，」碧翠絲說。她顯得疏遠而有禮貌。她一直對坎斯坦特相當有禮貌，既不會責罵他，也不會對他抱有任何期望。若換了一個氣質較不高雅的女人，那很可能會對他百般刁難，並且時常地責罵他以及要求他能創造奇蹟。

在這趟旅程當中，他們並沒有發生任何愛戀的行為。坎斯坦特和碧翠絲兩人對此都不感興趣。事實上，任何在火星待得很久的火星人都不會對愛戀感興趣的。

無庸置疑地，在這段長途旅程中，坎斯坦特已經拉近了他和他的伴侶及小孩之間的距離。他們之間的關係已不像當初在新港的倫法德房產裡的鷹架上那麼地毫無感覺。不過，在這個小家庭唯一可以發現的「愛」仍是克諾洛和碧翠絲間的母子之愛。除了這個母子之愛以外，就只有客套、陰鬱的憐惜，以及隱藏在內心對於被迫再變成為一家人的積怨。

「噢，天哪──」坎斯坦特說，「當你停止不去思考的時候，人生變得相當可笑。」

當年輕的克諾洛聽到他的父親說人生是可笑的時候，他並沒有發出微笑。

年輕的克諾洛是這個家族成員中最不可能認為人生可笑的一員。畢竟，碧翠絲和坎斯坦特大可苦澀地嘲弄他們所經歷的各種事件。但是，年輕的克諾洛就無法和他們一同嘲弄。因為，他本身就是當中的一個事件。

令人感到有此驚訝的是，年輕的克諾洛的主要寶物竟是一個護身符和一把彈簧刀。

現在，年輕的克諾洛將那把彈簧刀拿出來，並且冷靜地輕彈刀刃。他眯著雙眼。他準備動手殺人，假如殺人變得必要的話。他看見從那座小島的宮殿裡，駛出了一艘鍍金的划船。那個划槳的人當然就是沙洛。他之所以划著這艘船，是為了要把坎斯坦特這一家人運送到那座宮殿裡。沙洛划得並不好，因為他從來就沒有划過船。他用他的杯形橡皮腳掌來緊抓住划槳。

由於他頭部的後面有一隻眼睛，這使他在划槳時比人類要占了些便宜。

年輕的克諾洛用他那把明亮的彈簧刀反射的光芒射進年老沙洛的眼睛裡。

沙洛頭後面的那一隻眼睛眨動著。

對於克諾洛來說，將彈簧刀的反射光芒射入沙洛的眼睛並不是件胡作非為的舉動。這是叢林部落的土著使用的一種詭計，目的在使視線以內任何一個種類的生物感到不舒適。在克諾洛和他的母親一同待在亞馬遜河雨林部落的期間，他們學會了大約一千種部落土著的詭計，而這只不過是那些詭計中的一種而已。

碧翠絲把她的一隻棕色手臂放在一顆石頭上，「再讓他感到不舒服，」她溫柔地對克諾洛說。

於是，年輕的克諾洛又再度地把彈簧刀所反射出來的光芒射到年老沙洛的眼睛裡。

「他的軀體看起來是他身上唯一柔弱的部分，」碧翠絲絲毫沒有移動她的雙唇說，「假

如你不能讓他的身體受到傷害，那就不妨試試他的眼睛。」

克諾洛同意地點點頭。

當坎斯坦特看到他的伴侶和兒子組成了一個極有效率的自衛單位之後，他不禁覺得寒心。他們並沒有把坎斯坦特列入他們的計畫裡。他們根本不需要他。

「我該做什麼呢？」他喃喃自語地說。

「噓！」碧翠絲嚴厲地說。

沙洛已經把那艘鍍金的船划到海灘上。那是一尊裸體女吹奏伸縮喇叭的雕像。它的主題

倒是一團謎：**艾佛琳和她的神奇小提琴**。

由於沙洛太過於悲傷以至於對自己的安全絲毫不在乎，他甚至還不知道，他的樣子可能會使人害怕。他在離他登陸地點不遠的一塊巨大的泰坦星泥炭上站立了一會兒。他那些疲憊的腳掌正吸吮著潮溼的泥炭。他費力地用他的腳掌移動著身體。

當他接近坎斯坦特一家人的時候，克諾洛那一把彈簧刀上的光芒使他頭暈目眩。

「請不要這樣——」他說。

有一顆石塊從彈簧刀光芒那裡丟過來。

沙洛低下身體。

有一隻手抓住他那瘦長的脖子，並且把它用力地摔到地上。現在，年輕的克諾洛跨站在

年老的沙洛身上，他用那把彈簧刀尖銳的地方刺沙洛的胸部。碧翠絲則蹲在沙洛頭部的旁邊，她手上拿著一顆石頭，並且還做出要把他的頭砸成碎片的樣子。

「來吧——把我殺了吧，」沙洛發出尖銳的聲音說。「這麼一來，你將會幫我一個大忙。我真希望死掉。我曾經對上帝說，我真希望當初沒有被組合。把我殺了吧！這樣就可以把我的悲傷也一同除去，然後你們就可以去看他。他要求你們去他那裡。」

「他是誰？」碧翠絲說。

「是你那可憐的丈夫，也就是我以前的朋友——溫斯頓·奈爾斯·倫法德，」沙洛說。

「那他現在在那裡？」碧翠絲說。

「在那座小島上的宮殿裡，」沙洛說。「除了他那隻忠實的狗以外，沒有任何人跟他在一起。他快要死了。他要求他們——」沙洛說，「他要求你們三個人都要去。他還說他再也不要見到我。」

‧
‧
‧

馬拉吉·坎斯坦特看到像鉛色的雙唇高深莫測地吻著稀薄的空氣。位在雙唇之後的舌頭咋出舌音。突然間，雙唇往後緊閉著，使他無法看到溫斯頓·奈爾斯·倫法德健美的牙齒。

坎斯坦特自己早已把牙齒露出來，他早已準備好，當他看到曾經對他造成那麼大傷害的人出現時，他一定會憤怒地咬牙切齒。不過，他現在還並沒有做出咬牙切齒的樣子。一方面是因為沒有人會看到——沒有人會看到他咬牙切齒，並且知道他為何這麼做。另外一方面則是因為坎斯坦特突然發現自己極度缺乏恨意。

他原先準備要做出的舉動最後卻衰退成粗俗鄉巴佬式的張口結舌。這是鄉巴佬在看到可能使人致命的疾病時才會做出的舉動。

已經完全顯形的溫斯頓·奈爾斯·倫法德現在正躺在池塘旁邊那一張屬於他的淡紫色椅子上。他的雙眼看著天空而沒有眨動，好像已失去視力的樣子。其中一隻手吊掛在椅子的旁邊，鬆軟無力的手指正抓著太空獵犬卡薩可的狗鍊。

那條狗鍊並沒有掛在狗的脖子上。

太陽系裡的一場爆炸使他和他那條狗分開了。只有當宇宙展現慈悲時，他和他那條狗才能夠再相聚。

可是，溫斯頓·奈爾斯·倫法德和他那條狗所居住的那個宇宙並沒有展現慈悲。卡薩可比他主人早一步被送到一個不知名的地方從事一項根本不可能達成的任務。

當卡薩可狂吠離去之後，不僅留下了一陣臭氧味道和微弱的火光，而且也出現了一陣像一大群蜜蜂飛在一起的嗡嗡聲。

倫法德讓那條沒有吊掛在狗脖子上的狗鍊從他的手上滑落到地面。那條狗鍊顯得了無生氣。它發出了雜亂的聲音而且形成了一堆雜亂的東西。它可說是地心引力的奴僕，不但沒有任何靈魂，而且一出生的時候就擁有一根破碎的脊椎骨。

倫法德那雙鉛色的唇移動了。「嘿，碧翠絲，我的妻子，」他發出陰沉的聲音說。

「嘿，太空流浪漢，」他說。這次他讓他的聲音聽起來好像很親切的樣子。「太空流浪漢，你願意來到這裡再冒一次險，可見得你相當勇敢，」倫法德說，「德國式棒球明星，你好。擁有一塊護身符的克諾洛，歡迎你來。」

那三個他一一對他們講話的人才剛走進宮殿的牆裡。他們三個人和倫法德之間有一個池塘。

年老的沙洛並沒有如願地被殺死。現在，他正坐在那艘停在宮殿牆外的鍍金划船船尾裡暗自悲傷。

「我並不會死去，」倫法德說，「我只不過是向太陽系說再見。其實，我甚至連再見也不想說。若從巨大無垠的漏斗狀時間區域的角度來看事情的話。那我將會永遠在這裡。只要我曾經到過的地方，我就會一直在那個地方。」

「不過碧翠絲，我還是要和你一同去度蜜月，」他說，「坎斯坦特先生，我仍然會在新港一棟房子樓梯底下的一個小房間裡和你談話。而且，還會和你以及寶哲在水星的洞穴裡玩

躲躲貓的遊戲。至於克諾洛嘛——」他說，「我還是會觀看你在火星學校的運動場展現你精湛的德國式棒球球技。」

他呻吟了一下。雖然只是個短暫的呻吟，但卻可以聽出來是個悲傷的呻吟。泰坦星上香甜且柔和的微風把這個短暫的呻吟帶走。

「朋友們，不論我們曾說過什麼，我們還是會再說——也就是說，曾經說過的，不僅現在會再說，未來還是會再說。」倫法德說。

那個短暫的呻吟聲再度出現。

倫法德把它當做是一團煙圈般地看著它消失。

「有關於太陽系裡的生活，有些事情你應該要知道，」他說，「由於我曾經多次進出漏斗狀的時間區域，因此我早就已經知之甚詳。不過，由於那是件非常令人噁心的事情，因此，我都一直盡地不去想它。」

「那件噁心的事情是：地球上的人類所曾經做過的每一件事都是被居住在十五萬光年之遙的一個星球上的生物所影響和掌控。**那個星球的名字是特拉法馬鐸。**

「至於那些特拉法馬鐸人是如何掌控我們，我毫無所悉。但是我卻知道他們掌控我們的目的何在。**他們之所以掌控我們，主要是為了使我們能運送一個替換零件給一位因太空船擱淺而被迫停留在這個泰坦星的特拉法馬鐸信差。**」

倫法德用一根手指指著年輕的克諾洛。「年輕人，你——」他說，「你的口袋裡就裝著那一個替換零件。整個人類歷史的最高潮點就裝在你的口袋裡。你口袋裡那個神奇的東西，就是每一個地球的人類那麼奮不顧身、那麼鍥而不舍、那麼暗中摸索，以及那麼竭盡心力所想要製造和運送的東西。」

從倫法德那根責難的手指頂端發出了如同電子樹枝的嘶嘶聲。

「那個被你稱作護身符的東西，」倫法德說，「正是那位特拉法馬鐸信差等待了這麼久所要獲得的替換零件。」

「那個信差，」倫法德說，「就是現在退縮在牆外且擁有橘子顏色皮膚的生物。他的名字是沙洛。我一直希望那位信差能夠讓人類看一下他所攜帶的信函，因為，在他的旅程當中，人類一直都在後面提供有效的援助。非常不幸的是，他被命令不能將那個信函的內容拿給任何人看。他是一部機器，而就一部機器來說，除了把命令當作命令外，別無選擇。」

「我曾經很有禮貌地請他把那封信函拿給我看，」倫法德說，「但卻被他斷然拒絕。」

倫法德手指上所發出的如同電子樹枝之火光一直不斷地成長，最後形成了一個螺旋狀的電子火光，把倫法德的整個身體環繞起來。倫法德以一種既悲傷又輕蔑的態度來看待那個螺旋狀的電子火光。「我想或許就是這次了，」他對著那個螺旋狀的電子火光說。

確實是它沒錯。那個螺旋狀的電子火光稍微縮短了些，好像是在屈膝行禮。然後，它又

開始繞著倫法德的身體不斷地旋轉，最後形成了由綠光所組成的繭。

當它旋轉的時候，幾乎沒有發出聲音。

「我所能說的是，」倫法德從那個綠光繭裡面說，「在我受到特拉法馬鐸人的掌控而毫無抗拒能力地從事特拉法馬鐸人要我做的事情時，我也都一直盡我最大的努力來做一些有益於地球的事。」

「或許，現在那一部分已被傳送到那個特拉法馬鐸信差那裡，特拉法馬鐸星人將會獨自地離開太陽系。地球上的人類已經有好幾千年都無法隨心所欲地做他們想做的事，或許，現在他們已經能夠自由自在地發展和追求他們自己的性向及喜好。」他打噴嚏後又繼續說。

「令人感到不可思議的是，地球上的人類已經能夠了解到這其中的道理。」

那個綠光繭離開地面後在半球狀的圓形屋頂上徘徊。「請你們把我當成是太陽系地球新港的紳士來懷念我，」倫法德說。他的語氣聽起來非常地祥和，他的心情也非常地寧靜，至少，他現在和他在任何地方將可能遇到的人是處於同等的地位了。

「時間已經到了，」從那個綠光繭裡傳來倫法德發自聲門的高音，「再見！」

那個綠光繭和倫法德已消失得無影無蹤。

自此以後，就沒有人再見過倫法德和他那條狗。

當倫法德和那個綠光繭消失之後，年老的沙洛以跳躍方式進入了宮殿的庭院裡。

這個嬌小的特拉法馬鐸人顯得相當瘋狂。他用他其中一隻杯形橡皮腳掌把掛在他脖子附近的信函扯下來。

他抬頭看著那個綠光繭曾經徘徊的地方。「史基普！」他對著天空大叫著，「史基普！」

信函在這裡！我把信函的內容告訴你！信函在這裡！史基基基基基基普！」

他的頭在平衡環裡翻了個筋斗。「他已經走了，」他有氣無力地說。他喃喃自語地說，

「已經走了。」

「我是一部機器嗎？」他有點猶豫地對著自己也好像是對著坎斯坦特、碧翠絲和克諾洛說。「一點也沒錯，我是一部機器，其實我的族人全都是機器。」他說。「我是特拉法馬鐸星上所設計和研製出來最可靠、最有效率、最具預測能力，以及最耐用的多功能機器人。換句話說，我是我們所能製造出來的最佳機器。」

「我將如何證實自己是一部好機器呢？」沙洛問道。

「**安全可靠嗎？**」他說。「他們命令我直到抵達目的地時，才能將這封信函打開，可是我現在已經把它打開了。」

「有效率嗎？」他說。「以前我只要輕鬆跨出一步，就能越過倫法德山，可是，自從失去了我在宇宙裡最要好的朋友之後，現在我連跨過一片枯葉都頗為吃力。」

「最具預測能力嗎？」他說。「在觀看人類達兩千個地球年之後，我變得和地球上的小女生一樣既怯懦、善感又愚蠢。」

「最為耐用嗎？」他陰鬱地說。「這我們看了之後就會知道。」

他把他長久以來一直攜帶的信函放在倫法德那張沒有人坐在上面的淡紫色椅子上。

「我的好朋友——我已把那封信函放在你的椅子上了，」他對著他記憶中的倫法德說。「史基普，希望這能給你帶來些許的慰藉。你的好朋友這麼做已經給他自己帶來極大的痛苦。為了把那封信函交給你——即使是很遲才交給你——你的老朋友沙洛必須和他自己的內心相互交戰，也就是，必須和他身為一部機器的本性交戰。」

「你要求一部機器做出它不可能做到的事情，」沙洛說，「但它還是答應了你的要求。」

「那部機器已經不再是一部機器了。」沙洛說。「那部機器的接觸已遭腐蝕，它的軸承遭到破壞，它的線路發生短路，至於它的齒輪也已遭磨損。他的心智像地球人的心智，時常發出嗡嗡聲和劈啪聲。也就是說，他的心和地球人一樣，過度充滿了過多的愛、榮譽、尊嚴、權利、成就、正直、獨立自主等想法。」

年老的沙洛從倫法德那張空椅上再度把那封信函撿起來。那封信函的內容是寫在一張正

方形的鋁箔紙上。至於內容則只有一個黑點。

「你們想不想知道我是如何被利用，以及我的一生是如何被糟蹋浪費嗎？」他說。「你們想不想知道，那封一直被我攜帶幾乎達半百萬個地球年之久的信函，原先我應該送達那封信函的時間是一千八百多萬年前。是什麼內容嗎？」

他用其中一隻杯形橡皮腳掌把那封信函拿出來。

「是一個黑點，」他說。

「只有一個黑點而已，」他說。

「在特拉法馬鐸語裡，一個黑點意味著──」年老的沙洛說，

「致意。」

來自於距離十五萬光年的特拉法馬鐸星的那部嬌小的機器在對自己、坎斯坦特、碧翠絲，以及克諾洛說明了那封信函內容的含意之後，突然跳到宮殿庭園的外面，並一直跳到圍牆外的海灘上。

他在那裡結束了自己的生命。他把自己拆掉後還把身體的各個部分胡亂地往每一個方向丟。

克諾洛自己一個人跑到外面的沙灘上，小心翼翼地在沙洛散佈於各處的身體各部分之間走動著。克諾洛很清楚，他身上所攜帶的那個護身符具有非凡的力量和意義。

而他一直都在懷疑，可能會有某個較高等的生物最後終將前來向他要那個護身符。事實上，這也是這個護身符的真正本質——人類絕對不可能真正地擁有它們。

在它們真正的主人，也就是較高等的生物前來索取之前，它們只是細心地照料代為保管的人類，並讓他們獲得一些好處。

克諾洛並沒有徒勞無功和漫無秩序的概念。

對他來說，每件事物似乎都是井然有序的。

而那個小男孩他自己也非常適切地參與在那所有條不紊的秩序當中。

他從口袋裡將他的幸運符拿出來。他毫不後悔地把它丟到沙灘上，讓它置身於沙洛散佈在各處的身體各部分之間。

克諾洛深信，遲早有一天，宇宙的神奇力量將會把每一件東西都加以重新組合。

這是一成不變的道理。

【結語】 和史東尼團聚

老表，馬拉吉，太空流浪漢，你很疲倦，你是那麼地疲倦。凝視著地球那顆最為昏暗的星球，然後好好地想一想，你的四肢變得多麼地笨重呀！

——沙洛

已經沒什麼好說的了。

馬拉吉・坎斯坦特已經成為泰坦星上一個非常年老的人。

碧翠絲・倫法德已經成為泰坦星上一個非常年老的女人。

他們去世時都非常地安詳，兩人去世的時間相差不到二十四小時。他們是在七十四歲時去世的。

只有泰坦星上的知更鳥知道他們的兒子克諾洛最後到底怎麼了。

‧‧‧

當馬拉吉‧坎斯坦特七十四歲的時候，他已經是個膝蓋往內彎而且粗俗平凡的老人。他的頭髮全禿光了，大多數的時候他都裸露著身體。不過，他的臉上卻留著修剪得相當整齊的短尖鬍鬚。

他一直都住在沙洛擱淺在泰坦星上的那艘太空船裡。他在裡面住了三十年。

坎斯坦特從來沒有想到去駕駛那艘太空船。他甚至不敢觸摸任何一個按鈕。沙洛所曾經駕駛的那艘太空船上的按鈕比火星人所製造的太空船上的按鈕還要複雜好幾倍。那艘太空船內的儀板上總共有兩百七十三個不同的旋鈕、開關和按鈕，而且，它們上面都刻著特拉法馬內的譯文字。

不過，坎斯坦特倒是曾經小心謹慎地想在太空船裡面找出克諾洛那個護身符的用處。他希望那個護身符能如同倫法德所說具有替換發電機零件的作用。

也許有點迷信，那護身符好像真有那種功用。有一次，通往發電機的艙門冒出大量煙霧。坎斯坦特見狀後把門打開，發現裡面已經被煙霧燻黑了。污垢下面是沒有連接任何東西的軸承和凸輪。

坎斯坦特也有辦法補那些洞了。他把克諾洛的護身符補在軸承上和凸輪之間，配合得絲

【結語】和史東尼團聚

絲入扣，就連瑞士的巧手工匠也自嘆弗如。

．．．

由於坎斯坦特擁有很多嗜好，因此他就讓那些嗜好幫助他度過在泰坦星那麼宜人氣候下的時光。

他感到最有趣的嗜好就是，在那個身體已解體的特拉法馬鐸信差沙洛散佈在各處的各個身體部分中間閒逛。坎斯坦特花費好幾千個地球小時，一直想把沙洛重新組合並且在組合完成後還能像以前那樣到處走動。

可是，到目前為止，好運一直都沒有降臨在他的身上。

當坎斯坦特第一次嘗試把那個嬌小的特拉法馬鐸信差重新組合起來的時候，他還希望，假如把沙洛重新組合的工作大功告成後，沙洛會同意將年輕的克諾洛載回地球。

坎斯坦特自己和他的伴侶碧翠絲並不想要飛回地球。不過，坎斯坦特和碧翠絲卻認為由於他們的兒子還有一大段人生的旅途要經歷，因此他們都希望他能夠和地球上的人類一同過著快樂又忙碌的生活。

但是，當坎斯坦特七十四歲的時候，對他們夫婦來說，讓年輕的克諾洛回到地球已經不

再是一個非常迫切的問題。年輕的克諾洛已經不再那麼地年輕。根據地球上人類的算法，他已經四十二歲了。由於他已經完全適應泰坦星上的生活，因此，若是把他送到任何一個別的地方，對他來說是極為殘忍的事情。

當年輕的克諾洛只有十七個地球年歲的時候，他就逃離出他那如同宮殿般的家，以便加入泰坦星上最令人讚賞的生物——泰坦星知更鳥——的陣營裡。克諾洛現在居住在泰坦星知更鳥於卡薩可湖旁的諸多巢穴之間。他穿著由牠們的羽毛所製成的衣服，坐在牠們所下的蛋上面，分享牠們的食物，並且講著牠們的語言。

坎斯坦特從來沒有見過克諾洛。有時在深夜的時候，他可以聽到克諾洛的大叫聲。不過，坎斯坦特並沒有對那些大叫聲加以回應，因為，那種叫聲對於泰坦星上任何一個人或任何一個事物都沒有什麼意義。

那些叫聲是為一顆經過泰坦星的衛星而叫的。

有時，當坎斯坦特外出採集泰坦星草莓或有斑點、兩磅重的鷸鳥蛋時，他會爬到樹林空地中由樹枝和石塊建造而成的小廟祠上面。克諾洛已經建造了好幾百座這種小廟祠。這些小廟祠的建材成分都一樣。正中央擺了一塊大石頭，以象徵土星。由綠色樹枝所製成的木環將那塊大石頭團團地圍繞起來——這是代表著土星的光環。而在那些光環上則放了一些小石頭，這是代表土星的九個衛星。而這九個代表衛星的小石頭當中，最大的一顆則是

代表泰坦星。而在那一顆代表著泰坦星星石頭的下面，總是會壓著一些泰坦星星知更鳥的羽毛。

從泰坦星的樹林空地裡這麼多小廟祠上可以清楚地發現，已經不再年輕的克諾洛曾經花費無數個小時來建造這些小廟祠。

而當年老的馬拉吉‧坎斯坦特發現他兒子所搭建的小廟祠因疏忽而無人整理的時候，他就盡己所能地把它整理好。坎斯坦特將四周的雜草除掉並且用耙子把雜草耙到一邊，然後，他又在那顆代表土星的大石頭四周做了一個新的樹枝木環。他也會在代表泰坦星的那顆石頭下面，放上剛從知更鳥身上拔出來的羽毛。

將小廟祠加以整理是身為父親的坎斯坦特對他的兒子所能做的最親密且最具心靈交流的舉動。

對於他的兒子以近乎宗教般的態度來建造小廟祠一事，他一直抱持著尊重的心情來對待。

有時候，當坎斯坦特凝視著那一間曾被他整修過的小廟祠時，他也在他的腦海裡嘗試著移動自己一生當中的一些生命元素和成分。每當這個時刻來臨的時候，他的腦海裡總是會浮現出兩件令他感到悲傷的事情──他殺害他唯一最要好的朋友史東尼‧史蒂文生；以及他在人生即將走到盡頭的時候才贏得了碧翠絲‧倫法德的愛。

坎斯坦特一直都不清楚克諾洛是否知道是誰幫他整理那些小廟祠。或許，克諾洛會認為

是他所信奉的神所整理的。

雖然這樣一來顯得有些可悲，但這也是一件非常美妙的事。

碧翠絲‧倫法德自己一個人住在倫法德所建造的那座白色大理石宮殿裡。她和克諾洛之間的接觸不及她和坎斯坦特來得深厚。每隔一段不確定的時間，克諾洛總會偷偷地游泳進入宮殿裡，從倫法德的衣櫃裡拿衣服出來穿，然後就宣稱當天是他母親的生日。接著又繃著臉以極為緩慢的速度和他的母親做非常禮貌性的文明式談話。

當這一天快要結束的時候，克諾洛就會胡亂地對著他所穿的衣服、他母親，以及他所遵奉的文明發怒。他會把身上所穿的衣服撕裂，像知更鳥般地大叫，然後就潛入溫斯頓海裡面。

每當碧翠絲經歷過這種生日宴會之後，她總會把一枝划槳插在面臨著海岸的沙灘上，然後，她又在上面綁了一張白色床單，讓它隨風飄揚著。

其實，她之所以讓一張床單在風中飛揚，其目的也就在於向馬拉吉‧坎斯坦特發出訊號，請求他立即前來幫助她把她的情緒控制下來。

而當坎斯坦特對於她的求救訊號有所回應而抵達宮殿的時候，碧翠絲總是會用相同的字詞來自我安慰。

「至少，」她總是會這麼說，「他已不再是成天纏著媽媽長不大的男孩。至少，他因為

擁有偉大的心靈才會加入那些最為尊貴以及最為美麗的生物陣容。」

．．．

那張白色的床單，也可說就是她苦惱的象徵，現在仍然在風中飛揚著。

馬拉吉・坎斯坦特自己划著一艘獨木舟抵達那座白色大理石宮殿。那艘以前曾經載著他們一家人抵達那座宮殿的鍍金划船已因腐蝕而沉入海底。

此時坎斯坦特身上正穿著一件原本屬於倫法德的藍色羊毛浴袍。他是在宮殿裡發現它的。當那件太空流浪漢裝磨破的時候，他就把那件藍色羊毛浴袍帶走。這是他唯一的一件衣服，而也只有當他造訪碧翠絲的時候，才會將它穿上。

坎斯坦特所搭乘的那艘獨木舟裡有六個鳩下的蛋，有兩夸特的泰坦星野生草莓，一個由泥炭所製成內盛三加侖發酵過的雛菊乳狀液，有大約兩斗的雛菊種子，有八本他從藏書達四萬冊的宮殿圖書館裡借閱的書籍，還有一支他自製的掃把和自製的鏟子。

坎斯坦特完全能夠自給自足。他可以製造並蒐集到他所需要的每項東西。這使他獲得了極大的滿足感。

碧翠絲並不依賴坎斯坦特。倫法德老早就在那座白色大理石宮殿裡儲存了大量地球上人

類的食物和飲料。碧翠絲一直都不愁吃喝。

坎斯坦特現在之所以把他利用泰坦星上的資源而製成的食物帶給碧翠絲，是因為他對於自己在多項技能方面的純熟技術感到相當自豪。他想要以做為一個供應者的身分來炫耀他的技術。

坎斯坦特認為他有義務這麼做。

坎斯坦特把他自製的掃把和鏟子放在獨木舟裡，因為，碧翠絲所住的那座白色大理石宮殿總是堆滿了很多掃把和鏟子，亂七八糟的。碧翠絲從來不會打掃，因此，每當坎斯坦特去造訪她的時候，總會幫她把垃圾清理掉。

．．．

碧翠絲・倫法德是個獨眼、體態輕盈、滿嘴金牙，以及擁有棕膚色的年老婦人──她和椅子的腳一樣地細長及強硬。不過，從她歷經滄桑的臉上仍然可以看出她具有雍容華貴的氣質。

對那些詩詞、死亡，以及神奇事物稍有概念的人來說，馬拉吉・坎斯坦特那位自傲和顴骨突出的伴侶正是完美人類最佳的典範。

或許她帶有些許的瘋狂。在她僅和其他兩個人共同生活在同一個星球的歲月中，她一直都在撰寫一本名叫《太陽系生活之真正目的》的書籍。在那本書裡，她對於倫法德的觀念——人類在太陽系裡生活的目的就在於聯絡上來自於特拉法馬鐸星的信差——加以駁斥。

當碧翠絲的兒子離開她加入知更鳥的陣容後，她就開始撰寫那一本書。直到目前為止，她那用普通寫法寫成的手稿已經占據了那座白色大理石宮殿三十八立方英尺的面積。

每當坎斯坦特探訪她的時候，她總會對著那本手稿大聲唸出她最近所寫的內容。

現在，當坎斯坦特在宮殿外的庭園裡漫步走動的時候，她也正坐在倫法德那一張已經老舊的淡紫色椅子上，大聲地唸著她所寫的稿件。她的身上披著一件由粉紅色和白色鬆絨線所做成的床罩。而那件床罩的上面還繡著以下的訊息：**上帝一點也不在乎。**

那曾經是供倫法德私人使用的床罩。

碧翠絲一直讀著，內容裡則一再地駁斥特拉法馬鐸人的影響力之重要性。

坎斯坦特並沒有仔細聆聽她到底在唸些什麼。他只是靜靜地欣賞著碧翠絲那鏗鏘有力且得意洋洋的聲音。他現在正在那個池塘旁的出入水孔附近，他已經轉動門閥，池塘裡的水最後終將流得一乾二淨。那個池塘裡的水曾經變成好像是由泰坦星藻類以及豌豆加上奶油而做成的濃湯。每一次當坎斯坦特造訪碧翠絲的時候，他總會和那些暗綠色的海藻進行一場爭鬥，但他總是失敗的那一方。

「我想，我最不願承認的，」碧翠絲大聲地讀著她的著作，「就是特拉法馬鐸人的影響力和地球上所發生的事情有極大的關係。不過，那些以個人名義替特拉法馬鐸人工作並維護特拉法馬鐸人利益的地球人，事實上和我現在所說完全不一樣，應該將其另當別論。」

在池塘出入水孔附近的坎斯坦特將他的一隻耳朵靠近那個已經被他打開的門閥。從流水的聲音聽來，水流的速度相當緩慢。

在倫法德沒有消失以及沙洛沒有死去之前的那段日子裡，他們都曾致力於讓池塘裡的水保持清澈。但自從坎斯坦特接替了維護那個池塘的工作後，藻類就不斷地滋生。那座池塘的底部和周圍各邊都抹了一層黏稠度極高的黏土，而在池塘中央膠塑的圓丘上則豎立三具雕像──泰坦星的三個女妖。

坎斯坦特知道那三個女妖曾在他的人生當中扮演過極為重要的角色。他曾經在《火星簡史》以及溫斯頓・奈爾斯・倫法德定的修訂版聖經兩本書中閱讀到有關於他和那三個女妖的章節。除了提醒他「性」曾經使他相當困擾外，現在，那三個美女對他來說已沒有太大意義。

坎斯坦特離開那個出入水孔。「水流的速度愈來愈慢，」他對碧翠絲說，「我想，我再也不能拖延挖掘排水管的時間了。」

「真的非這樣做不可嗎？」碧翠絲說。她將視線從草稿移到坎斯坦特。

「真的非這樣做不可，」坎斯坦特說。

「那麼——你就做你覺得應該做的吧！」碧翠絲說。

「這就是我一生的故事，」坎斯坦特說。

「我剛才忽然想到有一些觀念應該寫在我所撰寫的書裡，」碧翠絲說。「我真希望沒有人會把我寫的書拿走。」

「假如有人想輕舉妄動的話，那我一定用這把鏈子打他。」

「你暫時先不要說話，」碧翠絲說。「先讓我把我的思緒整理好。」她站起來並且走到宮殿入口處以便不讓坎斯坦特和土星光環使她分心。

她對著掛在入口處牆上一幅油畫端詳了許久。那是整座宮殿裡唯一的油畫。它是坎斯坦特從新港一路帶來的。

那幅油畫裡有一個穿著白色衣服的純潔少女，她的手上正握著屬於她自己的小白馬的韁繩。

碧翠絲知道那個小女孩是誰。那幅油畫上還貼了黃銅色的標籤，上面寫著：〈少女時期的碧翠絲·倫法德〉。

那個全身穿著白色衣服的小女孩和如今已是位年老婦人的碧翠絲兩者之間形成一個相當強烈的對比。

碧翠絲突然轉身背對著那幅油畫，然後又走到宮殿的中庭裡。現在，她已經可以確定要在她所撰寫的那本書裡加入哪些觀念。

「對於任何人來說，」她說，「可能發生在他身上最為不幸的事就是不被其他人利用去做事。」

這樣的觀念使她覺得寬心不少。她躺在倫法德那張老舊的椅子上，眼睛凝視著遠處天空那些美麗的土星光環——也就是倫法德彩虹。

「雖然我不太想被別人利用，」她對坎斯坦特說，「不過我還是要感謝你利用我。」

「千萬不要那麼客套，」坎斯坦特說。

他開始打掃宮殿的中庭。他正在打掃除去的雜亂物是由雛菊種子殼、地球花生殼、去骨雞肉罐頭空罐子，以及被揉成一團團的丟棄稿紙所組成。它們都是被風從外面吹進來的。

碧翠絲的食物大多是雛燕菊種子、花生，以及去骨雞肉，因為，食用這些食物時她仍然能夠繼續地埋頭寫作，而用不著停下來。

她能夠用一隻手吃東西，用另外一隻手寫作。她把寫作當成是她生活中最重要的事，她想把每件事都寫下來。

當坎斯坦特的清掃工作完成一半時，他暫停下來看看池塘裡的水的排放情形。原先聚集在那三個泰坦星女妖附近的綠色藻類已隨著下降的水面水流的速度相當緩慢。

而漸漸和那三具雕像疏離。

坎斯坦特把身體斜靠在那個打開的門閂上，並傾聽著水流的聲音。

他聽到水流在水管裡所發出的美妙聲音。他也聽到一些其他的聲音。

他突然聽不到一個熟悉且可愛的聲音。

他的伴侶碧翠絲已不再呼吸了。

· · ·

馬拉吉‧坎斯坦特把他的伴侶埋葬在溫斯頓海岸的泰坦星泥炭裡。她被埋葬的地方看不到任何一具雕像。

當天空飛著成群的泰坦星知更鳥時，馬拉吉‧坎斯坦特向碧翠絲道再見。此刻在附近飛翔的這種既巨大又高貴的泰坦星知更鳥至少有一萬隻。

牠們的數目如此龐大，使得白天變得昏暗，也使得空氣因牠們揮舞著翅膀而震動。

牠們當中沒有任何一隻叫出聲音來。

當天中午，克諾洛從一座小山丘俯看著那座新建的墳墓。他把頭上戴的羽毛帽拿下來，然後像翅膀般地拍打著。

他看起來非常強壯和威武。

「父親和母親，謝謝你們，」他大聲地叫著，「謝謝你們賜予生命給我。再會了！」

他離去了，而那群泰坦星知更鳥也跟著他一道離去。

‧‧‧

年老的馬拉吉‧坎斯坦特帶著一顆比加農砲彈還要沉重的心，回到宮殿裡。

他之所以又回到那座宮殿裡，主要是希望把裡面各項事物都整理得井然有序之後再離開。

遲早有一天，會有其他的人前來這座宮殿的。

這座宮殿應事先清理乾淨，以便隨時等候其他人的到來。而當其他的人到來時，從窗明几淨和井然有序的環境中，能體會到前任居住者應當是個愛好整潔的人。

倫法德那張老舊椅子附近有一些鳩的蛋、泰坦星的野生草莓、裝有發酵雛菊乳狀物的罐子，以及裡面裝有雛菊種子的籃子。這些都是坎斯坦特在碧翠絲生前送來的東西。它們都容易腐爛。當這座宮殿下一個居住者到來時，它們很可能都已腐爛了。

於是，坎斯坦特就把這些東西搬到他的獨木舟裡。

【結語】和史東尼團聚

他並不需要它們。也沒有人需要它們。

當他坐在獨木舟裡挺直腰桿準備出發的時候，他看見那個來自於特拉法馬鐸的嬌小信差

——沙洛正朝著他從水面上走過來。

「你好嗎？」坎斯坦特說。

「你好嗎？」沙洛說，「非常感謝你把我重新組合起來。」

「我並不認為我組合得正確，」坎斯坦特說，「否則的話怎麼還會有條裂縫呢？」

「你組合得非常正確，」沙洛說，「我只不過還不能決定，是否要在自己身上留下裂

縫。」當他讓他腳掌裡的空氣排出來時，發出了嘶嘶聲。「我想我現在要到處走動一下。」

「最後你還是會再傳遞那個信函嗎？」坎斯坦特說。

「任何一位被賦予這麼愚蠢的任務而且還傳遞了這麼遠路程的人，」沙洛說，「除了繼

續維護那個愚蠢的信念完成任務之外，也實在別無選擇了。」

「我的伴侶在今天去世了，」坎斯坦特說。

「請你務必節哀順變，」沙洛說，「有沒有什麼事需要我幫忙的？不過，史基普曾經告

訴我，這是英語裡最為愚蠢和令人憎惡的一句用語。」

坎斯坦特的雙手相互地摩擦著。他在泰坦星上的伴侶之重要性就如同右手對左手般地重

要。「我非常懷念她，」他說。

「我明白了，你終於愛上她了，」沙洛說。

「大約在一個地球年以前，」坎斯坦特說，「我和碧翠絲在那麼長時間的相處後，我們終於了解，不管人類的生活是由誰控制，人類生活的目的就在於愛自己身邊的每一個人。」

「假如你和你的兒子想搭太空船飛回地球的話，」沙洛說：「我倒很樂意幫忙。」

「我的兒子已經加入知更鳥的陣容裡，」坎斯坦特說。

「這對他來說是件好事！」沙洛說，「假如知更鳥願意接納我，那我也很想加入。」

「地球，」坎斯坦特訝異地說。

「只要幾小時的功夫，我們就可以抵達地球，」沙洛說，「因為現在那艘太空船已經可以再度飛行了。」

「既然在這裡非常孤單，」坎斯坦特說，「那何不——」他點了點頭。

．
．
．

在返回地球的途中，沙洛一直在想，建議坎斯坦特返回地球會是個極大的錯誤嗎？當坎斯坦特堅持太空船必須降落在美國印地安納州的印地安納波里市時，他就開始在想著這個問題。

【結語】和史東尼團聚

坎斯坦特這個堅持實在令人驚訝，因為，對於無家可歸的老年人來說，印地安納波里市絕對不是個理想的地方。

沙洛想把坎斯坦特安置在美國佛羅里達州的聖彼德堡鎮，可是，年老的坎斯坦特卻仍然堅持己見。他只想到印地安納波里市，其他什麼也沒說。

沙洛原先以為一定是坎斯坦特在印地安納波里市有親人或商場上認識的人，但事實卻並不如他所想的那樣。

「我不認識任何一位住在印地安納波里市的人，而且，除了一項事物之外，我對印地安納波里市的任何事物也完全一無所知，」坎斯坦特說，「我所知道的那件事還是從閱讀書籍當中得來的。」

「你在書本上閱讀到什麼東西？」沙洛有些不安地問。

「印地安納州的印地安納波里市，」坎斯坦特說，「是整個美國境內首次絞死一位因殺害印地安人而被判死刑的白人之處。我就是喜歡那種將殺害印地安人處死的人，」坎斯坦特說：「那種人最適合和我在一起。」

沙洛的頭又在平衡環裡翻了一個觔斗。他的腳掌在鐵做的地板上發出聽起來令人感到悲傷的吸吮聲。很顯然地，他太空船裡的那個乘客對於自己所被載往的星球幾乎一無所知。

至少，坎斯坦特有錢。

這倒還有希望。他的身上帶著地球上各國的貨幣，總額有三千美金。他是從掛在宮殿房間衣櫥中的倫法德外套口袋裡拿到這些錢的。

至少他有衣服。

他身上穿著一件原本屬於倫法德的寬鬆斜紋軟呢西裝，而且，他裡面所穿的那件背心前面還掛著一把象徵著成績優秀美國大學生及畢業生所組成的榮譽學會之徽章。

沙洛要求坎斯坦特把那套西裝連同那個徽章一起帶走。

此外坎斯坦特還擁有一件大衣，一頂帽子，以及一雙鞋。

一個地球小時之後，太空船就要抵達地球，即使坎斯坦特堅持在印地安納波里市降落和定居，但沙洛仍然一直在思考如何讓坎斯坦特的餘生過得不虞匱乏。

為了讓坎斯坦特生命的最後幾秒鐘能過得快活些，沙洛決定對坎斯坦特施以催眠術。如此一來，坎斯坦特的生命將完美地結束。

坎斯坦特現在已經處於一種被催眠狀態。他藉由一個舷窗，凝視著窗外的宇宙。

沙洛走上前來靠在他的身旁，並且對他說了一些安慰的話語。

「老表，馬拉吉，太空流浪漢，你疲倦了，非常地疲倦，」沙洛說，「凝視著最昏暗的星球——地球，然後想一想，你的四肢已變得多麼沉重。」

「沉重，」坎斯坦特說。

【結語】和史東尼團聚

「老表，總有一天你將會死去，」沙洛說，「我很抱歉這麼說，但這卻是千真萬確的事實。」

「千真萬確，」坎斯坦特說，「不要覺得抱歉。」

「太空流浪漢，當你知道你將要死去時，」沙洛以催眠術的方式說，「一件非常美妙的事將發生在你身上。」於是，他就在坎斯坦特的生命即將消逝之前，對坎斯坦特描述著他將會想像得到的快樂事物。

那將會是催眠後的幻想。

「醒醒！」沙洛說。

坎斯坦特全身抖動了一會後將視線從舷窗移開。「我在什麼地方？」他說。

「你是在一艘由泰坦星出發，準備飛往地球的特拉法馬鐸太空船上，」沙洛說。

「喔，」他過了一會兒才又接著說，「我剛才一定睡著了。」

「沒錯，你剛才小睡了一下，」沙洛說。

「是的──我──我認為我將──」坎斯坦特說。他躺在一個臥床上。他睡著了。

沙洛把那個熟睡中的太空流浪漢和他的臥床綁緊。他也把自己緊緊地綁在控制椅上。他設定了三個號碼盤，又重新檢查上面的每一個數據後，按了一個淡紅色的按鈕。

他靜靜地坐在椅子上。現在，再也沒有什麼事要做了。

從現在開始，每件事物都是全自動。三十六個地球分鐘之後，那艘太空船將會自動地降

落在銀河太陽系地球美國印地安納州印地安納波里市郊外接近一條公車路線終點站的附近。

降落的時候將是凌晨三點。

降落的時候將是冬天。

‧‧‧

那艘太空船在印地安納波里市南郊一塊積著四英寸雪的空地上降落。由於每個人都還在

睡夢中，因此沒有人看見它降落的情形。

馬拉吉‧坎斯坦特從那艘太空船裡走出來。

「老表，那邊有一個公車招呼站，」沙洛輕聲地說。其實，輕聲說話是有必要的，因為

在只有三十英尺遠的地方有一幢兩層樓的房屋，而且，它臥室的窗戶還打開著。沙洛用手指

著街道旁一張覆蓋著白雪的長椅。「你大概需要等十分鐘，」他輕聲地說，「公車將會直接

把你載到市中心。你要求司機在經過一家優良旅館時讓你下車。」

坎斯坦特點點頭。「我會沒事的，」他輕聲地說。

「你覺得怎麼樣？」沙洛輕聲地說。

「暖烘烘的。」坎斯坦特輕聲地說。

在附近那幢兩層樓臥室裡睡覺的人被吵醒了。「嘿，老兄，」那個睡眠遭到干擾的人抱怨地說，「講話小聲點。」

「你真的沒事嗎？」沙洛輕聲地說。

「我很好，」坎斯坦特輕聲地說，「暖烘烘的。」

「祝你好運！」沙洛輕聲地說。

「住在這裡的人並不會這麼說，」坎斯坦特輕聲地說。

沙洛眨一眨眼睛。「我又不是這裡的人，」他環視了四周雪白的世界輕聲地說。他感覺雪花正飄在他的臉上。他思考著暗黃色街燈在這片雪白死寂的世界中所隱藏的象徵含意。

「好漂亮的景色，」他說。

「可不是嗎？」坎斯坦特輕聲地說。

「可惡！」那個被吵醒的人以帶著威脅的語氣對著擾亂他睡眠的人說，「去你的！你們這些混球！你們到底在搞什麼鬼？」

「你該走了，」坎斯坦特輕聲地說。

「好吧，」沙洛輕聲地說。

「再見了，」坎斯坦特輕聲地說，「非常謝謝你。」

「用不著客氣，」沙洛輕聲地說。他走回太空船裡並且把氣閥關上。那艘太空船升空的時候還發出了類似以嘴對著空瓶口吹氣的聲音。不一會兒功夫，它就消失在片片的雪花中。

「後會有期，」它似乎這麼地說著。

當馬拉吉・坎斯坦特走到長椅上等車的時候，他的雙腳發出了唧唧喳喳的聲音。他把長椅上的雪撥掉後就坐了下來。

那些作弄他的人似乎已經逃之夭夭。

「好啊，竟然作弄我！」他大叫著。

「是幽浮？」他說，語氣不很確定，也不知道怎麼辦才好。

「我的天哪！」他再度大叫著，似乎一點也不喜歡他所突然了解的事情。

「天哪！」那個被吵醒的人大叫著，好像他突然了解外面發生了什麼事情的樣子。

・・・

雪下得更大了。

由於大雪的緣故，使得馬拉吉・坎斯坦特等待要搭乘的公車晚了兩小時才到站。

當那輛公車抵達的時候已經太晚了。馬拉吉・坎斯坦特已經死去。

【結語】和史東尼團聚

由於沙洛事先曾經對他施以催眠術，因此，當他快要死亡的時候，他以為自己看到他唯

一最要好的朋友——史東尼·史蒂文生。

當片片雪花飄落在坎斯坦特的身上時，他幻想著天空的雲端間忽然放射出一道太陽光，

而那道太陽光完全是為了他而放射的。

一艘鑲嵌著鑽石的金黃色太空船順著那道太陽光滑落下來，並在積著白雪且沒人走過的

街道上降落。

一個身材矮胖頭部鮮紅的男子嘴上叼著一根雪茄從那艘太空船裡走出來。他非常年輕。

他身上穿著老表那套老表制服——也就是火星步兵攻擊部隊的制服。

「嘿，老表，」他說，「請進來吧！」

「進去？」坎斯坦特說，「你是誰？」

「老表，我是史東尼·史蒂文生。難道你不認得我了嗎？」

「史東尼？」坎斯坦特說：「你真的是史東尼嗎？」

「又有誰能像我這樣乖張地走路呢？」史東尼說。他大笑著。「快進來吧！」他說。

「要去哪裡呢？」坎斯坦特說。

「去天堂，」史東尼說。

「天堂的情形怎麼樣呢？」坎斯坦特說。

「只要整個宇宙沒有解體，」史東尼說，「那裡的每一個人永遠都是快快樂樂地。老表，進來吧。碧翠絲已經在那裡等著你。」

「碧翠絲？」老表一面說著，一面走進那艘太空船。

史東尼把氣閥關上，並且用手按下「開」的按鈕。

「我——我們現在就要去天堂嗎？」坎斯坦特說，「我——我將要到天堂去嗎？」

「老兄，不要問我為什麼，」史東尼說，「不過，我可以告訴你，那上面有某個人喜歡你。」

國家圖書館出版品預行編目資料

泰坦星的海妖 / 馮內果 (Kurt Vonnegut) 作；
　張佩傑譯. -- 二版. -- 臺北市：麥田出版：
　家庭傳媒城邦分公司發行, 2007.12
　　面；　公分. -- (馮內果作品集；7)
　譯自：The sirens of Titan
　ISBN 978-986-173-321-0 (平裝)

874.57　　　　　　　　　　　　96022087

The Sirens of Titan
Copyright© 1959 by Kurt Vonnegut
Complex Chinese translation copyright © 2007 by Rye Field Publications, a division of
Cité Publishing Ltd.
The translation is published by arrange with The Bantam Dell Publishing Group,
a division of Random House, Inc. through Bardon-Chinese Media Agency
All rights reserved.

馮內果作品集 7

泰坦星的海妖

作　　　者	馮內果（Kurt Vonnegut）
譯　　　者	張佩傑
責 任 編 輯	余思　吳惠貞
總 經 理	陳蕙慧
發 行 人	涂玉雲
出　　　版	麥田出版
	100城邦文化事業股份有限公司
	台北市信義路二段213號11樓
	電話：(02)2356-0933 傳眞：(02)2351-9179
發　　　行	英屬蓋曼群島商家庭傳媒股份有限公司城邦分公司
	104台北市中山區民生東路二段141號2樓
	客服服務專線：(886)2-25007718；25007719
	24小時傳眞專線：(886)2-25001990；25001991
	服務時間：週一至週五上午09:00~12:00；下午13:00~17:00
	劃撥帳號：19863813；戶名：書虫股份有限公司
	讀者服務信箱：service@readingclub.com.tw
城邦讀書花園	http://www.cite.com.tw
麥田部落格	http://blog.pixnet.net/ryefield
香港發行所	城邦（香港）出版集團有限公司
	香港灣仔軒尼詩道235號3樓
	電話：（852）25086231 傳眞：（852）25789337
馬新發行所	城邦（馬新）出版集團Cite(M) Sdn. Bhd.(458372U)
	11, Jalan 30D/146, Desa Tasik, Sungai Besi,
	57000 Kuala Lumpur, Malaysia.
	電話：（603）90563833傳眞：（603）90562833
印　　　版	中原造像股份有限公司
二 版 一 刷	2007年12月

售價：350元

版權所有・翻印必究
ISBN: 978-986-173-321-0